Frühling und so

DAS AKTUELLE PROGRAMM
VON ANAIS

ANAIS 1
Rebecca Martin: Frühling und so

ANAIS 2
Cornelia Jönsson: Spieler wie wir

ANAIS 3
Burton/Stacey/Hardin: Lara, Jill & Lea

ANAIS 4
Anna Clare: Adele hat den schönsten Mund

ANAIS 5
Tanja Steinlechner: Wahrheit oder Lüge

ANAIS 6
Anna Bunt: Subjektiv

ANAIS 7
Nikki Soarde: Julie mit dem besten Freund

ANAIS 8
Alaine Hood: Anna und ihre Männer

Rebecca Martin

Frühling und so

Roman

Für Anna, Marlene und Zoë

Cicely Mary Barker
THE SONG OF THE CROCUS FAIRIES

Crocus of yellow, new and gay;
Mauve and purple, in brave array;
Crocus white
Like a cup of light, –
Hundreds of them are smiling up,
Each with a flame in its shining cup,
By the touch of the warm and welcome sun
Opened suddenly. Spring's begun!
Dance then, fairies, for joy, and sing
The song of the coming again of spring.

Frühling

Weil es wärmer wird in diesen Tagen ...

1

Aufgestanden, Nutellabrot, Kräutertee, Zähne geputzt. Montag, März 2007

Heute Morgen bin ich mit einem Bein aufgestanden, das nicht viel mehr versprach als einen Tag voller deprimierter Teenagergedanken. Wenn mir schon kein Mann vergönnt ist, warum kann es nicht wenigstens eine Wahnsinnskarriere sein, mit vielen Reportern, die sich um ein Interview mit mir reißen. Meinetwegen Fernsehstar. Raquel, Jungstar des Jahrhunderts, was denken Sie eigentlich über dieses und jenes.

Der Yogitee mit Schokoaroma hat fad geschmeckt ohne Honig oder Milch; und das Weißbrot besaß die Konsistenz von aufgeweichter Wellpappe, die man übrigens nicht im Papiermüll, sondern im Restmüll entsorgt, wegen dem Kleber zwischen den Wellen der Pappe. Zumindest habe ich das mal bei irgendeinem Zahnarztbesuch gelesen, wo die Lektüre im Wartezimmer einzig aus veralteten Hausfrauenzeitschriften bestand.

*

Ich führe ein relativ durchschnittliches Mädchenleben. An meinem zwölften Geburtstag wurde ich zum ersten Mal richtig geküsst, von einem Typen aus meiner Klasse, Matti, mit dem ich zuvor ein halbes Jahr lang Händchen gehalten hatte. Mit 13 hatte ich meinen ersten Freund, zählt man Matti nicht mit, der hieß Carl und war sehr blond. Wir waren im Kino und Pizza essen und trotzdem habe ich mich nicht getraut, ihn in den Ferien anzurufen. Als ich festgestellt hatte, dass ich vielleicht doch nur aufgrund seines Mädchenschwarmfaktors mit ihm zusammen sein wollte, habe ich in der 10-Uhr-Pause auf dem Schulhof mit ihm

Schluss gemacht, relativ kurz und schmerzlos: »Ich glaube, wir passen einfach nicht zusammen.«

Er ist zu seinen Kumpels bei der Tischtennisplatte gegangen und hat gesagt: »Meine Ex kann mich mal.« Zumindest ist es so überliefert.

Danach habe ich mit ein paar Jungs geknutscht, auf Saufgelagen und an Sommerabenden am Kanal zum Beispiel, an denen wir Joints rauchten und zu den Red Hot Chili Peppers abtanzten. Mit 14 schließlich lernte ich Noa kennen, er ist der Cousin einer Freundin aus Saarbrücken, lebt immer noch in Zehlendorf und fährt Roller.

Ich bin weder außergewöhnlich dünn noch übergewichtig, meine mädchenhafte Figur ist allerdings verschwunden, nachdem ich angefangen habe, die Anti-Baby-Pille zu nehmen, die mir meine bebrillte Frauenärztin Frau Mern – die ständig ihren Mund zu so einer Schnute verzieht, was mich ganz nervös macht – verschrieben hat. Ihr Rat auf meine Gewichtsprobleme hin war, weniger zu essen. Da habe ich mich ein wenig im falschen Film gefühlt. Ein Glas Wodka ersetzt eine Hauptmahlzeit, sag ich dazu nur.

Im Wesentlichen drehen sich meine Gedanken nämlich um Männer und Kuchen. Ich weiß auch nicht, woher das kommt, aber das war schon immer so. Dabei bin ich weder früh- noch spätreif, falls sich das überhaupt definieren lässt. Ich fixiere mich unglaublich auf die zwei Sachen, fast zwanghaft könnte man sagen.

In Sachen Kuchen fällt meine Wahl gern auf Dinkel-Mürbeteig-Nuss-Schnitten aus dem Bioladen bei uns an der Ecke, wo wir immer einkaufen; in Sachen Männer wohl eher auf das Klischee eines Supersupermachos mit dunklen Locken und – ganz wichtig – einer tiefen rauen Stimme. Lecker. Das entspricht allerdings nicht unbedingt der Realität, die eher nach Erdbeergeleekuchen und schmalen wuschelhaarigen Jungs schmeckt.

So viel zu mir in Kurzform. Und ich bin auch eines dieser Scheidungskinder, die in Deutschland so weit verbreitet sind. Wahrscheinlich habe ich deshalb ein tief liegendes Trauma und werde in näherer Zukunft einen Therapeuten aufsuchen müssen. Im Moment bin ich aber noch ganz glücklich, um nicht zu sagen, ich bin das glücklichste Mädchen der Welt!

*

»Jedes Mädchen«, sagt Ida, »braucht mindestens drei Dinge: eine beste Freundin, einen besten Freund und einen festen Freund.«

Ida ist meine allerliebste Freundin, wir kennen uns seit der ersten Klasse und trotzdem sind wir einander nicht überdrüssig, im Gegenteil, meine Liebe zu ihr wird immer stärker. Jeden Tag können wir kaum glauben, mit was für einer Freundschaft wir gesegnet sind, das gibt's nicht so oft. Bin ich mir einhundert Prozent sicher. Dabei haben wir teilweise ganz unterschiedliche Interessen. Ida singt zum Beispiel in einer Band mit vier Jungs zusammen, sehr schöne Musik eigentlich, relativ ruhige Alternativ/Rock/Punk-Sachen oder so.

Mit Thilo, der Bass spielt, ist sie vor drei Monaten zusammengekommen. Und Ida nimmt auch Klavierunterricht und spielt Theater. Sie ist einfach toll, toll, toll! In der U-Bahn redet sie oft so lautstark über andere Leute, dass sich das gesamte Publikum zu uns umdreht und die Gesichter zu missfälligen Grimassen verzieht. Sie ist sehr quirlig und lustig und klug und überhaupt alles und hat wirklich sehr verrückte Ideen, mindestens dreimal am Tag. Manchmal überfordert mich das beinahe.

Wovor ich wirklich Angst habe, wäre, jemanden aus meiner Familie oder Ida zu verlieren. Ich will ja nicht jetzt schon pessimistische Gedanken hegen, aber von dieser Trauer, glaube ich, könnte ich mich nie wieder befreien; jetzt mal aus sachlicher Sicht.

Weil ich so glücklich bin, habe ich aber selten Angst. Natürlich habe ich Angst vor Gespenstern, vor meinem Abi, vor der nächsten Französischklausur und vor der Meinung anderer Leute über mich, aber das sind nicht so wahnsinnig existenzielle Ängste.

Vor meiner Zukunft habe ich zum Beispiel keine Angst, da gehe ich ganz naiv ran, ich werde halt Künstlerin im weitesten Sinne. Ende der Diskussion. Na ja, *nee*, so einfach ist es dann doch nicht, man darf das ja nicht sagen: »Ich werde Künstlerin«, das tun schließlich alle und fühlen sich unglaublich sexy dabei; das ist dann uncool.

Ich will trotzdem was mit Kunst machen. Im Moment liegt mein Schwerpunkt auf Tanz. Aber das ist halt so schwer, wenn man nicht seit seinem vierten Lebensjahr die Beine an der Stange spreizt, sogar wenn ich zeitgenössischen Tanz machen würde. Oder halt Design oder Bühnenbild oder Malerei studieren: Mein zerfleddertes Notizbuch von Moleskine – überfüllt mit schnellen Skizzen von Menschen in der U-Bahn oder am Nebentisch im Café – wartet nur darauf, durch eine professionelle Ausbildung erweitert zu werden.

Jedenfalls bin ich froh, dass es Ida gibt. Das, was Ida für mich ist, könnte noch nicht mal meine Familie ersetzen. Dieses Seelenverwandtschaftsdingsbums. Aber Ida wird mir dauerhaft auch nicht die Angst vor der Angst nehmen können, und das ist viel gruseliger als jeder andere Gedanke, dass nach Wochen, Monaten, vielleicht Jahren die Angst größer wird (Angst ist ein sehr geschwollenes Wort für das, was ich eigentlich meine, aber die deutsche Sprache gibt grad kein anderes her, zumindest fällt mir keins ein). Diese Angst könnte viel mächtiger sein als jede Seelenverwandtschaft der Welt.

Wir haben uns schon versprochen, wenn es ganz hart auf hart kommt, im Alter lesbisch zu werden. Verzichten wir halt auf die tolle Liebes-WG, die wir uns so schön ausgemalt haben:

Sogar die Kerzenständer und das Ledersofa, auf dem wir zu viert Actionfilme gucken, sehe ich schon vor meinem inneren Auge, aber na ja.

2

Das mit dem Film habe ich bekommen, weil ich vor ein paar Jahren noch um jeden Preis Schauspielerin werden wollte. Ich meine, welches Mädchen will das nicht. Mit Glück hat das wenig zu tun. Ich habe mich um einen Platz in der Agentur beworben und bin zwei Jahre erfolglos zu Castings gerannt.

Der einzige Job war ein Satz in so einer Serie von RTL. Das hat mir dann auch nicht gerade den Nachwuchsfilmpreis beschert. Mittlerweile ist der Berufswunsch geknickt, zumindest werde ich nicht mein ganzes Leben danach ausrichten, aber Spaß macht es mir trotzdem. Genauso wie die Auftritte mit meiner Tanzgruppe, die zwar den bescheuerten Namen »Stars in Hell« trägt, aber dafür wirklich akzeptable Sachen hervorbringt.

Na ja, und das jetzt hier ist mein erster Film, in dem ich eine durchgängige Nebenrolle habe. Es ist ein Lotterleben, finde ich, oder kommt es mir nur so vor? Also Lotterleben in dem Sinne, dass der Ehrgeiz, Schauspielerin sein zu wollen, definitiv das Potenzial einer Sucht in sich trägt, die gefährlich werden könnte, sollte ich weitere zwei Jahre erfolglos zu Castings rennen.

Das Drehen hat vor drei Wochen angefangen. Das Einzige, was zur Zeit weniger passt, ist die Beziehung mit Noa: Es kriselt, wie man so schön sagt. Weiß nicht mehr, ob ich mit ihm zusammen sein will. Er denkt wahrscheinlich das Gleiche. Aber das können wir beide ja nicht so sagen.

*

Es ist ein Dienstagmorgen. Kalte Luft fährt in Schüben durch den beheizten Aufenthaltsraum, nämlich immer dann, wenn jemand reinkommt und die Tür nicht richtig schließt. Sie knarzt erst langsam, schwingt hin und her, bis sie mit einem lauten Krachen ins Schloss fällt und der Rest Winter uns Frostbeulen beschert. Wir sitzen kostümiert und geschminkt mit ein paar Komparsen auf dem sehr kalten Steinfußboden und unterhalten uns über Dreier beim Sex. Laila findet die Vorstellung eklig und ich habe den Instinkt, warum auch immer, Sven in seinen Ansichten zu verteidigen. »Ich versteh das schon, dass man so was toll findet«, sage ich deshalb.

Laila guckt mich angeekelt an und ich tue mein Bestes, ernst zurückzugucken, ernst genug, um ihr meine Macht zu demonstrieren. Ich will ja schließlich nicht unsicher wirken.

Sven scheinen meine Ansichten allerdings nicht sonderlich zu interessieren. Er breitet sich weiter darüber aus, in welchen Kombinationen und mit welchen Frauen, Freunden, Bekannten und wem auch immer diese Dreierabenteuer stattgefunden haben – das finde ich dann doch etwas arrogant.

Sven ist sowieso sehr arrogant, aber das ist vielleicht normal für so einen erfolgreichen Jungdarsteller, oder, was ebenso der Grund sein könnte, er steht halt jeden Tag unter Drogen, Koks nimmt er, hat er gesagt – Koks, die Schauspielerdroge, vielleicht sollte ich das auch nehmen, um Schauspielerin zu werden? Wer weiß, vielleicht kommt man dann besser an bei Castings, weil locker, flockig und entspannt oder so? Spieß umdrehen, leicht gemacht.

Laila mit ihren konservativen Ansichten nervt mich, voll naiv, die Frau. Außerdem ist sie pseudo-essgestört, was fast noch schlimmer ist als essgestört, und heult immer rum, wenn der Regisseur Thomas oder irgendein anderes Teammitglied sie kritisiert.

*

Ich ziehe mich gerade um im Kostümbus – um genau zu sein, ein Wohnwagen fast so groß wie ein Bus –, esse dabei KitKat, obwohl ich doch eigentlich nichts Süßes essen wollte beim Film, weil die Haut dann schöner aussieht, aber mich sieht ja keiner, beim KitKat-Essen, meine ich.

Heute ist der letzte Drehtag. Um die Ecke, aber noch in Sichtweite, sitzen ein paar von den Beleuchterjungs – darunter Bullerbü-Tobi – mit ihren Zigaretten und trinken Kaffee. Schon sehr süß, dieser Tobias.

Ich gehe extra ein wenig näher an das Fenster aus Plexiglas, oder was für ein Kunststoffzeug das ist, und streife mir betont langsam mein T-Shirt über. Ha, er guckt! Das heißt, man kann also doch von außen in den Wohnwagenbus reingucken, nächstes Mal, wenn ich mich umziehe, werde ich die Vorhänge zuziehen. Jedenfalls, meine instinktive Reaktion ist zu lachen, und ich bin sehr erleichtert, als er zurücklacht. Das wäre sonst vielleicht unangenehm gewesen für den Rest des Tages.

Ich werfe ihm noch einen wahnsinnig sexy-betörenden Blick zu und wende mich wieder um, immer schön interessant machen. Sonst denkt er noch, ich sei eines dieser Mädels, die ältere Jungs anhimmeln. Braucht er ja nicht zu wissen. Jetzt bilde ich mir schon wieder zu viel auf ein simples Bullerbü-Lächeln ein, das war bestimmt nur pure Höflichkeit, sonst guckt er mich ja auch nicht an.

Verärgert über mich selbst gehe ich zurück zum Kleiderschrank und nehme die Kette und Ohrringe, die um den Bügel gehängt sind. Sehr hässlicher Schmuck, finde ich, aber es geht ja nicht um mich, sondern um die Rolle.

Noch eine halbe Stunde bis zum Ende der Mittagspause. Danach Bild 23. Ich stelle mir vor, wie Tobias an der Tür klopfen und mit mir schlafen würde, hier und jetzt, zwischen teuren Cremetuben und fein säuberlich aufgereihten Schuhpaaren, bereit für ihren nächsten großen Auftritt. Wahrscheinlich würde Anke, die verklemmte Garderobiere, mit zusammengekniffenem Mund hereinplatzen. Wir wären ertappt und müssten sie bestechen, wirklich niemandem davon zu erzählen, denn bestimmt hat Tobias eine Freundin, so wie er guckt. Oder nicht guckt, je nachdem.

*

Sätze wie Schmetterlinge, Schmetterlingsfänger auf dem gelbgepunkteten Kornblumenfeld. Ihr Gesicht: weich, rund, voll die Lippen.

Luxus, Anker, Kompass, Landkarte, Sandsäcke. Fliehende Haare im Nachtwind.

Eintunen. Zugegebenerweise. Also, wir sind verliebt ... fängt sie an. Brautstrauß. Rock'n'Roll in Timbuktu. Herzallerliebste Zungenküsse zwischen Hugendubel-Reiseführerregalen. Eine Türklinke, ein Lichtschalter, eine weiß tapezierte Wand. Die verspiegelte Hochhausfassade. Millimeterschweres Make-up, aufgeschichtet wie Zement auf porzellanblasser Mädchenhaut. Schmatzende Geräusche: bei der Berührung eines anderen Körpers. Liebkosen. Wollen wir spielen?

Ein Taxi, vorbeifahrend an bunt plakatierten Werbewänden, provisorisch hergerichtet aus Baustellenabzäunungen. Ein orangefarbener Mülleimer an einem Laternenpfahl, schablonenbemalte Post-Sticker, deren Ränder zerfetzt im Wind flattern.

Sockengröße 43-46.

Nackigsein wie in frühen Kinderjahren, auf dem Balkon mit den Ameisen turtelnd, Brücken und Fallen aus roter Glanzbastelfolie und Zuckerwasser, klebrig und süße Unschuldigkeit der 90er Jahre.

Schokoküsse und Foto-Love-Storys. Haare kämmen.
Und noch was, warst du schon einmal in der Sahara?

*

Auf dem Balkon blühen Primeln und Narzissen. Freitag.

Noa schaut mich ernst an und sagt: »Es geht nicht mehr.«

Ich nicke stumm, ein paar Tränen laufen über meine Wangen. Es sind weder traurige noch erleichterte Tränen, es sind nur die Tränen, die ich unserer Trennung schuldig bin. Vereinzelte Sonnenstrahlen fallen durch das Altbaufenster auf das weiße Sofa, auf dem wir sitzen. Noa zieht mich zu sich, hält mich im Arm und ich lasse es zu.

*

Man mag sich fragen, warum ich so kühl damit umgegangen bin, mit der Trennung von meiner ersten großen Liebe. Die einzige Antwort, die mir selbst plausibel vorkommt, ist, dass wir eigentlich schon länger nicht mehr zusammen waren. Und dass die Trennung schon viel früher stattgefunden hatte, der endgültige Schlussstrich nur den Beginn des erneuten Single-Lebens bedeutete, zumindest für mich. Das ist auch die einzige Erklärung, die ich für meinen schnellen Wiedereinstieg in Liebesangelegenheiten abliefern kann, ohne psychische Ursachen und Strukturen zu verfolgen.

Sicher haben Noa und ich eine wertvolle Zeit miteinander verbracht. Vom Sex über Familiendifferenzen bis hin zu Bahnhofstoiletten in Italien haben wir viel ungewohntes Terrain miteinander geteilt, und das über einen langen Zeitraum hinweg.

Außerdem hat mir unsere Beziehung eine Grundlage geschenkt, die in meinem Alter bestimmt nicht selbstverständlich ist. In drei

Jahren haben wir im Schnelldurchlauf das durchlebt, wofür Erwachsene zwanzig Jahre brauchen. Wir haben uns verliebt, geliebt, aneinander gewöhnt, auseinandergelebt. Geschieden.

*

Freitag. Mark Twain sagte: »Ein Kuss ist eine Sache, für die man beide Hände braucht.«

Ich gehe zur Tanzfläche. Ich weiß nicht, ob ich jemals schon so betrunken war, aber wenigstens ist mir nicht schlecht. Ich fühle Roccos Hände noch an meinem Kleid, die zerrissene Strumpfhose, seine feuchten lieblosen Küsse auf meinen Lippen.

Darunter Spuren der Küsse Svens, der mir eine Tablette angeboten hat, der bestimmt mal zu den ganz Großen im Business in Deutschland zählen wird, unter dessen Händen ich mir merkwürdig steif vorkam. Keine Ahnung, was mich dazu brachte, Rocco Vertrauen zu schenken. Seine Art hat mich beruhigt, ich muss wie ein kleines Mädchen geklungen haben. Mehr bin ich nicht. Als mehr werde ich auch nicht behandelt. Ein kleines Mädchen in einem roten Kleid.

»Ich kann Sven nicht einschätzen«, habe ich zu Rocco gesagt, als er sich neben mich auf das Ledersofa an der Bar setzte. Er hat nur gelächelt und mich geküsst. Dann hat er mich relativ zügig zur Männertoilette gezogen, in eine enge Kabine, und mich an den Spülkasten gedrückt. Sein Atem ging schwer, seine zugekoksten Augen musterten meine weiße Haut. Ich habe seinen Schwanz in den Mund genommen und die fremde Flüssigkeit wortlos geschluckt.

Ich tanze.

Ich spüre, dass alle mindestens genauso betrunken sind wie ich.

Tobias und Olaf tanzen. Tobias ist sowieso das Einzige, was ich den ganzen Abend lang, den ganzen Frühling über, den wir gefilmt haben, wollte. Aber Tobias ist 27, hat mir erst ein einziges Mal Beachtung geschenkt, und an ihn komme ich nicht ran.

Mit 14 schienen mir alle Jungs, die nur in die Nähe von zwanzig kamen, wahnsinnig weit weg zu sein. Und wenn Freundinnen sehr viel ältere Freunde hatten, fand ich das befremdlich. Noa war schon alt. Aber das hat sich mit der Zeit relativiert.

Ich setze mich auf eine Bank am Rand der Tanzfläche und beobachte lächelnd die anderen. Einerseits ist mir alles sehr bewusst, jede Tat, die ich begehe, ist mir bewusst, andererseits fühle ich mich, als würde ich gar nicht in diesem Raum existieren. Wenn man getrunken hat, geht auch alles so rasend schnell und die zeitlichen Übergänge sind wie abgehackt.

Dann tanzen wir. Dann tanze ich mit Tobias. Vielleicht flirte ich mit Tobias, so genau weiß ich das nicht. Jedenfalls sagt er irgendwann: »Das geht nicht, ich habe eine Freundin, und das wissen alle«, und ich antworte irgendwas Blödes wie: »Okay, dann tanzen wir halt«, weil ich einerseits enttäuscht bin, andererseits sowieso nicht existiere. Dann zieht mich Tobias nach draußen in einen Hauseingang neben dem Club und ich weiß einfach, dass ich unglaublich verknallt in ihn bin.

*

Tobias steckt einen Finger in mich. Ich atme aus. Ich frage mich, warum Männer das tun, den Finger reinstecken. Müssten sie nicht ahnen, dass das nichts bringt, na ja, nicht wirklich? Er weiß es noch nicht mal zu schätzen, dass er der zweite Typ ist, der mir jemals einen Finger in die Muschi stecken darf. Ah nee, Rocco war der zweite. Vergessen. Trotzdem kann ich mir jetzt grad nichts Schöneres vorstellen.

Ich fummle an seinem Gürtel herum, sein Körper fühlt sich warm an. Tobias brummt. Er brummt wirklich wie ein Bär und sieht aus wie Michel aus Lönneberga. Tobias brummt und lächelt sein Bullerbülächeln.

Als ich ihn das erste Mal sah, hat er gerade das Licht aufgebaut. Pascal hat etwas zu ihm gesagt, ich konnte nicht hören was, und dann hat er gelächelt. Da wusste ich noch gar nicht, dass er Tobias heißt, und habe schon gedacht, dass er doch aussieht wie aus Bullerbü. Das fand ich ungeheuer niedlich.

Heute weiß ich, dass man Jungs nicht niedlich finden sollte. Niedliche Jungs trinken Wodka statt Wasser und betrügen ihre Freundinnen. So wie Tobias. Er brummt jetzt schon wieder. Er brummt meinen Namen, er brummt *Raquel*.

In meinem Kopf tanzen Knallbonbons. Das muss der Alkohol sein. Ein paar Hormone vielleicht. Er ist der niedlichste Junge auf Erden. Und er hat eine Freundin, die neun Jahre älter ist als ich, die er liebt, wie er sagt, deren Namen er mir nicht nennen will. Noch so ein Tick von Männern, oder geht es immer nur mir so?

Er brummt und ich sage: »Arschloch«, und dann küsse ich ihn. Mein Kleid ist bis zum Bauchnabel aufgeknöpft. Tobias schiebt meinen BH beiseite und berührt meine Brust. Die Knallbonbons tanzen jetzt nicht nur in meinem Kopf, sie tanzen in meinem ganzen Körper, auf meinen Lippen.

Tobias sagt, er wohne gleich um die Ecke. Ich bin zu weg, um eine Anspielung darin zu sehen. Seine Freundin ist in Köln, arbeitet beim Film als Garderobiere. *Gar-de-ro-bie-re*. Das möchte ich nicht werden. Wenn ich mir beispielsweise Anke und Miriam anschaue, macht es mich irgendwie ein bisschen traurig. Immerhin sind sie beide schon knapp dreißig, aber sie benehmen sich wie 19-Jährige. Ich meine, wenn ich dreißig bin, möchte ich die Kostüme aussuchen und nicht am Ende des Tages auf den Bügel hängen.

Tobias sagt, er würde so gerne ... er würde ja so gerne. Ich höre ihm gar nicht richtig zu, ich bin zu beschäftigt mit den

Knallbonbons. Tobias brummt wie mein Kopf, fällt mir ein. Aber glücklich bin ich. Zu glücklich, um darüber unglücklich zu sein, nicht zu ihm gehen zu dürfen, zu vögeln, zu liiieee …

Jana läuft an uns vorbei. Wen hält sie da an der Hand? Sie war es, die gesagt hat, bei Filmabschlusspartys würde jeder mit jedem und mit jedem Alkohol. »Toobbiiii, ich se-eh dich!«, sagt sie und lacht, entrückt irgendwie.

Tobi lacht auch, wie Bullerbü, und zieht mich ein Stück weiter in den Hauseingang. Wir küssen uns. Er trägt nur ein T-Shirt. Er geht in die Knie und schlingt die Arme um seine Schultern. Er sagt, er müsse bald mal reingehen, ihm sei zu kalt. Ich spüre keine Kälte, ich spüre nur ihn und das Knallen. Er sagt, am besten, er geht vor, dann soll ich nachkommen, damit es auch ja keiner merkt. Natürlich, seine Freundin.

Er lässt mich allein im Hauseingang stehen, er sagt mir noch nicht mal Lebewohl. Das sollte er, finde ich. Erst jetzt wird mir kalt. Ich knöpfe mein Kleid, so gut es geht, zu, meine Hände zittern dabei, deshalb finde ich nicht alle Knöpfe. Nachdem ich zehn Minuten gewartet habe, vielleicht war es auch eine halbe Stunde, gehe ich schließlich hinterher.

Feuchte verbrauchte Luft schlägt mir entgegen, die Musik fährt in jede Faser meines Körpers hinein, ich fühle mich wie ausgepumpt. Leer. Ich sehe Tobias in der Ecke stehen, er unterhält sich mit Hans. Ich bin ausgeknallt. Ich hole meine Jacke, meine Tasche. Ich finde das Abschiedsgeschenk nicht – ein T-Shirt und ein Teamfoto, welches wir vorhin bei der Abschlussrede von Thomas bekommen haben. Tobias hat, wie alle anderen, höflich geklatscht, als Thomas meinen Namen aufrief. Es muss irgendwo unterm Tresen verloren gegangen sein.

Ich verabschiede mich von niemandem, ich gehe einfach raus zu meinem Fahrrad, welches ich an eine Straßenlaterne angeschlossen habe. Plötzlich steht Rocco vor mir. Rocco. Ich habe ihn schon fast wieder vergessen. Er fragt mich, warum ich so plötzlich abgehauen sei. Ich lache nur. Wegen Tobias, denke ich. Weil ich Rocco nicht wirklich attraktiv finde. Rocco sagt, er würde mich gerne wiedersehen, er will meine Nummer haben. Ich lache. Ich will nur Tobias. Morgen werde ich es bereuen, ihn so abgewiesen zu haben, aber jetzt kann ich nicht denken, möchte ich nicht denken.

Als ich Tobias das nächste Mal treffe, ein halbes Jahr später bei der Premiere, klopft mein Herz wie wild. Aber er sieht nicht mehr so reizvoll aus, kein Bullerbü-Lächeln. Wir unterhalten uns höflich. Er erzählt mir, dass er jetzt nach Buxdehude geht, um zu studieren. Damit ist das abgehakt.

3

Mit einem feuchten Tuch wische ich mir die Träume von der Seele, die noch sekundenlang im Wachzustand an mir festhalten. Ich spucke ins Waschbecken, die Spucke läuft in dünnen Rinnsalen das weiße Porzellan hinunter; ich schaue mir im zersprungenen Ikea-Spiegel in die Augen. Wie in den Thrillerfilmen, wenn sie klarmachen wollen, dass der Held selbst der Mörder ist.

Ich bin nackt und hänge auf dem Balkon die Wäsche auf. Winke unten den Hippies, die in der kalten Morgensonne ein Lagerfeuer am Wasser zu entfachen versuchen.

Ich dusche im kalten Wind.

Und gleich zurück zu orangefarbenen Magneten, auf Schiefertafeln hin und her geschoben, Quietschen wie Besteck auf Geschirr, Butterbrotpapier, Coffee-to-go-Becher und Zeitungen von Mittwoch, zusammengestaucht unter der Schulbank.

*

Jetzt, wo der ganze Filmwirbel vorbei ist und auch Noa nicht mehr in mein Leben gehört, falle ich tatsächlich in ein schwarzes Loch. Sobald die Nachwirkungen nicht mehr nachwirken. Ich wünschte, dieses schwarze Loch würde aus melancholischen Wind-und-Wetter-Spaziergängen an der Spree bestehen, bei denen ich Zeit habe, über den Sinn des Lebens nachzudenken, leider bin ich nicht der Typ dazu.

Ich rolle mich stattdessen auf meinem Sofa zusammen, starre nach draußen, wo die Primeln auf dem Balkon leise im Wind wippen und der Himmel so aussieht, als wäre ein großes schmutzigweißes Blatt Papier darübergelegt worden, damit die Menschen nichts mehr sehen können und gänzlich abgeschnitten sind vom Universum. Stundenlang kann ich so liegen und stehe erst auf, wenn Mama das Abendessen auf den Tisch gestellt hat. Der Appetit vergeht mir niemals.

*

Ich sag dir, wie die Realität ausschaut. Sie hält sich hauptsächlich in Drei-Zimmer-Altbau-Apartments auf, auf Stühlen und in Korbsesseln, an üppig gedeckten Tischen und vor weißgestrichenen Wänden. Sie lauscht den Motoren der Autos und gelegentlich dem Zwitschern der Vögel.

Bei Regen hüllt sie dich in einen Mantel von Freudlosigkeit ein, wenn dein Blick starr auf den Asphalt gerichtet ist, damit die Wassertropfen dir nicht die Sicht verschleiern, und bei Sonne verspricht sie dir die Schönheit der Welt, allumfassend, aber wenn du das Schöne gerade zu greifen geglaubt hast, entschwindet es wieder.

Die Realität hat nichts mit der Romantik von gelungenen Fotos zu tun, nichts mit Filmausschnitten, die dich berühren, oder Gerüchen oder Musik, die dich zurückversetzen in Zeiten, die es nie gegeben hat. Hör nicht auf die Lieder.

Die Realität findest du auch nicht in deinen Träumen, auch wenn sie dir oft viel wirklicher erscheinen als der gestrige Tag.

*

Es ist schon viel zu spät für einen Mittwochabend. Ich möchte heute unbedingt noch jemanden küssen. Ich habe zwei Wodka Red-Bull getrunken. Wenn ich auf der Tanzfläche kurz stehen bleibe, spüre ich die Musik in meinem Blut pulsieren.

Um mich herum tanzende Gestalten. Ihre Gesichter sind durch das schummrige Licht fast unsichtbar, ihre Körper bewegen sich rhythmisch, reiben sich an fremden Körpern, kreisende Hüften, ungeschickte Verrenkungen, hilflos hopsende Füße.

Alle tragen sie stylische Klamotten und gefallen sich in ihrer Rolle als Kunstfreunde. Kunstperformance im 103. I'm so yeah. Wir sind schließlich in Berlin, dem neuen New York. Das ist Kreuzberg.

Madita tanzt neben mir. Ihr kleiner, zierlicher Körper bewegt sich geschmeidig, sie lacht mich an.

»Wollen wir uns kurz hinsetzen?«, frage ich.

Sie nickt. Wir sind sehr männergeil. Wenn eine von uns ein passendes Objekt gesichtet hat, stoßen wir uns an und kichern. Das läuft schon den ganzen Abend so.

Dabei tut Madita das bestimmt nur, um nett zu sein. Schließlich ist sie diejenige, die nur mit der Wimper zu zucken braucht, und schon kommen sie angeschwärmt, die Hummeln. Meine Beine werden mit jeder Minute schwerer, die verschatteten Gesichter werden immer hässlicher.

Peter aus unserer Schule steht auf der Tanzfläche und hält ein blondes Mädchen an den Hüften. Sie ist nicht besonders hübsch, ihr Blick leer, als ob ihr alles egal wäre.

Wir schmeißen uns auf ein Sofa im Durchgangsraum. Madita hat ein Auge auf einen Franzosen geworfen. Langsam geht sie mir auf die Nerven. Als ob ich mich nicht um mich selbst kümmern könnte.

Ich beobachte die Vorbeigehenden.

Clubs sind ein merkwürdiges Phänomen, geht es mir durch den Kopf. Eine große Party feiern, mit fremden Leuten zusammen, mindestens die Hälfte auf der Suche nach einem Liebesabenteuer als krönender Abschluss des Abends, die letzte Droge vor dem Frühstück am Nachmittag. Und dann wieder von vorne. Wegknallen, auslöschen, verdrängen.

Ein hübscher Typ geht an uns vorbei Richtung Tanzfläche. Er zwinkert mir zu. Er ist relativ klein, trägt Skaterschuhe und eine blaurote Jacke. Seine Herkunft kann ich nicht wirklich bestimmen, ein bisschen Latino. Ich habe mein Objekt gefunden. Ich weiß, wenn ich jetzt nach Hause gehe, werde ich mich ärgern.

Ich gehe in die Richtung, in die er vor zehn Minuten verschwunden ist. Er steht relativ nah am Eingang, ich lächle ihn an und stelle mich neben ihn. Sein Gesicht hat sehr weiche Züge, das mag ich eigentlich nicht besonders. Aber es ist sowieso schon spät.

Er drückt mir einen Flyer in die Hand: »If you want to come, tomorrow we play in the *Acud.*«

Ich werfe einen kurzen Blick auf den weißen, bedruckten Zettel. Darauf sind zwei Männer abgebildet. Ich glaube, einer davon ist er. Der Druck ist von schlechter Qualität. Über dem Foto steht in amateurhafter Computerschrift POPPARTY und darunter *Electro Reggae.*

»Have you heard of Electro Dub?«

Ich schüttle den Kopf.

»It is really good.«

Ein paar Minuten später lehne ich an der Wand und spiele das Kleine-Mädchen-Spiel. Der Wodka und der Rauch benebeln mich.

Es funktioniert. Seine Küsse schmecken langweilig, falls Küsse nach etwas schmecken können. Oder nach Bier, nach zu langer Nacht, feucht, kurz. Nicht eklig, aber auch nicht notwendig.

Er ist 28, Musiker, Kolumbianer und wohnt in Barcelona. Er kauft sich noch ein Bier, ich möchte keins. Was ich möchte, weiß ich nicht. Ihn anfassen ebenso wenig wie ihn loslassen. Ich bin neugierig, wohin der Abend führen könnte, das ist alles. Vogelfrei. Der Club leert sich. Wir setzen uns nach draußen auf eine Bank, es ist warm, er ist warm. Seinen Namen hat er mir schon ein paar Mal gesagt, aber ich habe ihn nicht verstanden. Wir küssen uns. Er ist betrunken, ich nicht. Ich bin fast so nüchtern wie eine menschenleere Bahnhofshalle am Zoo. Ob der Zoo jemals menschenleer ist?

Ich höre Maditas Gegacker schon von weitem. Bei einem Typen eingehakt, kommt sie aus der dunklen Einfahrt heraus. Ich muss zugeben: Er sieht ziemlich cool aus, dieser Typ, aber was habe ich auch anderes erwartet. Als sie mich sieht, sagt sie: »Wir gehen kurz da rüber, da steht Johannes' Auto, okay? Falls du mich suchst.«

Sie grinst und drückt mir einen Kuss auf die Wange. Jetzt haben wir also erreicht, was wir wollten. Der Kolumbianer hat den Arm um mich gelegt und langweilt mich mit seinen unbeholfenen Küssen. Gehen will ich trotzdem nicht. Er erzählt von seiner großen WG in Barcelona und dass er noch nicht viele Freundinnen hatte. Tolle Masche. Ansonsten reden wir nicht viel.

Er sagt ein paar Mal »You make me crazy« und »I want to do things with you«.

Er ist wirklich attraktiv, so ein Szenetyp halt, vielleicht reizt mich das. Sein Freund kommt auch aus dem Club. Sie unterhalten sich auf Spanisch, der Freund lacht. Als der Kolumbianer mich fragt, ob wir zu ihm gehen wollen, zögere ich. Und dann gehen wir zu mir.

*

Im Treppenhaus zieht er meinen Rock hoch. Sein Atem geht schnell. Wir machen rum. Wir ficken fast im Treppenhaus, aber das ist mir dann doch zu blöd. Ich ziehe ihn nach oben, in mein Zimmer. Es ist so warm, dass Toshij auf dem Balkon schläft.

Die intime Atmosphäre unserer Wohnung, unseres Familienlebens zerstört jede übrig gebliebene Erotik, aber ich bin immer noch neugierig. Nach Hause schicken kann ich ihn nicht mehr. Ich ziehe mich sachlich aus und steige ins Bett.

Die Pille nehme ich ja noch, aber dafür ziehen Bilder von Menschen mit Geschlechtskrankheiten an mir vorbei, wie eine Diashow auf meinem MacBook. Dummes Ding, ich weiß doch eigentlich, was ich mache. Und reagiere trotzdem nicht.

Ich liege auf der Seite und starre auf die rosa angestrichene Wand. Die Muster, die mit Goldspray darauf gesprüht sind, haben ihre nostalgische Romantik verloren. Ich spüre nichts, nur Leere, nur egal. Ich möchte, dass es aufhört. Er ist zu betrunken, es dauert ewig, bis er kommt. Danach liege ich auf seiner Brust.

»What was your name again?«, frage ich, weil ich es nicht mehr aushalte, neben einem Fremden zu sein.

»Juan«, sagt er.

Mama ist ziemlich sauer und besorgt, als er am nächsten Morgen am Frühstückstisch sitzt. Und mir tut es aufrichtig leid. Das hätte sie nicht mitkriegen brauchen, das passiert mir nicht noch mal.

*

Dem Ende der Stadt gehen wir alle entgegen. Ausgelassen und voller guter Laune sind wir zusammen, leben die grellen Lichter, die die Nacht erleuchten, die laute Musik aus jeder Tür und den

Geruch von allem zusammen, wir, die anderen und alles um uns rum. Bis wir nur noch glücklich weiterrennen, immer weiter, bis die Welt zur Scheibe wird.

*

Mein Lieblingsplatz ist bei Papa auf dem Balkon mit Blick über die Spree. Auf dem Balkon, der an sturmfreien Abenden schon so oft geliebt wurde, von jungen Schönen und Künstlern mit Lachfältchen im Gesicht. Ein Ort wie ein Haus irgendwie, dessen Geschichte ungewiss ist – frei und wild und so. Ich kann stundenlang dort oben auf den klapprigen Holzstühlen sitzen und träumen, wenn niemand zuhause ist. Was leider nicht ganz so oft der Fall ist, Henriette ist schließlich halb Hausfrau.

*

Mama und Papa haben sich getrennt, da war ich ein Jahr alt, Mama war mit Toshij schwanger und Papa hatte eine andere geschwängert, Henriette. Die beiden Frauen haben dann zeitgleich ihre Töchter geboren, Toshij und Eva.

Eigentlich sehr absurd.

Papa und Jette haben noch mal ein Kind bekommen, Patrick, der ist fünf Jahre jünger als Eva (und Toshij natürlich). Sie haben eine Zeitlang in München gewohnt, Mama und Papa waren zerstritten für ein paar Jahre.

Als ich acht war, sind wir nach Kreuzberg gezogen und Papa mit der ganzen Gang gleich hinterher, zwei Stockwerke über uns. Da war wohl wieder alles in Butter, aber so genau verfolgt hab ich das nicht mit meinen acht Jahren. Seitdem sind wir – um den modernen, zur Zeit üblichen Begriff zu benutzen – eine Patchworkfamilie, eine äußerst harmonische dazu.

Ich komme prinzipiell sehr gut mit meinen Eltern klar, ich meine, wir haben uns noch nie ernsthaft gestritten. Diskutiert natürlich schon. Zum Beispiel als ich 14 war und unbedingt die Erlaubnis haben wollte, bei Noa übernachten zu dürfen. Ich glaube, meine Eltern hatten einfach die Sorge, dass ich verletzt werden könnte.

»Durch Sex können Beziehungen zu Bruch gehen, Raquel«, hat Mama gesagt. »Willst du nicht wenigstens warten, bis du 15 bist?«

Das habe ich damals nicht verstanden. Vielleicht weil ich mich reifer fühlte, als meine Eltern mich einschätzten. »Warum? Was macht das für einen Unterschied?«, habe ich deshalb irritiert gefragt.

»Es würde mir einfach ein besseres Gefühl geben«, hat Mama geantwortet und in ihrer Stimme klang Hilflosigkeit mit, die Angst davor, ihr kleines Mädchen loszulassen.

Mit den Argumenten, dass es unpraktisch wäre, wenn ich immer so spät noch nach Hause kommen müsste, und dass es ja gar nicht um Sex ginge, sondern darum, bei einem Freund übernachten zu dürfen wie bei jeder anderen Freundin auch, habe ich es schließlich durchgeboxt, ab und zu an den Wochenenden bei ihm bleiben zu dürfen. In der Umsetzung sah es so aus, dass ich das erste Mal, als ich bei Noa schlafen durfte, auch mit ihm geschlafen habe.

Spätestens nachdem Noa und ich drei Wochen alleine in Italien rumgereist sind, war auch für Mama klar, dass wir uns nicht nur küssen, da war ich 15. Bis heute weiß ich nicht, ob sie ahnt, dass es schon sehr viel früher mit dem Sex angefangen hat. Vielleicht wollte sie es einfach nicht wissen. Einmal im letzten Winter, als Toshij und ich uns wieder einmal für den Abend fertig gemacht hatten, um halt feiern zu gehen, ist Mama plötzlich in Tränen ausgebrochen. Wir waren schockiert, haben sie umarmt.

»Was ist denn, Mama?«

Sie hat den Kopf geschüttelt.

»Ich bin okay«, lächelte sie unter Tränen. »Es ist nur schwer zu sehen, wie ihr beide so schnell erwachsen werdet. Ihr braucht mich gar nicht mehr.«

Wir haben uns auf die Lippen gebissen und sie getröstet, wir hatten ein furchtbar schlechtes Gewissen. Dabei brauchen wir sie natürlich noch, sie wird immer eine der wichtigsten Personen in unserem Leben bleiben. An unserem Erwachsenwerden können wir aber wenig ändern.

Toshij und mir gehören 15 Jahre gemeinsame Zeit. Unsere Beziehung ist natürlich sehr fundiert, es gibt niemanden, dem ich vertrauter bin als ihr. Ida und Eva sind genauso Schwestern für mich wie Toshij, aber irgendwie anders ist es schon. Eva und Toshij sind sozusagen die jüngere Ausgabe von Ida und mir. Zusammen geben wir ein ziemlich lustiges Bild ab, weil wir alle gleich groß sind, ähnlich gebaut, vier unterschiedliche Augen- und Haarfarben haben und ja, wir halt. Die wilden Schwestern.

Einmal sind wir zur Krummen Lanke gefahren, um baden zu gehen. Alle vier hatten wir blaue Sommerkleider an, in allen Längen und Formen und Mustern, und in unserer Mitte trugen wir Toshijs pinkfarbenen Plastik-Picknickkorb, den wir bis zum Anschlag mit Essen gefüllt hatten.

*

Meine fehlende Motivation im Allgemeinen wirkt sich logischerweise sehr auf meine Schulnoten aus. Besonders in Politikwissenschaften. Aber auch in Französisch. Tobias nagt irgendwie noch in meinem Kopf.

Da kommt es mir nur allzu recht, dass Ida, Eva und ich (Toshij besucht ihre ehemalige Austauschschülerin aus Frankreich) erstens überhaupt Osterferien haben, obwohl ich ja gerade erst durch den Dreh sehr viel Schule verpasst habe, und wir zweitens Ostern in München verbringen werden, weil das bedeutet, dass ich mich nicht mehr auf dem Sofa zusammenrollen kann und so weiter. Und es bedeutet, dass wir die ganze Jungsclique wiedersehen werden.

Das ist alles ein bisschen kompliziert, woher wir die kennen. Das sind die Freunde von Evas Freund, den sie vor einem halben Jahr bei einem ihrer Schulfreundinnen-aus-München-Besuchen kennengelernt hat. Das Tolle an ihnen ist, dass sie so richtige Kerle sind, ein bisschen reicher, ein bisschen klischeehafter, was ihre Fußball-, Bier- und Frauenvorlieben angeht, fast ein bisschen unschuldiger als die Berliner Typen.

In Berlin, also in meinem Umfeld natürlich nur, keine Ahnung wie die in Spandau so drauf sind, sind alle Männer irgendwie Einzelgänger. Und wahnsinnig abgefuckt kommen die mir vor. Vielleicht, weil sie weniger behütet als die Bayern aufwachsen, oder vielleicht ist es auch nur Zufall und die Statistiken, die ich hier gerade aufstelle, sind kompletter Blödsinn.

*

Bayern Love. Die hohen Gräser wiegen sich im Wind und kitzeln die Innenseiten meiner Knie, ein Meer aus Mohnblumen, Kornblumen, Butterblumen und Margeriten, am Horizont vereinzelt stehend ein paar Eichenbäume und über uns blauer Himmel, weißwattige Wolken und hellgleißende Sonnenstrahlen, die sich in den letzten Tautropfen der Nacht widerspiegeln.

Auch an meinen grünen Gummistiefeln perlt der Reif und mein Blümchenkleid hat grüne Grasflecken. Ich ziehe die grobe Strickjacke enger um meine Schultern und drehe mich im Kreis, bis mir schwindelig wird und ich auf die Erde stürze. Ida legt sich lachend neben mich und zusammen betrachten wir den Frühling.

*

Heute waren wir am Eisbach und Eva hat mich Erik vorgestellt.

Erik sah folgendermaßen aus: sonnengebleichte Haare, ein Clownslachen, ein graues Shirt mit pinkfarbenem Schriftzug, darüber eine quietschgrüne Sportjacke, eine Fliege um den Hals, Badeshorts, Flip-Flops, Pornobrille.

Ouwouwouw, hab ich mir da gedacht, da hat sich jemand aber was überlegt.

Die Fluppe im Mund und die Kopfhörer lässig umgehängt, vervollständigten das Bild – da musste ich grinsen und konnte trotzdem nicht leugnen, dass er sexy war, dieser Typ, dieser Erik. Auf seinem rostigen Damenrad fuhr er neben uns her und redete nicht besonders viel mit mir, mit Eva und Ida schon, versteht sich.

*

Endlich geht die Sonne wieder auf, bevor der Tag schon zur Hälfte vergangen ist. Der Münchner Frühling schmeckt nach Einfamilienhäusern, Brezeln und Bratwürsten und schwingenden Röcken auf dem Marienplatz.

Wir sitzen an einem Biertisch im Biergarten neben dem Chinesischen Turm. Ungewohnt irgendwie, in einer festen großen Gruppe unterwegs zu sein, acht Jungs, Jule, die Freundin von Lennart, und wir. Ausgelassene Stimmung produziert das.

Es ist warm, obwohl die Sonne schon hinter dem Horizont verschwindet. Tequila spritzt über unsere aufgeknöpften Cowboyhemden. Die Menschen genießen die Dämmerung sichtlich entspannt bei einer Zigarette im Freien.

»Ich hab schon gedacht, es würde niemals wieder warm werden!«, sagt Ida und nimmt einen weiteren Schluck aus der Flasche.

Keine halbe Stunde später hängen wir uns grölend im Arm. Ida und ich kichern, singen, laufen in das Stückchen Waldgebüsch, um zu pinkeln.

»Und, wie findest du Erik?«, fragt Ida mich neckisch.

Ich hake mich bei ihr unter und beginne im Kreis zu laufen, unsere Körper bilden zwei Gegenpole, die ihre Spannung gegenseitig halten, immer schneller und schneller drehen wir uns, bis die Baumkronen über uns ineinander übergehen wie ein Kreisel. Abrupt bleibe ich stehen und sage: »Schon ganz süß.«

Meine Knie sind weich. Ida stolpert, irritiert durch die plötzliche Koordinationsschwierigkeit in Kombination mit dem Alkohol, kann sich im letzten Moment aber noch halten. Für den Bruchteil einer Sekunde mache ich mir Sorgen, dass sie sich übergeben könnte. Wir verkriechen uns zwischen Rhododendronhecken.

»Dann fang doch was mit ihm an, Mensch. Ist doch lustig.«

»Wie jetzt?«

»Na ja, mit Erik, habt doch euren Spaß. Ich mein, wenn du ihn süß findest …«

»Ich weiß nicht … Er wirkt nicht so …«

»Ach komm, hör auf«, sagt Ida, zieht sich die Hose hoch und läuft lachend und schwankend wieder zu den anderen.

*

Jetzt muss ich die ganze Zeit darüber nachdenken, ob ich was mit ihm anfangen soll, und wenn ja, wie ich das bitte anstelle.

Es ist auch nicht so, dass ich nicht schon drüber nachgedacht hätte. Sobald ich mich mal einigermaßen angeschlichen habe, neben ihm auf der Bank sitze, ist er schon wieder mit Lorenz auf der Wiese verschwunden und bespricht irgendetwas Ernstes.

(Dann fang doch was mit Raquel an, ist doch lustig. – Echt? – Bisschen Spaß ist doch voll gut, wenn du sie süß findest. – Ich weiß nicht ... sie wirkt nicht so ... – Ach, komm, Alter!)

Noch einen Tequila, bitte.

*

Wie wir jetzt hierher gekommen sind, und warum noch mal genau Erik und ich uns umarmen und küssen und so, also wie das alles zustande gekommen ist, habe ich nur noch als vage Vorstellung in meinem Gehirn gespeichert.

Straßen, Glasflaschen klirrend auf Stein, Straßenlaternen, glimmende Zigarettenstummel, Straßengestalten, französische Gespräche mit Touristen, Gruppendynamikvariationen, ein Türsteher, der uns nicht reinlassen will in seinen Bonzenschuppen, Kotze, Handygeklingel. Mittlerweile sind wir nur noch zu sechst.

*

Schüchtern haben wir es angetestet, uns im Kino nebeneinander gesetzt, auf der Schlosswiese den Himmel betrachtet, in der Bar die Beine miteinander verschränkt, im Club zusammen die Jacken abgegeben.

Jetzt: Erik und ich tanzen zusammen inmitten aufgestylter Jugendlicher. Gymnasiumsparty nennt man das hier, glaube ich.

Erik tanzt wunderbar, ich habe noch nie einen Jungen getroffen, der so gut tanzen kann. Mit aller Hingabe, aber plus Können. Wenn ich ihn so anschaue, ihn ab und zu küsse, eng an mich gezogen, überkommt mich ein komisches Gefühl. Ob es echt ist, weiß ich nicht. Jedenfalls beschließe ich, etwas zu sagen, um mich selbst zu prüfen eigentlich, ob das jetzt Einbildung ist oder nicht. Und als wir gehen, an der Wand am Ausgang lehnen und auf Ida und die anderen warten, sage ich zu ihm: »Ich glaube, ich bin dabei, mich in dich zu verlieben.«

Und während ich diese Worte ausspreche, weiß ich, dass ich lüge, dass ich mich selber anlüge. Erik sagt nichts, er schaut mich nur nachdenklich an.

Dann küsst er mich.

Und obwohl ich weiß, dass ich mich selbst anlüge, ist es eigentlich ganz angenehm, zumindest so tun zu können, als wäre ich in ihn verliebt. Zurücknehmen kann ich es sowieso nicht. Also schaue ich auch nachdenklich, vielleicht sogar traurig in der Gegend rum. Wenigstens weiß ich jetzt, dass es Einbildung war.

Die Turbulenzen in letzter Zeit scheinen mich echt verwirrt zu haben.

*

Später in der S-Bahn, nach vier muss es schon sein: Erik und ich sitzen nebeneinander. Wir schweigen zwar, aber es ist kein unangenehmes Schweigen. Es sagt vielmehr einfach alles. Meine Finger umklammern seine Hand. Kurz bevor er aussteigen muss, schauen wir uns noch mal in die Augen.

»Ich hab dich lieb«, sagt Erik.

Peng, Stimmung weg. Er umarmt mich und steigt aus. Danach bemühe ich mich, ein paar Tränen rauszuquetschen.

Aber »Ich hab dich lieb« ist ungefähr das Schlimmste, was ein Junge sagen kann. So was von unmännlich, das gibt's gar nicht. Diese ganze Verweichlichung der Männer, die zurzeit ständig in den Medien besprochen wird – aaah, furchtbar!

Ich mag es auch nicht, wenn Männer weinen. Außer es gibt wirklich einen Grund. Aber wenn ich nach einem Streit weinen muss (und das passiert häufig und in allen Lebenslagen, ich heule eigentlich immer, zum Beispiel wenn ich wütend bin) und dann zu ihm blicke und sehe, dass er auch weint, ruft das in mir merkwürdigerweise ein Gefühl der, ja man kann schon fast sagen, Verachtung hervor. Da vergehen mir diskret die Tränen.

*

Ich sitze im Zug nach Berlin. Der Zug ist nicht schön, von außen dreckiggrau, innen sind die Sitze abgenutzt, die Gänge verschmutzt, die Vorhänge vergilbt. Vergilbt sind auch die Leute, finde ich.

Sie sehen fast alle so aus, als gehöre die Fahrt in der schmutzigen Regionalbahn mit den vergilbten Vorhängen zu den alltäglichen Vorgängen ihres Lebens.

Menschen, die sich einen ICE entweder nicht leisten wollen oder nicht können.

Und dazwischen gestreut ein paar Abenteurer und junge Pendler, Studenten wahrscheinlich. Ich höre Atesh K.s Lied »Sunrise«. Electronic. Es versetzt mich augenblicklich in eine ganz bestimmte Stimmung.

Dazu schaue ich aus dem Fenster (an den Fenstern kleben graue Regenreste und Staubschlieren) und strecke meinen Blick nach den grünen Hügeln Deutschlands aus.

Ich finde Deutschland immer am schönsten, wenn ich im Zug sitze. Dann gehören die Wälder, die spiegelglatten grünschimmernden Seenplatten, die zerzausten Schäfchenwolken und die Meere gelber Rapsfelder zu mir, wie mein kleiner Finger zu mir gehört. Dann werde ich eins mit der Natur, obwohl das doch seltsam ist, ich sitze ja hinter schmutzigem Glas und fliege an der ganzen Schönheit einfach vorbei.

*

Fahrrad verliehen, Bus gestreikt. Zwanzig Minuten später. Bus gefahren, dicht an dicht mit warm angezogenen Menschen, die den Sommer noch nicht glauben können.

Dabei ist er doch da und vielleicht bleibt er noch ein bisschen. Er wärmt die kalten Metalltürklinken, brennt feine Sonnenstrahlen in meine winterbleiche Haut.

Und der Joint von gestern auf der Admiralbrücke liegt noch immer schwer auf meinen Augenlidern, ich hatte lange nicht mehr gekifft.

*

Ich habe keinen festen Freundeskreis in dem Sinne. Nicht so wie die Jungs in München, dieser Trupp, in dem sich mehr oder weniger alles abspielt. Manchmal finde ich das schade. Andererseits habe ich dafür viele spezielle Freunde, nicht nur in Berlin, die sind überall in Deutschland und in der Welt verstreut.

Jeder von ihnen spielt in meinem Leben zu verschiedenen Zeitpunkten eine mehr oder weniger große Rolle.

Vielleicht liegt es daran, dass ich schüchtern bin. Ich brauche jedenfalls länger als zwei Stunden auf einer Party, um mich mit jemandem wirklich anzufreunden.

Sie sind alle sehr unterschiedlich, deshalb bezweifle ich manchmal, dass sie sich gut untereinander verstehen würden, könnte man sie alle zusammenbringen. Ein paar Mal habe ich damit rumexperimentiert, und einige Kombinationen sind sogar geglückt. Im Endeffekt ist es jedoch so, dass meine 150 Freunde bei MySpace nur Leute sind, mit denen man mal Party macht oder auch öfters, aber die könnte ich keine Viertelstunde im Café unterhalten.

Dutzende von Gesichtern, die man umarmt und küsst und die sich trotzdem einen Scheißdreck um dich scheren. Und du scherst dich einen Scheißdreck um sie.

4

Gerade habe ich in der *Süddeutschen* einen Artikel über die Schwierigkeiten der Einordnung der heutigen Jugend gelesen. Komisch. Wir leben wirklich so dazwischen. Ich, meine Freunde, mein Umfeld: Wir sind nicht *die* Jugendlichen; da haben sie schon recht, die Erwachsenen.

Es ist so, dass ich mich nicht wirklich wie 16 fühle, weil, das tue ich eben nicht. Besser erklären kann ich die andere Richtung, die große, sonnengroße Sehnsucht danach, 25 zu sein, beziehungsweise die Zeit zwischen 22 und 28.

Ich stelle mir immer vor, wie ich in dem Alter endlich das Leben leben kann, welches ich jetzt nicht leben kann, genau das ist es, ich fühle mich nicht wie 16, weil ich kein Interesse an einer 16-jährigen Art von Leben habe.

Überspringen, fast forward, delete. Bitte. Das hört sich jetzt alles wirrer als wirr an, dabei meine ich nicht, dass ich dann alles erreicht und den Sinn des Lebens gefunden haben muss. Diese Vorstellung existiert einfach in meinem 16-jährigen Gehirn, das ist der Grund für meine Versuche der Selbstständigkeit, vielleicht sogar für die vielen älteren Männer, mit denen ich schlafe.

So ganz zufällig kann das nicht sein.

Mit 25 will ich die richtigen Leute kennen, die richtigen Freunde haben, Erfolg in dem, was ich mache, als Choreographin, Tänzerin oder Mediendesignerin zum Beispiel. Mama versteht immer nicht, warum der Druck in mir so groß ist, Dinge zu erreichen.

Sie sagt, Alltag gehört im Leben dazu, davor kann man nicht weglaufen. Ich weiß, dass sie recht hat, aber mir gelingt es nicht, das zu akzeptieren.

Eine große Dosis Alltag führt bei mir immer zu hysterischen Zusammenbrüchen. Das ist blöd und vor allem unangenehm für alle Menschen, die täglich mit mir auskommen müssen.

Wenn ich dagegen Dinge unternehme, die aus dem Alltag herausfallen, einen Film drehen zum Beispiel, an einem Workshop teilnehmen, eine Reise machen, mit einem Mann schlafen – ja, mit Männern schlafen gehört auch dazu –, bilde ich mir ein, glücklich zu sein.

Großstadtkinder werden schneller erwachsen. Großstadtkinder gehen mit 14 in Clubs, weil sie von Privatsaufgelagen gelangweilt sind. Mit 16 ist es dann schon wieder langweilig, so Clubs, das kommt vielleicht wieder mit 26, jetzt kann ich auch zuhause bleiben und schlafen. Großstadtkinder – gehen mit Pulli und Jeans tanzen, ungeschminkt meinetwegen ... Ach, weiß ich doch auch nicht, Intellektualität ist nicht mein Ding.

*

Sonntagnachmittag. Schöneberg. Café Bilderbuch. Sieben Wochen nicht gesehen.

Ich sitze zurückgelehnt in dem grünen samtbezogenen Sessel und rühre in meinem Pfefferminztee, beobachte die Pfefferminzblätter, die sich im Kreis drehen. Beatrice hat mir gerade eröffnet, dass sie oft über Selbstmord nachdenkt. Das finde ich ehrlich gesagt ziemlich albern, aber das darf ich ja nicht sagen, am Ende tut sie es doch und ich bin schuld, weil ich ihre Probleme nicht ernst genug genommen habe.

Das Ding ist, ich mag sie echt gerne und kenne sie inzwischen auch sehr gut, würde ich sagen, aber so oft sehen wir uns auch nicht. Ich weiß nur das Wichtigste von ihrem aktuellen Alltag, also wer mit wem zusammen ist und ob sie verliebt ist, aber nicht, was sie zum Frühstück isst, wie das bei Ida der Fall ist. Ich mag sie gerne und auch die Abende auf einsamen Parkbänken und Cafébesuche, die wir alle anderthalb Monate durchführen. Trotzdem halten wir uns gegenseitig nicht länger als einen Tag aus. Wie soll man sagen, das reicht dann halt für die nächsten anderthalb Monate. Darüber reden wir auch ganz offen, jeder führt sein eigenes Leben, basta.

Ich überlege also jetzt, was ich am besten sage, so ernst wie sie mit mir spricht, muss ich es schließlich ernst nehmen. Am liebsten würde ich aber sagen: Beatrice, nimm dich selbst nicht immer so ernst. Rede mal über Schminke und Klamotten, nicht über tragische Schicksale der Rockgrungedrogengeschichte, und weg sind sie, die Selbstmordgedanken.

Mit Humor ans Leben rangehen, Baby. Stattdessen sage ich was ziemlich Blödes: »Warum?«

»Denkst du nie darüber nach, einfach alles zu beenden, raus aus der Scheiße?«

»Nein«, antworte ich und rühre weiter in meinem Pfefferminztee rum. Ich hab so meine Schwierigkeiten mit depressiven, suizidgefährdeten Jugendlichen. Aber Beatrice ist immer noch meine Freundin.

»Du hast ja auch alles, was du dir wünschst. Alle beneiden dich, klar.«

Jetzt übertreib mal nicht, Baby. Baby, baby one more time ... Ich zwinge mich zu sagen, dass das gar nichts damit zu tun hat, dass ich auch nicht immer glücklich bin, irgendwas halt sagen, auch wenn ich nicht weiß, was das Richtige wäre.

An den Wänden hängen kitschige Alpenpanoramamotive neben moderner Schwarz-Weiß-Fotokunst. Auf einem der Bilder ist ein Paar abgebildet, man sieht nur einen Ausschnitt ihrer Gesichter, die Augen und die Nase der Frau und den Mund des Mannes und eine Hand über ihrem rechten Auge. Der Hintergrund ist weiß bis auf eine Tür, deren Konturen unscharf verlaufen. Gefällt mir, das Bild. Ob es zum Verkauf dasteht?

*

Auf deine Augen fällt ein Sonnenstrahl, von gestern und morgen kommt der Schnee, der die Blätter fängt.

Kristalle, die zu deinen Füßen liegen, so empfindlich wie das Wort aus deinem Mund.

Den Mut zu haben, Dinge zu berühren, die Angst davor, dir etwas zu zerbrechen, und nie wissen zu können, wann morgen kommt.

*

17 Jahr, blondes Haar, so stand sie vor mir ...

Übermorgen fängt die Schule wieder an, erst mal Geburtstag. Sonntag. Sonntagskind. Sonntagskinderfest. Also von Samstag auf Sonntag. Ein rauschendes Fest soll es werden, in meinem Wohnzimmer, kleiner Kreis. Es gibt Fleischfondue, Tsatsiki, Rosmarinbrot, Sahnekartoffeln und Salat mit Ringelblumen und Kapuzinerkresse.

Zum Nachtisch Ostereier mit Trüffelfüllung, die ich im Aldi gekauft habe, weil das Osterzeug ja nach Ostern einem nur so hinterhergeschmissen wird. Gelächter, im Hintergrund die Jazz-CD von meinem letzten Geburtstag, glückliche Gesichter.

Ich habe es gewagt und einfach kreuz und quer eingeladen, Beatrice, Madita, Justus, Sanne, Cosima, Philipp, Holger, Aljoscha, Pepe, Anouk, Tom. Und Ida und Thilo waren auch da, und es hat eigentlich ganz gut geklappt.

Justus hat noch ein bisschen Breakdance auf unserem Wohnzimmerholzboden gemacht und wir standen im Kreis und haben geklatscht, bis alles nur noch verschwommen war wie das Meer. Meer. Zu viel Wein, immer mehr Wein.

Philipp ist relativ früh gegangen, weil er sich noch auf eine Prüfung Ende der Woche vorbereiten musste – armes Abiturgesindel.

Und die anderen waren auch irgendwann weg.

Er war irgendwie einfach da.

Toshij hat mit Tom im Bad rumgemacht, ich habe die Teller aufeinandergestapelt.

Er war mit seinen Händen einfach da, an meinem Körper, von hinten hat er mich umfasst und seine Nase in meinen Hals gegraben. Schade, habe ich noch gedacht, weil ich ihn doch wirklich sehr gerne mag als Freund, schade, dass ich ihn jetzt küssen muss, nur um ihn nicht zu verletzen, nur um ihn als Freund nicht zu verlieren – den Kuss am nächsten Morgen auf die Geselligkeit des Abends und den fließenden Wein zu schieben, viel einfacher als zuzugeben, dass nichts da ist, was erfüllt werden könnte mit irgendeiner Form von Erotik.

Also haben wir miteinander geschlafen: rauschig, erschöpft, unzufrieden, zumindest ich. Und das überträgt sich schließlich auch. Türkischer Hip-Hop hat noch leise aus den Boxen geklungen, hat den traurig zusammengeknüllten Servietten mit Sonnenblumenmuster von verlassenen Mädchen und politischen Konflikten ein Lied gesungen, ist über uns und unsere Körper hinübergeschwappt.

*

»Ich dachte, du bist cool mit so was«, Justus dreht sich genervt auf die Seite.

»Das hat nichts damit zu tun, dass ich nicht cool bin. Es hat mit dir zu tun. Ich möchte einfach kein sexuelles Irgendwas mit dir aufbauen. Ich kann's dir halt nicht anders erklären«, antworte ich.

Nicht so zumindest, dass es ihn nicht verletzt. Ich muss ihn wirklich nicht verletzen. Es gibt auch keinen Grund dazu. Wenn ich ihn küsse, sträubt sich alles in mir. Nicht aus Gewissensbissen oder so, ich möchte ihn einfach nicht küssen. Basta.

Ich wünschte nur, es gäbe einen Jungen, mit dem sexuell alles super wäre. Sogar mit Pepe oder Philipp gibt es manchmal Situationen, die komisch sind, die zu stark auf einem sehr dünnen Seil tanzen. Absurd eigentlich. Jedenfalls ist das also die Einigung, Sex ja, Knutschen nein.

*

»Justus«, flüstere ich und ramme meinen Ellbogen in seine Seite. Wir sind eingeschlafen. Der Rausch wahrscheinlich. Die unleugbare Keinerotik. Gibt's nicht, das Wort, weiß ich doch.

Ich habe nicht unbedingt das Bedürfnis, besonders zärtlich zu ihm zu sein, schließlich ist es vor allem seine Schuld, dass wir jetzt hier sind, wo wir nie sein sollten. Zusammen, nackt, in einem Bett, in Löffelchenstellung, befleckt mit gegenseitigen Körperflüssigkeiten. Igittigitt. Ich find ihn ja noch nicht mal heiß. Jetzt muss ich mir seine Pickel am Rücken, seinen mattschimmernden Schweiß im Nacken und die schwarzbehaarten bleichen Beine aus nächster Nähe anschauen, als wäre ich verliebt.

So viel Nähe geht nur bei Verliebtheitszustand, aber akutem. Glaube ich. Es ist ja auch nicht so, dass ich irgendwelche Prinzipien habe, die dagegensprechen würden, mit Bekannten oder sogar Freunden zu schlafen. Aber halt nicht mit Justus. Ich bin nicht spießig oder prüde. Aber halt nicht Justus.

Scheißsituation, Katersituation. Wo ist eigentlich mein Kater? »Karl-Oooootttttoooo!«, zische ich in den Raum hinein.

Justus bewegt sich jammernd zwischen meinen Bettlaken.

»KARL-OTTO!«

Yes, Justus fährt hoch, in die Vertikale.

»Kannst du bitte ein bisschen rutschen, ich kann so nicht schlafen.«

Draußen zwitschern die Vögel, ich nehme den Kater Karl-Otto in unsere Mitte, drehe Justus meinen Rücken zu, nachdem ich ihm ein gnädiges letztes Gute-Nacht-Lächeln zugeworfen habe (hat er sowieso nicht registriert, zu viel Meer) und schlafe Stirn an Stirn mit der kühlen Wand ein.

5

Mathearbeit verhauen. Kalte Wohnung. Thilo und Ida waren grad hier, war sehr schön, Nudeln gekocht und Bier getrunken, über Zukunft geträumt und geredet. Jetzt bin ich angeschwippst, es ist kurz vor zwölf, morgen Physik, Französisch, Deutsch.

Gestern war komisch, um 18 Uhr wollte ich schlafen, kurz bis eins geschlafen, bis drei Mathe gelernt, dann geträumt, dass Justus und ich uns verlieben, so viel geträumt, von so viel geträumt.

Von hässlichen Typen und Mädchenheimen, deren Gärten gesäumt waren von blühenden Orangenbaumhainen.

*

Die Pille habe ich übrigens wieder abgesetzt. Da ich die ganze Zeit im Zwiespalt darüber war, ob diese Freiheit wirklich die ganze Hormonscheiße wettmacht, hab ich es schließlich beendet, bin ja jetzt offiziell Single.

Das ist erst einen Monat her: Mein Busen ist trotzdem um drei Größen geschrumpft, im Gegensatz zu meinem Bauch, der kann die Hormone ganz gut für sich behalten.

*

Eva pult die Milchcreme aus ihrer Milchschnitte und schaut deprimiert aus dem Fenster. Ich würde sie zu gerne trösten, aber das wird seine Zeit brauchen, bis sie sich trösten lassen wird. Zu frisch die Wunden, zu überraschend die Überraschung.

»Ich verstehe es einfach nicht.«

Fassungslos, nicht von dieser Welt.

Warum muss das Leben immer so verdammt kompliziert sein, ich weiß, ich bin undankbar, aber es ist nun mal so, egal wie klein die Komplikationen in Wahrheit sind. Sie scheinen so wahnsinnig unüberwindbar in dem Moment.

*

Nils hat sich von Eva getrennt, wie sich ein Sammler von seiner Sammlung trennt, als ob sie ihm nie viel bedeutet hätte. Das glaube ich ihm nicht, dass sie ihm nie was bedeutet hat. Bestimmt ist er unsicher, verletzbar. Bestimmt glaubt er, seinen Stolz retten zu müssen, dieses scheiß Stolzgehabe.

Kann ich gar nicht haben, verdammt, das tut fast noch mehr weh, als wenn man mir wehgetan hätte, Eva so traurig zu sehen.

*

Bei den Proben heute haben wir einen neuen Typen bekommen, Neil heißt er, er sieht ganz gut aus, ein bisschen soft vielleicht, nicht besonders stylisch. Hübsch halt. Aljoscha kannte ihn schon vorher und hat ihn irgendwie mitgeschleppt, die genaue Geschichte kenn ich auch nicht. Er sieht aber nicht aus, als ob er homosexuell wäre, so wie Aljoscha. Vielleicht hat er sich Hoffnungen gemacht, der Arme.

Wir beginnen jetzt mit einem neuen Stück. Was ziemlich Großes. Und im Sommer nehmen wir die Performance vom letzten Winter wieder auf. Fünf Aufführungen oder so, im Rahmen eines Tanzfestivals hier in Berlin.

*

Das Klima spielt so was von verrückt, das ist der pure Wahnsinn, ich schwitze sogar im Bikini. Und Schule nervt so was von ... Ich habe das Gefühl, irgendeine Kurve schlichtweg verpasst zu haben. Kurvenkratzen muss etwas komplett anderes sein.

An Erik denke ich noch manchmal, halte mich fest an dem Gefühl, in ihn verliebt zu sein, ohne die Verlogenheit.

Warte darauf, dass er sich meldet, irgendwas, eine kleine Nachricht auf MySpace meinetwegen.

Tut er auch.

Erst einmal.

Dann nicht mehr, dann sagt er, es wäre ihm lieber, wenn wir den Kontakt abbrechen würden, im Sommer sehen wir uns wahrscheinlich. Er schreibt, wir sollen doch bitte schauen, wie es da wird, von vorne anfangen.

*

Kreuzberg mon amour. Ich weiß nicht, ob es einen besseren Ort zum Leben gibt als Berlin-Kreuzberg.

Die Räucherstäbchenfrau vorm Schlesi, der Krimskramsbauchladentyp, die Zigeuner in der U1 und der Zwerg, der mit massiven Kerzen hin und her schwenkt und in hoher Tonlage »Keeeerrrze kaufen!« ruft, bevor er mit seinem Fahrrad zum nächsten Stop fährt. Über ihn kursieren Gerüchte, er sei früher Drogenhändler gewesen, bis er geschnappt wurde, und seitdem verkaufe er Kerzen, die mit Haschisch gefüllt seien. Gerüchte können wunderbar sein.

Die Bars, die Cafés, der Flohmarkt, das Badeschiff, der Club der Visionäre, die Clubs überhaupt, die Tauben, die Alkoholiker vorm Kaiser's, die Kopftuchfrauen, die Obststände ...

Und gerade deshalb ist mir Kreuzberg so viel lieber als Prenzlauer Berg zum Beispiel, obwohl das bestimmt anders wäre, angenommen, ich wäre da aufgewachsen wie Sanne, die kommt ja auch kaum raus aus dem Schönhauser Kiezleben.

Bei mir fängt das schon an, dass ich mich nicht mit der Straßenbahn identifizieren kann, weil es die bei uns einfach nicht gibt, die nächste fährt ab Warschauer Straße (und die fährt dann auch in den Prenzlauer Berg).

*

Er ist definitiv der schönste Mann, dem ich jemals begegnet bin. Ich begegne ihm heute zum ersten Mal bewusst. Also, ich glaube, ich habe ihn schon mal davor gesehen, aber da muss irgendetwas gewesen sein, dass er mir nicht aufgefallen ist. Schon lange hier wohnen kann er jedenfalls nicht. Halbes Jahr ungefähr.

Er hat sehr schöne Augen, dunkelblaufastschwarz, sonnengebleichte Haare, unordentlich, Dreitagebart. Seine Haut hat die Farbe von Karamell. Und er ist sehr stylisch. Aber nicht überstylisch.

Aber das Beste ist seine Stimme. Dunkel, rau. Und wie er redet, sehr langsam, bedächtig, verplant könnte man das wahrscheinlich nennen.

So wie es eben sein soll. Wahrscheinlich wird er angehimmelt wie nichts, obwohl, vielleicht auch nicht. Er ist nicht besonders groß. Und damit nicht mächtig und männlich und maskulin genug. Möglich, dass ich nie dem mächtigen, männlichen, maskulinen Typ verfallen werde, egal wie sehr ich es mir vornehme. So ist es halt nicht.

Aber hey, er ist der Pirat, der Prototyp-Mann, den ich will. Pirat der sieben Weltmeere und so weiter …

Ich hole gerade die Post aus dem Briefkasten, als er durch die Hintertür ins Treppenhaus kommt.

»Hallo!«, sage ich.

»Hallo.«

Wir schweigen beide kurz. Das ist immerhin das erste Mal, dass wir einander auffallen, vermute ich mal.

»Wie geht's?«

»Gut«, entgegne ich und ärgere mich, dass ich meinen lila Bleistiftrock und Papas viel zu großen schwarzen Kapuzenpulli anhabe, das sieht bestimmt ziemlich scheiße aus.

Ist auch überhaupt gar nicht typisch, dass ich scheiße aussehe, wenn ich ausnahmsweise mal jemanden treffe, den ich auf den ersten Blick (oder war es der zweite oder der dritte?) anziehend finde.

Keine Ahnung, worüber man redet mit einem Nachbarn, den man nicht kennt. Er nimmt mir das Rätsel ab, indem er so tut, als ob er schon lange mal fragen wollte, ob wir bei uns zuhause eine Leiter hätten. Er bräuchte mal eine Leiter. Er müsse die Küchendecke streichen.

Ach so.

Ich antworte ihm, dass wir durchaus eine Leiter hätten. Er will sie gleich abholen kommen, zwanzig Minuten oder so.

Wenn er mich noch einmal so anguckt, verliebe ich mich in ihn.

*

Mit der Leiter steht er im Flur, sie sieht monströs aus im Gegensatz zu ihm. Er grinst, bedankt sich. Ich grinse zurück, kein Problem, sage ich, natürlich, immer wieder gerne, was sonst, schließe die Tür, habe sie beinahe geschlossen, als er mich aufhält in meiner selbstbewussten Türschließ-Aktion, mir seine Hand entgegenstreckt: »Ich bin übrigens Julian.«

»Raquel«, sage ich.

Schweige kurz. Lächle noch mal kurz. Schließe die Tür, höre, wie er die Treppe hinunterpoltert mit der Leiter, die viel zu schwer für ihn ist, flucht, leise und unauffällig, so dass man es nur hören kann, wenn man so nah an der Tür steht wie ich, empfindsam für jedes Geräusch.

Julian.

Schlage ihn mir aus dem Kopf, gehe zurück in die Küche, wo die Spaghetti schon weich gekocht sind, esse matschige Spaghetti mit Parmesan, Butter und Kräutersalz.

Zwinge mich, nicht zu viel zu lächeln, derart grundlos.

*

Die Wände sind zugekleistert mit moderner Kunst. Kunstszenemenschen tanzen ekstatisch zwischen abstrakten Skulpturen.

Ich trinke Wodka pur aus einem gebrauchten Glas.

Die Musik spielt mit meinen Haaren, meinem Atem. Meine Stiefel verursachen Schmerzen.

Eva tanzt neben mir, eng umschlungen mit einer neuen Liebe von ihr, die Moritz heißt. Und Ida sitzt immer noch in der Galerieküche mit dessen Freund Björn. Ich misch mich da jetzt nicht ein.

Und ich alleine.

Ein schmieriger Typ mittleren Alters, also eigentlich alt, tanzt mich an und legt seine Hände an meine Taille. Ich stoße ihn angewidert weg und errege die Aufmerksamkeit einiger Gäste. Komisch, dass mir keiner zu Hilfe kommt. Die Prinzen gibt es halt doch nur für Dornröschenmädchen.

Eigentlich bin ich müde, ich will schlafen. Ich weiß gar nicht, wessen Idee es war, auf diese Galerieeröffnung zu gehen.

Ist natürlich cool, so eine Galerieeröffnung, wahrscheinlich war ich diejenige, die vorhin am lautesten geschrien hat, als wir über die Abendplanung debattiert haben. Alleine fahren will ich auch nicht. Den anderen den Abend verderben ebenso wenig.

Ich spiele mit dem Gedanken, Pepe oder Philipp anzurufen, ob sie mich abholen kommen. Aber wahrscheinlich haben sie schon getrunken und dürfen gar kein Auto fahren.

Mann. Halb vier erst. Ich hole mir noch ein Bier an der Bar. Ist mir egal, dass man Bier nicht nach dem Wodka trinken soll.

Ida ist immer noch ins Gespräch vertieft. Langsam wird es Zeit zu knutschen und dann kann ich auch schneller nach Hause.

Ich schwenke meinen Kopf mit der Musik und lasse die Zeitlupenatmosphäre auf mich herunterrieseln.

*

Oma hat heute angerufen.

Wen ich wirklich bewundere, ist meine Oma, Mamas Mutter. Sie ist trotz ihres Alters weder spießig noch verbittert noch langweilig – die drei Dinge, vor denen mir in Bezug auf das Älterwerden am meisten graut.

Meine Oma heißt Rosalinde und ist sonst auch ganz und gar eine Bilderbuchoma, vom Feinsten, Crème de la Crème, ich weiß, das klingt absurd, aber ihr Gesicht umrahmen weiße Kringellöckchen, sie trägt ausschließlich Röcke mit bunten Blumenprints und dazu Ballerinas (auch im Winter); und sie strickt. Ernsthaft jetzt.

Das einzig optisch Ungewöhnliche an ihr ist ihre Größe, sie ist mindestens drei Meter groß, aber da sie so schmal und zierlich ist, fällt das nicht weiter auf und niemand würde vermuten, dass ihre Arme tatsächlich so stark wie lang sind. Wenn sie einen umarmt, fühlt man sich beschützt und sicher.

Jedenfalls habe ich eine große Schwäche für Rosalinde, denn so eine Oma gibt es nur einmal, jawohl. Sie wohnt zwar weiter weg als meine andere Oma, nämlich in der Schweiz (und meine andere Oma, Oma nennen wir sie, in Freiburg), und ich sehe sie entsprechend seltener, aber ich habe trotzdem einen viel größeren Bezug zu Rosalinde.

Wie gesagt, sie wohnt in der Schweiz, in der italienischen Schweiz, zusammen mit einem Bildhauer und dessen Frau, zwei Jugendfreunden von ihr.

Früher haben wir die drei oft besucht, aber jetzt bleibt im Gewühl der Tage, die wie Schneeflocken ruhig, aber schnell vorbeifliegen, wenig Zeit. Mittlerweile habe ich sie fast ein Dreivierteljahr nicht mehr gesehen.

Sie wohnen in einem alten Bauernhaus mit einer riesigen Küche, in der rote Regale stehen und ein Schaukelpferd, das älter sein muss als sie alle drei zusammen. Auf der Weide, die auf einem Abhang liegt und grün ist und welche man aus dem Fenster heraus betrachten kann, wiederkäuen die Kühe im gemächlichen Gleichtrott und ihre Halsglocken bimmeln im Wind. Dort und auch im Garten beim Brunnen zwischen Mückenschwärmen haben wir viele Wochen unserer Kindheit verbracht, im Winter haben wir unförmige Schneemänner gebaut und sie mit Streichhölzern und Knöpfen und allerlei Schrott dekoriert, weil Rosa Möhren und Töpfe langweilig fand. Im Sommer haben wir das Geißblatt von der Scheunenwand gerupft und Kränze daraus geflochten. Damals wussten wir gar nicht, dass das englische Wort dafür *Honeysuckle* heißt. Den Geruch haben wir sehr geliebt.

*

Heute ist es viel wärmer. Als wäre es vom Winter direkt Sommer geworden. Grüne hügelige Flächen, im Schatten der blühenden Akazienbäume, schwirrende Insektenschwärme, von der warmen Brise getragen, Maiglöckchen und Tulpen, wohin das Auge reicht.

Die Angst steht dir ins Gesicht geschrieben, so bedrohlich wie die sich dunkel erhebenden Berge jenseits des Flusses, und deine Hände zittern schon.

*

Eva hat Geburtstag, sie wird 15, da kommt man sich beinahe alt vor. Wir haben Biertische und -bänke auf dem Grundstück aufgebaut, einen Grill organisiert, Kerzen, Essen. Sie hat die Mädels eingeladen, später kommen vielleicht noch ein paar aus der Zehnten und Philipp und Holger.

Ich renne zum hundertsten Mal die Treppen hinunter und balanciere dabei ein Tablett mit Gemüsestäbchen und Dips. Auf der letzten Stufe rutsche ich aus, das Tablett fällt scheppernd auf den weiß-schwarz marmorierten Boden. Schachbrettmuster.

Ich bücke mich, um die Scherben und Gemüsestäbchen aufzuheben, als ich Toshijs Lachen und Julians Stimme höre. Sie kommen gemeinsam die Treppe herunter, Toshij hält eine große Schüssel Nudelsalat im Arm. Julian trägt ein dunkelblaues T-Shirt und eine verwaschene Jeans, er sieht umwerfend aus.

Ich komme mir plötzlich schäbig vor, mein Gesicht glänzt, mein türkisfarbenes Blumenkleid ist dreckverschmiert.

»Hi«, sage ich und muss lachen.

Drei Wochen warte ich darauf, ihn wiederzutreffen, und ausgerechnet jetzt, wo ich keinen Funken Gedanken an die Möglichkeit, ihn zu treffen, verschwendet habe, kommt er seelenruhig die Treppen herunter. Die Situation ist so absurd.

»Hallo«, sagt er und bleibt stehen, um sich mit mir zu unterhalten.

Ich weiß nicht, worüber wir reden, ich starre ihn nur an und nicke und lache und sage zu allem ja. In meiner rechten Hand halte ich klein geschnittene Karotten und Gurken, in meiner linken aufgeklaubte Glasscherben. Eigentlich müsste das albern aussehen. Julian nimmt davon keine Notiz.

»Was machst du jetzt?«, frage ich schließlich.

»Meinen Tabak aus dem Auto holen.«

Als er zurück ist, also vom Tabak-aus-dem-Auto-Holen, habe ich es einigermaßen geschafft, das Chaos zu beseitigen, das Glas und das Gemüse in den Müll zu werfen.

»Was macht ihr denn? Ihr habt euch ja richtig Mühe gegeben mit allem, so schön dekoriert; und Tischdecke und alles.«

»Eva, meine Schwester, hat Geburstag. Sie wird 15.«

Wir lächeln. Wahrscheinlich denken wir beide gerade, wie niedlich sich dieses Alter anhört. Viel niedlicher, als es ist, irgendwie.

»Wie alt bist du eigentlich?«

Wow, er fragt, wie alt ich bin, das heißt doch was, bitte schön! (Es wäre schön.)

Ich grinse. »17. Und du?«

»24. Fühl mich aber nicht so.«

Standardantwort, verzeihe ich ihm, glaube ich. Ich bemerke, dass mein linker kleiner Finger blutet.

»Mein Mitbewohner hat gekocht. Selbstgemachte Pizza, lecker.«

Ich lache. Wir sind vor seiner Wohnungstür angekommen.

»Okay, na ja, dann ... tschüss«, sage ich.
»Bis bald«, sagt er.
»Ja, bis bald«, sage ich und lache wieder.

*

He was a skater boy, sang Avril vor vielen Jahren einmal.

Die Sonne geht unter und spiegelt sich in der glatten Spree. Aus dem Ghettoblaster tönt leise Zigeuner-Musik, Gipsy Kings, glaube ich. Auf dem Biertisch stapeln sich bunte Plastikbecher, Teelichter leuchten zwischen den Essensresten, Mädchengelächter. Ich habe mir ein Pflaster auf die Wunde an meinem linken kleinen Finger geklebt.

Bei Julian brennt Licht, ab und zu kann man eine schemenhafte Gestalt durch die Wohnung laufen sehen, oder eine glimmende Zigarette auf dem Balkon. Vielleicht gehört sie Julian, vielleicht schaut er gerade zu uns rüber.

*

Erik ist so gut wie vergessen. Die ganze Zeit nach München, in der ich Tag für Tag an meinem Computer saß und zwanghaft auf eine Nachricht von ihm gewartet habe, ist Schnee von gestern. Jetzt wird mir erst wirklich bewusst, wie wenig ich doch in Erik verliebt war. Einfach gar nicht.

Alles, was in meinem Kopf kreist, ist Julian, eine gedankliche Mischung aus 17-jähriger Naivität, die sich Chancen errechnet, und vernünftiger Reife, die die tatsächlichen Begebenheiten vor Augen hat. Die Naivität, das muss ich eingestehen, überwiegt zu mindestens siebzig Prozent.

*

Ich geh mir nur kurz Kaugummis kaufen, sage ich, obwohl es klar sein muss, dass ich lüge, ich will einfach nur weg. Dann trete ich erleichtert ins Freie, jedes Mal, wenn ich nach draußen gehe, empfängt mich viel mehr Leben als in meinem Bett/Sofa/Schrank.

Balkon ist die Zwischenstufe (viel frische Luft und trotzdem keinen direkten Kontakt zur Außenwelt).

Straße ist Herausforderung, Ungewissheit, Konfrontation. Straße heißt Roulette spielen, nichts erwarten und doch zittern vor Spannung, ob jetzt endlich dein Moment gekommen ist, Roulette spielen mit einer echten Chance auf ein zufälliges Erlebnis, das dein Leben verändern wird. Ansonsten ist es natürlich viel einfacher, das Glück selbst in die Hand zu nehmen. Einen Abenteuertrip zu buchen, anstatt ins Casino zu laufen. Oder, ach, ich weiß nicht. Das Glück wartet halt nicht, es will gesucht werden, ich hab schon verstanden. Glaube ich.

Die Straße ist ungewöhnlich verlassen, vielleicht weil es ein Dienstagvormittag ist. Das Wetter war auch schon mal besser in diesem Frühling. Eine Klingel scheppert, als ich die Tür zum Türken aufdrücke. Einmal die Wrigley's Extra zuckerfrei und eine Schachtel P&S. Und wie viel kosten die Feuerzeuge?

Kurz über den Park einen Umweg gelaufen, die Punks beim Stöckchenwerfen mit ihren zotteligen Hunden beobachtet, auf eine Bank gesetzt und die Zigarettenlänge darauf gewartet, dass etwas passiert.

Nach Hause, eine Tiefkühlpizza in den Ofen geschoben, auf dem Sofa durch die Kanäle gezappt, Französisch unter den Tisch getreten und im Bett nach draußen geguckt. Schöne neue Welt.

6

There are three stages of a man – he believes in Santa Claus; he doesn't believe in Santa Claus; he is Santa Claus.

Lärmend und bunt, Crêpestand an Caipirinhastand an Pizzastand an Bierzelt gereiht. Ungläubigkeit darüber, dass tatsächlich so viele Menschen in Berlin leben, die man alle noch nie gesehen hat. Die Masse größtenteils schon betrunken, obwohl es erst zwei Uhr nachmittags ist. Musik aus allen Kulturen der Welt.

Karneval der Kulturen, heiße Sommersonne im Noch-Frühling. »Menschengedrängel«.

Ida, Eva, Toshij und ich finden uns mitten in diesem Ereignis wieder, gerade sind wir das Stück von der Kirche zum U-Bahnhof runtergebummelt. Eva isst einen Obstspieß, Toshij nuckelt an ihrer Bierflasche und ich bin damit beschäftigt, mein Geld zu zählen. Irgendwie fehlen mir fünf Euro.

»Guck mal, der Typ sieht ganz gut aus«, sagt Ida.

Ich folge ihrem Blick zum Rand der Electro-Bühne.

»Ist das nicht Henning?«, frage ich überrascht, mehr zu mir selber, ganz sicher bin ich mir nicht.

Henning ist ein Freund von Cosima, ich habe ihn erst ein paar Mal gesehen, letztes Jahr waren wir zusammen auf einem Konzert. Ich finde ihn ganz attraktiv. Der Typ, den ich für Henning halte, unterhält sich grad mit einem Freund und steuert dann auf eine afrikanische Bar zu. Als er näher kommt, erkenne ich ihn.

»Henning«, rufe ich und gehe ihm entgegen.

An seinem Gesicht kann ich ablesen, dass er einen Moment braucht, um mich einzuordnen, dann begrüßt er mich aber freudig überrascht, sag ich jetzt mal.

»Was machst du denn hier?«

»Bin mit ein paar Mädels unterwegs«, sage ich. »Meine Schwestern und so. Und du?«

»Auch mit ein paar Freunden. Lisa ist auch da.« Er nickt in die Richtung, aus der er gekommen ist. Denkt er, Lisa ist die Einzige, die ich kenne, oder was.

»Du, tut mir leid, aber ich muss los, vielleicht sehen wir uns mal«, sagt er mit einem Blick auf seine Freunde, die gerade in Richtung U-Bahnhof weiterziehen.

Ich messe dem keine Bedeutung bei, aber ich freue mich, ihn getroffen zu haben, man weiß ja nie.

Tatsächlich aber bekomme ich am nächsten Abend eine SMS. Sie ist von Henning: »Wollte fragen, ob wir uns vielleicht mal treffen. Liebe Grüße ...«

Später erfahre ich von Cosima, dass er sie nach meiner Nummer gefragt hat. Man weiß ja nie. Man weiß wirklich nie, was passieren wird.

*

Nachts. Toshij, Eva, Ida und ich fahren auf drei Fahrrädern weg vom Karneval, vom Lärm und von schmierig grinsenden türkischen Männern im mittleren Alter. Die anderen drei scheinen mir ziemlich betrunken, ich selber mute mir eigentlich noch einiges zu, aber vielleicht ist das auch fehleingeschätzt.

Und tatsächlich packe ich mich keine zehn Minuten später in der Heinrich-Heine-Straße der Länge nach hin, auf meinem Oberschenkel ein handtellergroßer schwarzblauer Fleck, Schürfwunden. Es tut scheiße weh. Mein Kopf ist so müde.

*

Ich trage das schwarze Geburtstagskleid von Eva, um mein Handgelenk baumeln schmale goldene Armreifen. Henning wartet am Görlitzer Bahnhof unten beim Kiosk.

Er ist sehr groß, sein senfgelbes Shirt schlackert um seinen schmalen Oberkörper. Ich finde schon, dass er gut aussieht, aber mein Typ ist er jetzt gerade nicht. Goldbraunes Haar, grünbraun gesprenkelte Augen, markante Nase, Dreitagebart.

Wir gehen ins Café Vor Wien. Das späte Nachmittagslicht tunkt die an den Biertischen lachenden, leicht bekleideten Menschen in warmes Licht. Ich bestelle Apfelschorle, er ein großes Bier.

Mir fällt seine schöne Haut auf, gebräunt und glatt. Feine Hände, tiefe Stimme. Was er mir erzählt, stimmt auch. Auslandsjahr in Südamerika, Hockey, WG in der Dieffenbachstraße, Abiturnote 1,6.

Auf dem Rückweg zum U-Bahnhof legt er den Arm um mich. Also beschließe ich, ihn zu küssen. Leider ist er so groß, dass er sich sehr tief runterbeugen muss, damit wir uns überhaupt küssen können, und leider finde ich, dass das Küssen nicht wirklich funktioniert, es macht nicht klick, meine ich.

Und überhaupt ist mir klar, dass ich mich leider nicht in ihn verlieben kann.

*

Heute Morgen habe ich Julian wiedergetroffen. Ich musste früher in die Schule und bin hastig die Treppen runtergestolpert. Er kommt aus der Tür, mit seinem Fahrrad, er wirkt etwas irritiert.

»Verschlafen?«

Ich schüttle dezent den Kopf.

»Hä – aber du bist doch sonst nicht um diese Uhrzeit im Treppenhaus unterwegs?« Er lacht.

Ich schüttle wieder den Kopf: »Nee, wir müssen für so ein Kunstprojekt früher in die Schule.«

»Ach so. Hast du das mitgekriegt mit dem Brand heute Nacht?«

Ich schüttle erneut den Kopf.

»Irgendwas hat nach Rauch gerochen, ich dachte, ich hätte irgendwo Kerzen stehen gelassen. Hab aus dem Fenster geguckt, und das halbe Auto und der Baum daneben standen in Flammen. Wollte die Feuerwehr rufen, aber da hatte jemand schon Bescheid gesagt.«

Ich will nicht wieder den Kopf schütteln, deshalb sage ich: »Krass.«

Mittlerweile sind wir unten angekommen. Ich halte ihm die Tür auf, er schiebt sein Fahrrad ins Freie, die Luft ist klar und im Verhältnis zu letztem Monat eisig.

»Ja, hab kaum geschlafen deswegen, echt krass. Gut, ich muss los.«

Ich nicke.

*

Ich war schon mindestens zehn Jahre nicht mehr im Zoo. Sorgsam gepflanzte Primelgärten neben Eisbärgehegen. Knut is calling. Eiswagen in Rot und Kinder, in deren Gesichtern sich die ganze Bandbreite erwachsener Emotionen spiegelt.

Henning neben mir trinkt Bier aus der Flasche und redet viel von seinem bevorstehenden Freiwilligen Sozialen Jahr.

Mir gefällt unser Date-Verhalten ganz gut bis jetzt: Es ist nicht so normal, und außerdem schaue ich ihn sehr gerne an und auch seiner Stimme höre ich gerne zu.

Ich will unbedingt noch zu den Nilpferden.

*

Die Jungs sitzen draußen vorm Ohio in der Schlesischen und trinken Bier. Ida, Eva, Toshij und ich haben uns noch fertiggemacht.

Wir wollen ins 103. Das ist der Plan. Vielleicht kommen Aljoscha und seine Freunde nicht rein, weil die meisten noch nicht volljährig sind. Ich kaufe mir Zigaretten beim Türken schräg gegenüber und quetsche mich dann neben Maxim auf die Bank. Mit dem Gesicht zum Fußweg – so kann ich das vorbeiziehende Partyvolk beobachten.

Es ist schon ein Phänomen, dass hier an einem Mittwochabend um null Uhr zehnmal mehr Betrieb ist als an einem Montagnachmittag beispielsweise.

Ein junger Mann und eine junge Frau gehen vorbei.

»Julian!«, rufe ich, als ich registriere, wer es ist.

Julian dreht sich um, seine Haare stehen in alle Richtungen ab, dann erkennt er mich. Ich springe über den Tisch, er umarmt mich.

»Heute bin ich auch mal unterwegs«, lacht er. Die Sonne geht auf.

»Das ist Lulu aus Paris«, stellt er mich dem Mädchen vor.

Sie sieht nett aus, ganz süß vielleicht, aber keine Französin-Französin (aber auch langweilig und unstylisch).

»Wohin geht ihr?«, frage ich.

»Ich muss mich kurz zuhause umziehen und dann ins 103. Und ihr?«

»Wir sind auf dem Weg dorthin.«

»Okay, cool, dann sehen wir uns gleich.«

Aljoscha stößt mir in die Seite und fragt: »Das ist er?«

Ich grinse.

»Der sieht ja krass verplant aus. So ein kleiner verplanter Skater.«

»Hä«, entgegne ich. »Er ist 24. Und wie kommst du auf Skater?«

»Was? 24? Aha. Na ja, hast du die Schuhe nicht gesehen …«

Ich zucke mit den Schultern und zünde mir eine Kippe an.

»Wann wollt ihr denn los?«, wechsle ich das Thema. Jetzt ist Aljoscha an der Reihe, die Schultern zu zucken.

»Na ja, jetzt trinken wir erst mal noch ein Bier.«

Drei Zigaretten später stehen Julian und Lulu wieder vor mir.

»Kommst du jetzt mit?«, fragt Julian, als ob es ganz selbstverständlich wäre.

»Äh ... ja.«

Die anderen kommen sowieso gleich nach. Aber ein bisschen merkwürdig ist das alles schon.

Vorm 103 treffen wir noch ein paar Freunde von Julian.

»And where do you know Julian from?«, frage ich Lulu, keine Lust auf Französisch.

»Ich spreche Deutsch«, antwortet sie in gebrochenem Deutsch.

»Es ist ein bisschen kompliziert.«

»Aha.«

»Kurz gesagt, kennt er die Schwester meines Exfreundes.«

»Und was machst du in Berlin?«

»Ich studiere hier, wohne in Zehlendorf in so einem Studentenwohnheim.«

»In Zehlendorf??«

»Ja«, lacht sie, »ziemlich weit weg. Aber es ist lustig, weil wir so viele ausländische Studenten sind und weil wir schwer irgendwohin kommen, machen wir zusammen im Wohnheim Party.«

»Okay, gehen wir rein, das Konzert fängt gleich an«, unterbricht uns Julian.

Lulu und ich nicken.

»Ach so, ich kenn den Türsteher, da kommen wir durch die andere Tür rein. Wir sehen uns drinnen, ja?«

Ich nicke erneut und stelle mich in die Schlange, die bis auf die Straße reicht. Zum Glück warten Ida, Toshij und Erik auch.

»Und?«, fragt Ida.

»Nichts, sie sind schon rein, sie nehmen die Hintertür.«

»Hä?«, sagt Ida.

Ich denke das Gleiche. Warum fragt er, ob ich mitkomme, um mich dann draußen stehen zu lassen? Ist er wirklich einfach nur verplant? Oder war die Frage, ob ich mitkomme, nicht ernst gemeint? Es klang aber verdammt noch mal so.

»Aber eigentlich ist es gut, oder?«, fragt Ida. »Ich meine, das wolltest du doch, ihn in einem Club treffen.«

»Ja, schon. Ist schon ganz gut«, antworte ich.

*

Eine halbe Ewigkeit später bin ich drinnen. Allein. Ida versucht mit Maxim den Stempel zu fälschen, und Tom und Toshij sind etwas nach hinten gerutscht. Ich dränge mich durch dunkle Gestalten, lauter Elektro umhüllt mich wie eine Luftblase voller Musik.

Das Konzert findet im hinteren Raum statt. Die Menschen stehen dicht an dicht, nasse Haut an nasser Haut, sie kreischen hysterisch, ihre Augen sind glasig und verloren, als wären sie alle in solchen Luftblasen eingeschlossen.

Ich boxe mich weiter nach vorne durch. Ich sehe Lulu und Julian. Ihre Gesichter sind schon leicht angefeuchtet, es ist auch wirklich pervers warm hier drin.

Ich stoße zu ihnen und grinse. Auf der kleinen Bühne stehen Chromeo. Julian stellt mich einer »sehr guten Freundin« von ihm vor, die irgendwas Tolles mit dem Club-Mate-Getränk am Hut hat. Sie schenkt uns Leuchtarmbänder. Das Konzert fängt an, die Masse tanzt, so gut es geht, alle Körper sind nach vorne zu Chromeo gerichtet.

Mir ist heiß, ich weiß nicht, wo die anderen sind, ich kann kaum glauben, dass ich mit Julian im gleichen Club bin, und deswegen bin ich eigentlich ganz glücklich, die Musik ist richtig gut. Trotzdem wünsche ich mir nichts sehnlicher, als dass das Konzert aufhört. Ich ersticke gleich.

Julian stößt mich an und macht eine Geste, die wohl bedeuten soll, ich gucke so grimmig. Ich lache und schüttle den Kopf. Das soll bedeuten, dass ich richtig Spaß habe.

Lulu ist die Einzige, die nicht nach vorne gerichtet ist, sondern Julian zugewendet tanzt. Sie drängt sich zwischen Julian und mich. Ich gehe einen Schritt zur Seite, um ihr Platz zu lassen, wenn sie es nötig hat, sich so sehr an ihn ranzuschmeißen. Sie nervt, sie soll einfach nicht da sein. Oder ich soll einfach nicht da sein. Anscheinend kann ich meine Ablehnung nicht verbergen, oder warum guckt mich Julian mit einem leicht irritierten Seitenschwenk zu Lulu so an. Sie ist gerade dabei, ihre Hüfte in seine Richtung zu shaken.

Ich beobachte ihn ein bisschen. Er erfreut sich anscheinend an der tollen Musik und hat auch richtig Spaß, so wie ich natürlich. Der Schweiß läuft ihm von der Stirn, sein T-Shirt trieft förmlich. Immer und immer wieder schüttelt er seine Haare und wuschelt sie durch. Für einen Mann macht er sich ein wenig zu viele Sorgen um seine Erscheinung, finde ich.

Endlich ist das Konzert vorbei.

Julian beugt sich zu mir rüber und sagt: »Ich geh dann jetzt auch. Muss morgen früh raus.«

Das kommt mir sehr gelegen. Raus aus diesem Raum, weg von diesen Luftblasenmenschen in die Frühlingsnachtluft.

»Ja, ich komm mit«, sage ich.

»Was ist mit deinen Leuten?«

Ich zucke nur die Schultern, die finde ich jetzt sowieso nicht. Mit ihm nach Hause laufen, nichts weiter will ich. Ich bemerke, dass Lulu hinter uns hergeht. Ich ahne Schlimmes.

»Schläft Lulu bei dir?«

»Ja, sie kommt nicht mehr nach Hause, ich kümmere mich ein bisschen um sie.«

Am liebsten würde ich auf dem Absatz kehrtmachen, aber das geht ja jetzt nicht mehr. Zu peinlich. Das Letzte, was ich will, ist, die beiden bis vor die Haustür zu begleiten. Wie konnte ich nur so dumm sein.

Auf dem kurzen Rückweg läuft sie neben uns her, während wir uns unterhalten. Ich lache absichtlich viel. Ich frage mich, ob zwischen ihnen noch was laufen wird heute Nacht. Schön unverbindlich, erst mal duschen, dann in einem Bett schlafen. Warum auch nicht. Vorstellen kann ich es mir trotzdem nicht.

Vor seiner Wohnungstür sagt Julian: »War ein geiles Konzert, ne? Erst mal duschen.«

»Ja«, sage ich. »Schönen Abend euch noch« und »Nice to meet you« zu Lulu.

Sie zieht die Mundwinkel ein wenig angestrengt nach oben.

»Schlaf gut«, sagt Julian. Und: »Bis bald.«

»Bis bald«, sage ich und lache.

*

Meine Haut klebt und meine Haare riechen nach kaltem Rauch. Ich verkrieche mich unter die kühle Bettdecke und lausche dem ersten Zwitschern der Vögel, dem dumpfen Bass irgendeines Clubs, wahrscheinlich das Watergate, einem wendenden Auto in der Einfahrt.

*

Ich liege auf einem rot-weiß gepunkteten Klappstuhl unter einem rosa Sonnenschirm in einem großen sonnengetränkten Garten; das satte Grün des Rasens und das Rauschen der Lindenbaumblätter vermischen sich mit dem Tosen eines Rasenmähers in der Ferne.

Ich trinke Apfelschorle aus einem hohen stabilen Glas, die Eiswürfel stoßen beim Trinken an meine Zähne, ganz kalt ist das; und dabei zwirble ich einen Grashalm in der Falte oberhalb meiner Oberlippe, also, indem ich meinen Mund zu einer Schnute Richtung Nase verziehe. Ich bin sehr gerne in diesem Garten, mehr Sommer geht nicht, zwischen Zitronenfaltern und Hummel-Bienen-Gesurre, Stimmengewirr in der Nähe des Hauses, auf der Terrasse meistens, die mit einem weinbewachsenen Strohgeflecht überdacht ist.

Ich höre meinen Namen.

»Raquel«, ruft jemand und dann noch mal.

Ich drehe mich auf die andere Seite und öffne meine Augen einen Spalt weit. Die Sonne blendet. Ich habe vergessen, meine Sonnenbrille mit nach draußen zu nehmen, und dann war ich zu faul, noch mal ins Haus zu laufen.

Ich träume sowieso viel lieber von meiner Zukunft, als dieses Buch zu lesen für Deutsch. Ich habe mir überlegt, was ich beruflich machen werde, viel beruflich nachgedacht eigentlich, aber auch ein bisschen, was für ein Mann wohl kommen wird.

Einerseits rechne ich mit einem ziemlich normalen Leben, so einem wie das von meinen Eltern. Das würde mir auch sehr gefallen. Andererseits, wer sagt, ich würde nicht bei einem Millionär landen und schöne Klamotten tragen, oder vielleicht verliebe ich mich in einen Feuerwehrmann aus Steglitz.

Wer sagt das, ihr Künstlerschickimickihippieleute. Ich will aber eigentlich schon ein Künstlerschickimickihippiemensch sein.

Ich habe allerlei an Berufswünschen und Lebensentwürfen durchlebt in meinen Kinder- und Jugendjahren. Ich glaube, das allererste Wunschbild von mir war, mit der großen Liebe zusammen zu sein, egal wo, ich hab mir dann immer so ein Einsiedlerdasein ausgemalt, in einem hohlen Baum im Wald, und alles, was wir bräuchten, wäre unsere Liebe. Ich war sowieso noch viel verträumter früher, nach dem Lesen vor dem Einschlafen lag ich immer mindestens eine halbe Stunde im Bett und habe vor mich hin geträumt, alles Mögliche, von Ballkleidern, Feen und viele Liebesgeschichten; das war irgendwie schon damals sehr wichtig – sechs, sieben Jahre alt war ich da vielleicht.

Dann wollte ich Zirkusakrobatin werden, weil ich im Kinderzirkus Einrad gefahren bin und mit meinen Freundinnen im Garten Aufführungen organisiert habe, neben dem Zwei-mal-zwei-Meter-Planschbecken, auf einem Seil zum Beispiel, das zwischen zwei knorrigen Birnbäumen gespannt war.

Dann kam Köchin, irgendwann auch eine Phase der Orientierungslosigkeit, schließlich Schauspielerin, da war ich mir sehr sicher, dass ich es auch wirklich ernst meine; und gewissermaßen ist jetzt wieder eine Phase der Orientierungslosigkeit eingetreten, ich habe zwar ein paar vage Vorstellungen und bestimmte Interessen, aber das ideale Topding ist ehrlich gesagt noch nicht dabei.

Ausgerechnet jetzt, kurz vorm Abi, dabei will ich doch so schnell wie möglich Karriere machen nach der Schule.

*

Henning ist nach einigem Hin und Her doch noch zum Watergate gekommen, mit zwei seiner Freunde, Alexander und Fynn, dabei wollte er erst nicht, warum auch immer. Ganz durchblickt habe ich ihn noch nicht. Ist ja auch egal, wenigstens küsst er heute irgendwie besser als letztes Mal.

Ida und Madita tanzen mit den Jungs, Henning und ich küssen uns auf der Tanzfläche.

»Kommst du mit ein Bier holen?«, fragt er mich.

Ich nicke. Wir laufen zum Bagdad am Schlesi, einmal an der Grünfläche entlang, sind ja nur dreißig Sekunden, wie immer ein Cocktail aus Clubgängern, Döner-und-dann-ins-Bett-Menschen und Pennern mit Aluminiumbommelmützen.

Zischzisch macht das Bier, klackklack die Bierdeckel auf dem Boden. Ich fröstle ein wenig, Henning dagegen hat noch nicht mal seine Kapuzenjacke übergeworfen und scheint sich nicht daran zu stören. Auf dem Rückweg bleiben wir bei einer Bank nahe einer Hauswand bei der Grünfläche stehen. Kein Arsch schaut hierher, obwohl uns nur drei Meter vom Fußweg trennen. Er küsst mich.

Autos rasen an uns vorbei, die U-Bahn fährt ratternd über uns hinweg, die Beats aus der umliegenden Clublandschaft und die Sterne und der Geruch von gerade erst geöffnetem Bier, Grasgeruch.

Henning hebt mich hoch, setzt mich auf die Rückenlehne der Bank (die mit der Rückseite zu uns gewendet steht), ich schlage meine Beine um seine Hüften, meine Hände um seinen Nacken, in seinem Haar, ich spüre seinen Atem an meinem Hals.

Vielleicht ist er ja doch nicht so unmännlich.

*

Cosima und ich sitzen im Café Fleury im Weinbergsweg. Ich habe ein Schinkenvollkornbaguette bestellt, das jetzt neben den zwei Cappuccinos auf der blaukarierten Plastiktischdecke liegt.

Ein paar Tabakbrösel hat Cosima beim Drehen verstreut, der Wind trägt sie fort, die Servietten haben wir mit einem Schlüsselbund beschwert. Wie viele Geheimnisse der Wind wohl haben muss, bei den unzähligen Momenten in Büchern und Filmen schon, in denen er metaphorisch verwendet wird, oder aber auch bei kleinen am Strand spazierenden Mädchen, die ihm ihr

Herz ausschütten. Als Kind habe ich mich immer abgeseilt bei Familienausflügen, bin hundert Meter von der großen Truppe entfernt gelaufen und habe dem Wind meine Sorgen gebeichtet, während er meine Haare in alle möglichen Richtungen schleuderte und das Salz des Meeres auf meine Lippen zauberte.

Sehr romantisch, finde ich.

Cosima erzählt mir von ihrer Freundin Christina, die anscheinend auch was mit Henning am Laufen hatte, und zwar parallel zu mir. Das erklärt einiges, zum Beispiel seine merkwürdigen Erklärungen am Telefon.

Christina, sagt Cosima, ist aber ganz verliebt in ihn. Hab ich noch nie gesehen, diese Christina, muss ich mir mal bei MySpace angucken, wäre ja schon ganz interessant zu wissen, was Henning so für ein Beuteschema hat, nicht wahr.

Nicht, dass ich wirklich interessiert bin daran, aber na ja, je begehrter, desto begehrenswerter oder so. Jetzt wird das ein Konkurrenzkampfding oder wie, was soll denn das, Raquel; die Christina ist bestimmt ne ganz Liebe und es wäre doch voll schön für sie; vor fünf Minuten hast du zu Cosima noch gesagt, dass er einfach leider nicht der Typ ist, in den du dich verlieben könntest, leider definitiv nicht, egal wie gut aussehend du ihn findest.

Was soll's, er geht sowieso bald für ein Jahr nach Norwegen.

7

Wildfrüchte. Solerowildfruchteis. Wir sitzen am Hafen auf einer Bank und schauen den Dampfern in der grauen Morgensonne zu. Hanna, meine Cousine, wippt mit ihrem Bein auf und ab, es macht mich ganz nervös, eigentlich haben doch Männer die Tendenz, immer nervös mit dem Bein auf und ab zu wippen, ratatatat.

Ein Schwarm Möwen zieht kreischend über das Wasser hinweg, sie ziehen ihre Kreise immer tiefer und landen schließlich auf der Wasseroberfläche, eine Masse an kreischenden weißen Punkten.

Auf der anderen Seite des Hafens ist ein riesiges Showzelt aufgebaut, irgendein Musical oder ein Zirkus. Daneben erheben sich graue Hochhäuser und Kräne, die aussehen wie aneinandergereihte Skelette. Ich mag das. Ich mag dieses Spröde, den Charme der Stadt, irgendwie kommt mir alles immer so wahnsinnig schlicht und geräumig und weit vor, wenn ich in Hamburg bin. Hanna saugt den letzten Rest Wildfrucht-Vanilleeis-Matsch von ihrem Stiel und wirft ihn ins Wasser. Es ist das vierte Mal dieses Jahr, dass ich Hanna besuche.

Die anderen Male war Toshij auch mit, aber sie ist jetzt auf Klassenfahrt. Vielleicht ist es ganz gut, mal alleine Zeit mit Hanna zu verbringen, mehr Zeit für ernste Zweiergespräche, so nennt man das doch; ansonsten albern wir eigentlich immer nur rum an solchen Wochenenden, besaufen uns auf Privatpartys von ihren Mediendesign-Kommilitonen, werden als die kleinen Cousinen halt rumgereicht, das Image bekommen wir nicht mehr los.

Das ist eine ganz lustige Angelegenheit: Wenn man was mit jemandem hatte, wird dann am nächsten Tag in der Uni getratscht, derjenige hätte was mit der kleinen Cousine von Hanna gehabt. Sind eigentlich auch nur sechs Jahre Altersunterschied zwischen Hanna und mir, aber egal.

Jedenfalls brauchen wir diese Zeit zu zweit heute, das hatte ich den ganzen Tag schon im Gespür, dass da was ist, was sie mir unbedingt sagen muss.

»Du weißt doch, dass es mit Elmar nicht so gut läuft zur Zeit ...«

Ich nicke und kneife meine Augen zusammen, weil die Sonne mich blendet, ein paar Strahlen sind aus dem Dunst hervorgebrochen. Elmar ist seit fünf Jahren Hannas Freund. Früher waren sie immer mein großes Vorbild, so für junge Liebesbeziehungen, ein Traumpaar, schade, dass es nicht mehr läuft.

Ein Tropfen Eisfruchtsoße fällt auf meine Hand, ich lecke ihn ab.

»Ich hab mich verliebt«, sagt sie, »in jemand anderes.«

Sie macht kurz eine Pause, aber nur eine kurze, sie ist nicht der Typ für Herumdruckserei, manchmal kann das sogar peinlich sein, so viel Direktheit.

»In ein Mädchen.«

Ich reibe meine geblendeten Augen, das könnte jetzt sehr symbolisch kommen, so ein Augenreiben, ist es aber nicht. Vielleicht macht sie nur Jux und Tollerei, kommt schon mal vor bei ihr. Nee, sie meint es ernst, sieht man ihr irgendwie an ... an ihrer Stirn, die kräuselt sich dann.

Okay. In ein Mädchen verliebt. Finde ich jetzt nicht weiter aufregend, eigentlich, interessant natürlich, ich wollte auch bi werden mit 13, ich glaube aber, mehr aus Prinzip, trotzdem, man kann ja nie wissen.

Meine Hanna. Die mit 15 im Frankreichurlaub jedem Typen auf dem Campingplatz den Kopf verdreht und Knutschspiele zwischen den Dünen gespielt hat. Du sagst ja oder nein und ich küsse dich, erst auf die Nase, dann auf die Stirn, dann auf die Lippen, dann mit Zunge, dann habe ich vergessen, wie es weiterging. Jedenfalls, bis du nein sagst.

»Aha«, sage ich, mehr fällt mir dazu nicht ein. Vielleicht kenne ich sie doch nicht so gut, wie ich immer dachte. Aber die Geschichte hat noch nicht ihr Ende gefunden.

»Und Elmar hat das rausgefunden, und jetzt ist er natürlich sehr eifersüchtig.« Sie schweigt kurz. »Ich habe richtig Angst vor ihm. Dass er sich etwas antun könnte. Oder überhaupt jemandem, der in die Geschichte verwickelt ist. Ich weiß nicht ... Elmar ... Ach, Scheiße.«

Die Tränen sind ihr hochgekommen und ihre Stimme ist belegt.

Ich weiß nicht, ob ich schockiert gucken soll oder einfach gleich anfange zu heulen. Drückende Beklemmung macht sich in mir breit. Wie wenn man einen Krimi liest oder spätnachts im Fernsehen alleine Thriller guckt. Wenn jemand anderes heult, muss ich auch immer heulen. Arme Hanna. Dabei ist es ja eigentlich auch schön. Sie ist verliebt. Glücklich verliebt.

Was würde ich mir mehr wünschen, als glücklich verliebt zu sein.

*

Jazzdancestunden auf rutschigem Parkettboden. Five six seven and eight. Jeden Montag und Donnerstag die zwanzig Minuten U2 nach Charlottenburg, unzählige Bücherseiten, Lieder auf meinem iPod und Bleistiftskizzen ahnungsloser Figuren in meinem zerfledderten Moleskine-Notizbuch ....

*

Liebe Rosalinde,
ich sitze jetzt gerade im Musikraum, auf dem Tisch am Fenster, die Sonne fällt hell auf mein Papier, der Schatten meiner Hand huscht darüber und die Tinte beschreibt das Blatt mit gleichmäßig geschwungenen Lettern. Dunkelblau, glänzend.

Ich bin so froh heute und trotzdem, glaube ich, war ich noch nie so verletzt, weil das mit Julian alles nicht hinhaut. Ich will es halt nicht glauben, dass er es nicht ist. Mal sehen.

Gestern hatte ich wieder ein Casting, weil – jetzt am Sommeranfang gibt es davon wieder mehr, für die Drehtage später im Sommer und im Frühherbst, und es ist ein Wettrennen mit der Zeit und mit den kleinen und niedlichen Konkurrentinnen, die fünf Jahre jünger sind als ich und trotzdem siebenmal so viel Erfahrung haben.

Es lief sehr schlecht, ich weiß auch nicht. Ich bemühe mich, dem nicht zu viel Bedeutung beizumessen, doch man ärgert sich schon.

Aber spätestens wenn es so richtig mit den Klausuren losgeht, werde ich sowieso keine Zeit für derlei Kinkerlitzchen haben. Meine Noten sind dieses Jahr leider wirklich fragwürdig, bis jetzt.

Toshij und ich haben überlegt, ob wir dich besuchen kommen in der vorletzten Ferienwoche? Bist du dann da? Ich brauche wirklich dringendst Landluft! Auch wenn es eigentlich ganz schön ist, jetzt in Berlin, wenn der Sommer beginnt.

Übrigens, Mama hat gesagt, Barbara und Leopold wollen ein Kunstprojekt in der Stadt organisieren?

Jedenfalls, ich küsse dich, und lass uns bald telefonieren,
deine Raquel

*

Ich bin ein schüchterner Mensch, sagte der Herr Schürzinger zum Fräulein Karoline.

Gartenparty bei Leo.

Toshij und ich laufen die einsame Zehlendorfer Allee entlang, in hundert Meter Entfernung stehen im Dunkeln ein paar Gestalten, man hört die Musik schon von hier.

Eva und Ida sind zu einer anderen Party, wir haben uns für später verabredet. Ich war noch nie hier.

Aber das kleine familiäre Grillevent fällt so ganz und gar anders aus, als wir beide erwartet hatten – der große Garten ist voll gepackt mit Menschen um die zwanzig, mindestens einhundert Leute. Das Bier und der Wein und der saure Apfel sind schon leer, die Flaschen und daneben traurige Bratwürstchen-Überreste stehen auf den Biertischen verteilt, so spät ist es schon, aber es dauert schließlich auch seine Zeit, um vom Ghetto-Kreuzberg-Chica-Mika-Kiez hier nach Zehlendorf zu kommen. Mittlerweile haben Toshij und ich auch schon eine Literflasche Wodka-Cola-Mix intus.

Wir kennen kaum jemanden, ein paar Leute vom Sehen vielleicht, aber immerhin ist das hier der Beweis, dass Berlin eben doch kein Dorf ist und die Hoffnung noch lange nicht aufgegeben werden kann, dass es in dieser verdammten Stadt mehr schöne Typen als nur Julian gibt.

Obwohl, jemanden wirklich Schönes habe ich noch nicht gesehen. Leo kann ich auch nirgends entdecken.

Ein blonder Hüne setzt sich neben uns auf die Bank und verwickelt Toshij in ein Gespräch. Wie ich sie kenne, wird sie innerhalb weniger Minuten besser integriert sein in diese Gesellschaft als alle Zehlendorfer unter sich, das macht der Alkohol, da wird sie immer ziemlich entspannt.

Derweil zünde ich mir eine Zigarette an (das macht man sehr gerne, wenn man einmal angefangen hat mit Rauchen, sich aus einsamen Momenten an seinen Glimmstängel flüchten, nicht wahr) und schaue mir die Menschen an, die sich auf einer Zehlendorfer Gartenparty aufhalten an einem Samstagabend anstatt in irgendeinem Club. Das ist mir schon sehr sympathisch, muss ich sagen.

»Raquel, was machst du denn hier?«, fragt eine sehr bekannte Stimme hinter mir. Ich fahre herum. Da steht er, Noa. Anderthalb Monate sind es jetzt her, glaube ich … Hätte mir ja auch früher kommen können, die Idee, dass er hier sein könnte und dass wir uns treffen würden und so. Fickificki.

»Hi, Noa!« Ich bemühe mich, souverän zu klingen, nicht ganz leicht bei der Alkoholmenge, die mir langsam ins Blut sickert; die Wirkung von Wodka wird bei mir erst nach und nach entfaltet, herrliche Sache, deswegen muss ich auch immer raten, wie viel ich vertrage, bevor ich kotze, merk's ja nicht vorher, egal.

Keine Ahnung, was jetzt die vernünftigste Vorgehensweise wäre.

Höflich reden, so als wäre nichts passiert, gegen nett lächeln und nicht weiter aufeinander eingehen, gegen Ignoranz komplett, gegen Hilfe-I-don't-know-what-to-do-with-myself. Hilfe-I-don't-know-what-to-do-with-myself trifft es ganz gut, glaube ich, aber weiter bringt es mich jetzt auch nicht. Schließlich wird es nicht das letzte Mal sein, dass ich ihm begegne, rein zufällig, da muss eine Umgangsform gefunden werden.

Nico hat über Kathi richtig schlecht geredet, als er sich von ihr getrennt hatte, und Pepe auch, und Holger ist sowieso oft kritisch mit seinen Exfreundinnen und na ja.

Ich stehe auf, schenke ihm noch mal ein unbeholfen breites Grinsen und hole mir beim Grill eine Bratwurst, eine verkohlte letzte Bratwurst.

*

Am nächsten Morgen auf nüchternen Magen kommt mir die Noa-Angelegenheit weit weniger dramatisch vor als am Abend.

Natürlich können wir wie zwei normale Menschen miteinander umgehen, ohne Zickereien und so.

*

Freiluftkino. Das Wetter war so schön heute, dass wir beschließen, unsere persönliche Freiluftkinosaison zu eröffnen. Die Nacht ist schwül, das letzte Glitzern des Tages verschwindet allmählich hinter den in Pastellfarben getauchten Altbauten.

Die meisten Kinobesucher haben sich schon einen blau-weiß gestreiften Liegestuhl von dem Stapel neben der Kasse geholt und sind über die abgetretene Rasenfläche verteilt, ein Bier in der rechten Hand, eine Zigarette in der linken. Einige liegen auf Decken, ab und an weht der Geruch von Gras zu uns herüber.

Wir setzen uns mit unseren Stühlen in den hinteren Teil des Grundstücks und atmen die verzauberte Sommerwelt ein. Wir sind Prinzessinnen in champagnerfarbenen Rüschenkleidern und mit goldenen, mit Kristallen verzierten Kronen auf unseren Häuptern. Unsere Fahrräder sind insgeheim verwunschene Rappen und Schimmel und Haflinger, deren Hufe mit Edelsteinen beschlagen sind, und die Mähnen hat jemand mit rosa Schleifen zusammengeflochten. Der Barkeeper ist eigentlich unser Butler und zwinkert uns zu, während wir unsere gläsernen Schuhe ins Gras pfeffern, die Arme nach oben strecken und Wiegenlieder vor uns hinsummen. Die Prinzessinnen aus den Nachbarländern zerren eifersüchtig an den Hemdsäumen ihrer Verlobten, weil Schillers schöne Seele in uns ruht und unsere Ausstrahlung mit Feenstaub und Glühwürmchen besprenkelt.

*

Eine Altbauwohnung. Dielenboden, letztens erst geölt, der harzige Geruch in allen Räumen. In der Küche ist der Esstisch schon gedeckt, weißes Porzellan und bauchige, nostalgisch verzierte Kristallgläser.

Ich drücke auf den Klingelknopf, meine Hand zittert leicht. Dabei hat Mama nur gefragt, ob ich der WG den Schlüssel für unsere Wohnung geben kann, falls wir uns mal ausschließen sollten oder so, sie ist ein bisschen paranoid bei so was. Julian öffnet mir die Tür mit nacktem Oberkörper. Wichser, denke ich.

»Hi«, sage ich.

»Hi«, sagt er, guckt an sich runter und fügt hinzu, »'tschuldigung, mein Auftreten.«

»Kein Problem«, ich grinse, »wollte nur fragen, ob ich bei euch einen Zweitschlüssel lassen kann.«

Er schaut mich verwirrt an. Wahrscheinlich hat er geschlafen. »Äh, ja klar. Komm rein. Dann weißt du, wo er ist, falls ich mal nicht da bin.«

Vielleicht, weil ich so langsam gehe und meinen Blick über die Wände, Bilder und Möbel wandern lasse, sagt er: »Ach, kennst du die Wohnung noch gar nicht?«

Ich schüttle den Kopf. Julian legt seine Hand auf meinen Arm.

Wir gehen durch den Flur bei Lukas vorbei. Abstellkammer, große Küche, Lotte. Lottes Zimmer ist besonders beeindruckend. Panoramafenster und eine wahnsinnige Sicht auf die Spree, vom Fernsehturm bis zum Allianzgebäude, zu MTV und Universal und Friedrichshain.

Lotte guckt mich manchmal mit einem Blick an, der viel zu allwissend ist. Lotte ist eine ausgesprochen schöne Frau, aber sie hat einen Freund. Sie ist immer sehr nett zu mir.

Manchmal erinnert sie mich an einen Engel. Nicht, dass ich sie so gut kenne, allein von ihrer Art sich zu bewegen her, wie sie lächelt und spricht und alles halt.

Wahrscheinlich hat ihr Julian schon ausführlich erzählt, wie sehr ich auf ihn stehe. Wie erniedrigend irgendwie. Ich tue weiter so, als ob nichts wäre, wenn ich ihr begegne, lasse mir nicht anmerken, dass ich ihren Mitbewohner am liebsten aufessen würde, aber sie ist ja ein Engel. Bestimmt können Engel Gedanken lesen.

Schließlich führt mich Julian zu sich. Er schließt die Tür.

Es ist ein schönes Zimmer. Hell, weiß gestrichen. Auf dem Boden liegt seine Matratze. Vor dem Schreibtisch steht ein großer Sessel, ein Regal an der Wand. Rechts eine große Scheinwerferlampe vom Film, ich glaube, er hat mir mal erzählt, woher er die hat. Er hängt meinen Schlüssel an die Klinke. Damit ich weiß, wo ich suchen muss. Die Balkontür ist einen Spalt geöffnet. Lichter spiegeln sich in der Spree.

In seinem Regal reihen sich Skatervideos an Jim-Jarmusch-Filme.

Klar, dass ich im Zuge der Unterhaltung den Moment verpasse zu gehen, ich weiß nicht, wo dieser Moment liegt, vielleicht weil ich doch ein bisschen hoffe, dass er mich küsst. Natürlich tut er das nicht, sondern setzt mich mit den Worten »Ich muss jetzt schlafen« vor die Tür.

*

Aljoscha hat mich angerufen und gefragt, ob ich mit ihm auf eine Party komme. Ich habe ihn an der Admiralbrücke abgeholt, und dann war da auch Neil. Er war ganz nett, aber wieder so kühl wie immer halt, langsam glaube ich, er ist schlichtweg arrogant.

Neil liegt neben mir auf dem fremden Bett eines fremden Mädchens, auf dessen Party wir uns befinden. Es ist das erste Mal heute Abend, dass wir alleine sind.

Ich drehe meinen Oberkörper in seine Richtung, sein Gesicht verschwimmt vor mir, trotzdem ist es schön. Ich kann seinen Blick nicht deuten.

Dann berühren sich unsere Lippen, unsere Zähne stoßen aneinander, seine weißblonden Haare streicheln meine Stirn. Meine Hände graben sich in sein Fleisch. Mein Verlangen wird jedoch durch seine hölzerne Gleichgültigkeit betäubt.

Er hat aufgehört, mich zu küssen.

*

Kaputt. Ich mache mich kaputt, und ich weiß nicht, wie ich damit umgehen soll.

Neil hat gesagt, er habe es genossen, aber das war's auch. Er war betrunken, müde, keine Freundin, hatte lange kein Mädchen mehr geküsst. Das hat er gesagt.

Ich habe nachgebohrt, wollte irgendetwas hören, ein klitzekleines Signal, dass ich nicht nur die Erstbeste neben ihm war.

Ich wusste selber nicht genau, was ich hören wollte, es ist ja nicht seine Schuld. Es hängt halt damit zusammen, dass meine Seelenlage in Sachen Männer zur Zeit nicht besonders stabil ist.

Ich wollte vielleicht nicht einsehen, dass schon wieder der Typ, den ich noch am anziehendsten von allen finde, mich nur als ... ja, als was eigentlich? Nett, hübsch, keine Braut, aber wenn niemand anderes da ist ... Tobias, Julian, Neil, eigentlich können sie mich alle ins Knie ficken.

*

Aljoscha war süß, später an diesem Abend, als Marlon und Luc schon längst um die Ecke gebogen waren und wir die Treppen zum U-Bahnhof Hallesches Tor hochstiegen.

Aljoscha war die Rettung, der Freund, der die Dinge aus männlicher Perspektive beurteilt, ehrlich, ohne verletzend zu sein, tröstend, aber auch sachlich. Ich liebe Aljoscha über alles.

*

Ich stehe auf einer großen Terrasse, die auf die Spree hinausgeht. Der Wind spielt mit meinen Haaren. Es ist frühmorgens, die

Sonne ist gerade erst aufgegangen. Es wird ein warmer Tag werden, aber noch ist die Luft feucht und kühl.

Unten, in der Sackgasse zwischen den blühenden Zierkirschen, ist ein taubenblauer VW-Bus geparkt.

Ein Junge steht angelehnt am Blech, ein anderer sitzt in der Tür. Sie rauchen und unterhalten sich, einzelne Wortfetzen fliegen zu mir hoch.

Ich schätze sie so um die 25. Ich pfeife und winke ihnen. Der Stehende hat blaue, der andere schwarze, sehr schwarze Augen.

Möchtet ihr einen Kaffee trinken, rufe ich runter, sie nicken lächelnd. Ich lächle auch, drehe mich um, die Holzplanken knarren, als ich zurück in die Wohnung gehe.

Mit zwei Cappuccinos in Pappbechern, solche, wie man sie für einen Euro im Back & Snack in der Skalitzer Straße bekommt, laufe ich hinunter zu ihnen auf die Straße.

Ich bin nur mit einem Morgenmantel bekleidet, auf den orientalische Muster gedruckt sind, der Stoff ist aus Seide. Barfuß bin ich auch. Wir lächeln uns wieder an. Der Wind rauscht durch die rosafarbenen Bäume, die Schatten der Blütenblätter zeichnen sich auf dem Asphalt ab, bewegen sich hin und her wie ein großer Fächer, der mit den Sonnenstrahlen spielt.

Ich wache auf.

*

Ich sitze neben einem Mädchen mit langen braunen Haaren und zwei lockigen Jungs, ein blonder und ein rothaariger. Sie sehen lustig aus, wie sie da sitzen und sich über die nächste Matheklausur unterhalten.

Ich habe heute keine Schuhe an und sehe sowieso ziemlich alternativ aus im Gegensatz zu all den anderen aufgetakelten Fernsehkandidatinnen. Vielleicht bin ich im falschen Film, es klappt eh nie was, und die leise Hoffnung, vielleicht doch noch irgendwann zu einer deutschen Nachwuchsschauspielerin zu werden – was man sich anderen gegenüber natürlich nie ernsthaft eingestehen würde –, ist eigentlich fast *zu* leise, um überhaupt wahrnehmbar zu sein. Wie erreichbar sie manchmal wirken, die Leinwandhelden, mit denen ich teilweise schon gedreht habe. Umso leiser wird die Hoffnung mit jedem gescheiterten Casting.

Zumindest arbeite ich an meiner Karriere. Es ist ja nicht so, dass ich auf die Entdeckung warte, aber trotzdem scheint die Welt so ungerecht zu sein, dass sie immer die hart Arbeitenden schlechter abschneiden lässt, was auch immer das für ein blödes Gesetz ist.

Okay, blöde Idee, solch ein Gesetz gibt es gar nicht und ist nur Fantasie meiner Müdigkeit.

*

Da das Casting in Potsdam stattgefunden hat, brauche ich länger als eine halbe Stunde mit der S-Bahn nach Hause. S-Bahn fahre ich relativ selten. Deswegen kenne ich mich nicht so gut aus, und die Damen mit den roten Hüten und den blauen Bügelfaltenhosen mit eingesticktem DB-Logo sind keine große Hilfe, obwohl sie auf dem S-Bahnhof rumlungern und sich über Biermischgetränke unterhalten.

Das Leben ist wirklich die größte Schule.

Die S1 fährt ein. Auf dem BVG-Liniennetz ist die S1 immer pink. Die S7 zum Beispiel ist lila und die U1 hellgrün. Das sind die coolsten Farben auf dem Liniennetz. Totally funky.

Ich bin müde und getrockneter Schweiß haftet noch an meiner Haut und meinen Haaren, weil ich mich vorhin so beeilt habe nach der Schule zum Casting. Schließlich musste ich mich in Potsdam überhaupt erst mal zurechtfinden.

Und in meiner Jeans fühle ich mich total alternativ und das stresst mich grad krass. Nur nach Hause, denke ich. Ich setze mich auf einen dieser drei Sitze neben dem beweglichen Wagonverbindungsglied mit den Gummiwänden. Ich weiß noch immer nicht, wie man das benennt. Es dauert ewig. Irgendwelche Seen und exotische Ausflugsziele, schön, dass ich mein Faust-Reclamheft für Deutsch mitgenommen habe. Damit vergeht die Zeit wie im Fluge. Beim Schloss Bellevue habe ich die erste Seite immer noch nicht vollständig gelesen, da steigt ein Typ ein, um die zwanzig, und setzt sich mir gegenüber. Er hat zwar eine Hawaiisurferhose an und dazu etwas prollige Schuhe, und der Haarschnitt ist auch ein bisschen prollig und das Käppi, aber er ist sexy, und so was von – nachdem ich die reflexartige Prollvoraussortierung beim zweiten Hingucken über Bord geworfen habe.

Und er lächelt mich an. Nee, noch besser, er flirtet mit mir. Und ich Hornochse schaffe es schlichtweg nicht zurückzuflirten. Meine Mundwinkel sind wie gelähmt. Dauernd starre ich auf mein Buch. Kann ich nicht umgehen mit. So ne Scheiße.

Mit der Zeit werden seine Flirtversuche zaghafter, was ja kein Wunder ist bei meinem Gesichtsausdruck, wetten, ich sehe wieder mal wahnsinnig schlecht gelaunt und arrogant aus, aber das meine ich doch nicht so. Raquel, lächel ihn verdammt noch mal an!

Alexanderplatz. Letzte Chance. Fausts Monologe verschwimmen vor meinem Auge. Teufel und Mephisto und Philosophie und Juristerei. Jannowitzbrücke, Ausstieg links. Zurückbleiben, bitte. Das Tür-schließt-Signal. Auf dem Bahnsteig: ich. Noch nicht mal ein roter Hut ist irgendwo zu entdecken.

*

Wissen wäre fatal. Die Ungewissheit ist es, die uns reizt. Ein Nebel macht die Dinge wunderschön.

Es ist wie verhext. Gestern drehe ich fast durch, weil jeder zweite Typ auf der Straße, im Café, im Club das gleiche T-Shirt trägt wie Julian das letzte Mal, als ich ihn gesehen habe. Heute weine ich genug, um ihn fürs Erste abzuschreiben.

Wir gehen ins Kino, Maultaschen essen bei Gino.

Da steht Julian auf der Straße, verabschiedet sich von einem Freund. Er trägt eine merkwürdige Stoffhose und eine Angeljacke. Proletenlook nennt er das. Wir unterhalten uns eine Stunde im Treppenhaus, er sitzt auf einem Hocker, ich lehne in meinem kurzen Kleid am Geländer. Nachbarn gehen vorbei.

Jürgen, der gegenüber von Julians WG wohnt, zeigt uns die Schnecken, die er in einem Unterteller zwischen quietschgrünen Salatblättern großzuziehen versucht. Seine Frau Mascha zeigt uns Plakate im Retrostil, die sie aus Moskau mitgebracht hat, und schenkt uns russische Schokolade, schmeckt furchtbar.

Julian sagt, er müsse jetzt wirklich ins Bett. Er sagt es wieder so, als ob ich ihn irgendwie aufzuhalten versuche, aber vielleicht meint er das nicht so. Er umarmt mich.

Er streift meine Hand, hält sie einen Moment fest.

»Bis bald«, sagt er, und als ich schon auf dem nächsten Treppenabsatz angelangt bin, »mach's gut.«

»Ja«, sage ich.

Ich möchte ihn anschreien, lachen, ihn küssen, ihn verfluchen, ich bin verhext, die ganze Welt ist verhext. Warum ist es nur so schwer.

*

Ich sitze über meine Englischvokabellisten gebeugt, als das Telefon klingelt. »Evaaaaa!«, rufe ich, aber nichts rührt sich. Komisch, ich dachte Eva wäre noch da. Klingel, klingel, klingel. Es klingelt auf dem Geschirrschrank, trala, trala, trallala.

»Raquel, hallo?«

»Hey Raquel, hier ist Hanna.«

Oh wie schön, denke ich. Erst fünf Minuten später fällt mir ein, dass ich mich seit meinem Besuch nicht mehr gemeldet habe, um zu fragen, wie es ihr geht und wie die Geschichte sich entwickelt hat. Argh.

»Und wie geht es mit Elmar?«, frage ich sie natürlich sofort; wenn sie mein schlechtes Gewissen nicht raushören kann, weiß ich auch nicht.

Mann, wie scheiße kannst du eigentlich sein, Raquel. Hanna sagt, es würde ganz okay laufen, sie hätte sich noch mal mit Elmar getroffen und mit ihm geredet. Der Stress sei noch nicht ganz vorbei, aber es gehe in die positive Richtung. Wenigstens das. Gott sei Dank.

Eigentlich ruft sie mich wegen was ganz anderem an. Ihr bester Freund Emil zieht nach Berlin und sucht noch nach einer Wohnung. Ich glaube, Toshij und ich haben ihn schon mal kennengelernt, aber sicher bin ich mir nicht.

»Ich geb dir mal seine Nummer«, sagt Hanna, und zum Abschied knutschen wir uns durch die Leitung.

8

Wir stehen vor einem rot gestrichenen Haus an der Weinmeisterstraße. »Emil Landeck« steht in schwarzen, nüchternen Lettern auf dem Klingelschild, das Ida jetzt mit ihrer Fingerspitze berührt.

Er hat gesagt, er möchte unbedingt, dass wir ihn besuchen. Deswegen stehen wir jetzt hier – Ida als meine Abendbegleitung, weil Toshij auf eine Party eingeladen ist –, eine halbe Stunde später als verabredet.

Wir waren in die falsche Richtung gelaufen. In Mitte kennt sich keine von uns beiden wirklich aus, das ist nett gesagt: Meine Orientierungslosigkeit ist derart stark ausgeprägt, dass ich mich noch nicht mal vor meiner Haustür auskenne.

Der Türöffner summt, die Tür klemmt, Ida schmeißt sich dagegen und mit einem gemächlichen Knarren öffnet sie sich.

Das Treppenhaus ist sauber, kein einziges Graffiti an der Wand.

Im ersten Stock öffnet Emil in Sommershorts und T-Shirt die Wohnungstür. Er ist groß, dunkelhaarig. Modeltyp. Der Körper durchtrainiert, das Gesicht markant, großer Mund. Kommt mir nur dunkel bekannt vor. Er ist 26, hat Hanna gesagt. Zur Begrüßung geben wir uns Küsschen, Küsschen. Hinter ihm steht eine kleine junge Frau, die sich uns als Charlotte vorstellt. Das muss die andere Freundin sein, die ihn übers Wochenende besucht, aus Regensburg. Sie hat ein liebes Gesicht, hellbraune schulterlange Haare, weibliche Kurven. Wie sympathisch, denke ich. So ein Typ mit so einem Mädchen. Ida denkt wahrscheinlich das Gleiche.

»Ihr seid aber spät«, sagt Emil und grinst dabei.

Ida wirft mir einen alles sagenden Blick zu. Irgendwie wird die Sache mit der Pünktlichkeit in anderen deutschen Städten anders gehandhabt als in Berlin. Die Wohnung hat zwei Zimmer, eine kleine Küche und ein geräumiges Bad, welches Emil königsblau gestrichen hat.

Die Möbel sind spärlich, aber geschmackvoll. Als Bett eine Matratze auf dem Boden. Emil erklärt, dass er sich mit dem Einrichten schwertut.

Wir setzen uns auf den engen Balkon mit Blick auf die Kreuzung. Autos fahren vorbei, die Läden haben seit einer Stunde geschlossen, nur im Copyshop und dem Spätkauf brennt noch Licht. Auf dem Tisch stehen eine halbvolle Campariflasche und Rotwein.

Ida und ich sitzen Emil und Charlotte gegenüber. Emil raucht unsere Zigaretten, stellt vor allem Ida zahlreiche Fragen, die immer intimer werden. Ida ist leicht überfordert, wäre ich auch an ihrer Stelle. Die beiden Hauptthemen sind Sex und Drogen, ein bisschen erzählt Charlotte auch von ihrer WG und dem Studium. Als der Campari leer getrunken ist, steht Emil auf, streckt sich und sagt: »Raquel, du kommst jetzt mit mir, Nachschub kaufen. Nicht wahr? – Komm!«

Ida guckt leicht belustigt. Seine Art ist so entschieden und fast dominant, dass ich seine Aufforderung wortlos akzeptiere. Eigentlich kenne ich ihn ja kaum, ich habe ihn mal auf einer Party vorgestellt bekommen, nichts weiter.

Er hat mich nie beachtet, die Idee mit dem Besuch fand er bestimmt einfach süß, Hannas kleine Cousine eben.

Emil ist angetrunken, reißt Witze und legt ab und zu einen Arm um mich. Ich lache viel. Einen kurzen Augenblick lang habe ich ein unglaubliches Verlangen danach, mit ihm zu schlafen, aber der Gedanke verfliegt ebenso schnell, wie er gekommen ist.

Wir kaufen den Wodka und dazu Ananassaft und eine Packung Zigaretten. Er besteht darauf zu bezahlen.

Vielleicht ist wirklich nichts bei der ganzen Aktion, niemals würde ich es wagen, mir irgendetwas darauf einzubilden, aber ein wenig merkwürdig ist es schon; und dass ich ihn zwar sehr nett finde und auch anziehend, aber weniger zu ihm aufschaue, entschärft bestimmt die Situation und meine Auffassungsgabe.

Später erzählt mir Ida, dass Charlotte und Emil früher mal ein Paar waren. Ich frage mich, ob sie immer noch in ihn verliebt ist, aber jetzt fällt es mir nicht weiter auf.

Wir trinken den Wein aus, den Wodka, rauchen, reden über Sex und Drogen, immer noch, über Emils Sixpack.

Charlotte sagt neckisch: »Ihr werdet es auch noch zu Gesicht bekommen, das bleibt keinem erspart.«

Je später der Abend, desto betrunkener sind wir alle. Die flüchtige Idee, in die Panorama Bar tanzen zu gehen, lassen wir schnell wieder fallen, und irgendwann torkeln Ida und ich zurück zum U-Bahnhof und tauschen uns über den Abend aus und lachen über uns und die Welt.

*

Ganz realistisch und neutral gesehen, müsste ich ahnen können, was Julian von mir denkt. Er denkt ganz einfach nicht viel über mich nach. Er findet mich nett, vielleicht sogar ganz süß, sonst würde er sich ja nicht so viel mit mir unterhalten, wenn wir uns zufällig im Treppenhaus begegnen.

Wenn ich zu oft zu ihm runtergehe, um eine Auflaufform auszuleihen, wird er sich irgendwann wundern, was das soll, sich vielleicht in seinem Ego bestätigt fühlen.

Eine kleine Verehrerin hat noch niemandem geschadet. Deswegen wird er sich auch ein wenig bemühen, cool zu sein, zum Beispiel wenn er von seinen DJ-Freunden erzählt oder mir seine Adidas-Retro-Hose zeigt. Oder, was natürlich am besten ist, seine Skaterkarriere erläutert. Wie sexy ist denn bitte ein Typ, der gut skaten kann. Es ist so hoffnungslos, und trotzdem mache ich mir extreme Hoffnungen.

Das liegt schlicht und ergreifend daran, dass ich mir im Moment keinen hinreißenderen Typen als Julian vorstellen kann. Keinen Filmstar, keinen Grafikdesignstudenten, nix. Am liebsten hätte ich eine gute Fee, die ihn verzaubert oder Liebestrank in den Tee schüttet.

Oder, wenn er sich wirklich kein bisschen in mich verlieben kann, warum fängt er nicht wenigstens eine Sexbeziehung mit mir an wie die anderen? Vielleicht ist es das Alter. Er ist weder jung noch alt genug. Nee, eigentlich auch nicht.

*

Ein Pool voller raschelnder Kindheitserinnerungen, Bonbonpapiere in allen Farben des Regenbogens, von Regenbogengrün bis Regenbogenlila, schattige Pfefferminzlimettenschorle unter aufgespannten Sonnenschirmen, Rosmarincracker im Licht der ersten Ferientage, Oma ruft zum Essen, Opa hat heute Morgen die Rosenstöcke gepflanzt, neben den Springbrunnen in der Hofeinfahrt.

Englischer Schnee im Italien des Sommers.

Miss Marple auf Vorrat und in der Dämmerung der Gestank von Autan-Mückenspray auf hitzeglitschigen Männerkörpern, deren fettverdeckte Muskeln unter dem Muskelshirt-Stoff hindurchschimmern.

*

Ich träume mehr oder weniger viel von Julian. Ich hab geträumt, ich laufe im Hof an ihm vorbei. Würdest du mit mir einen Kaffee trinken gehen, fragt er. Ich möchte die Sterne vom Himmel holen.

Wir stehen im Hauseingang. Wir küssen uns. Mir gefällt nicht, wie er küsst.

Ich träume von unserem Treppenhaus. Ich versuche, ihn zu küssen. Er dreht sein Gesicht weg. Ich frage ihn, ob wir Freunde bleiben können. Er sagt ja.

Er steht mit einer Gruppe von Freunden auf der Straße. Ich gehe zu ihnen hin, seine Freunde lachen mich aus. Beschämt laufe ich weg. Er läuft alleine Richtung Schlesische Straße, ich renne ihm hinterher. Ich versuche, ihn zu küssen. Er dreht sein Gesicht von mir weg.

Wir sitzen nebeneinander auf den Treppen vor unserem Haus. Viele Leute sind da, trinken, grillen. Er legt eine Hand auf meinen

Oberschenkel. Ich schaue ihn an. Seine Freunde mustern mich verwundert – Tendenz: Abfälligkeit. Bevor er mich küsst, weckt mich mein Handywecker.

Wenn es nach Sigmund Freud ginge, würde ich alles umgekehrt träumen, um mich zu beschützen sozusagen. Er hatte dafür irgendeinen Fachbegriff. Aber dann verstehe ich absolut gar nichts mehr.

*

Und trotz allem: Ich genieße es in rosaroten Atemzügen, verliebt zu sein. Mit voller Wucht, wie frisch/neu/aufregend es ist, wie eine Ostereiersuche, immer wieder Seiten zu entdecken, die du von dir selbst nie gekannt hast.

Sommer

Die Arme um die Beine geschlungen, sitze ich bestimmt schon eine halbe Stunde hier auf meinem provisorischen Nachtlager und betrachte die Sterne am klaren Sommerhimmel.

*

Der Sommer kommt plötzlich und heftig. Alle hübschen Männer und die anderen Menschen kommen aus ihren Nischen gekrochen. Die Tage sind lebhaft und beglückt, alle wirken so entspannt, das gefällt mir. Aus den Narzissen sind Tulpen, sind Gänseblümchen geworden. Die Baumkronen sind üppig, aus allen Ritzen der Stadt tönt Musik und das Brummen der Autos, rot glänzende Gesichter, nackte Haut an nackter Haut, der Geruch von Schweiß, vermischt mit dem aufgewärmten Abfall während der Müllabfuhr. Junge selbstbewusste Frauen, die keinen BH unter ihren engen T-Shirts tragen.

9

Es ist ein herrlich friedlicher Tag. Die Wasserfläche ist spiegelglatt, üppig grüne Bäume säumen das Ufer neben vereinzelten Sandstränden, die sich in den weichen Wellen verlaufen. Über uns wölbt sich der Himmel wie eine makellos strahlendblaue Kuppel, durch die sich die Sonnenstrahlen wie ein Spinnennetz verflechten.

Holgers rhythmische Bewegungen der Ruder übertragen sich auf das gesamte Boot, ein sanfter Ruck und dann Gleiten, Ruck – Gleiten – Ruck – Gleiten …

Ich sitze ihm zugewendet und esse Herzkirschen, die wir vorhin an der Landstraße bei einem Obststand einer älteren Dame gekauft haben. Ich habe ein seidenes altrosa Kopftuch umgebunden und die große Sonnenbrille vom Flohmarkt auf, ich fühle mich wirklich wie im Film.

Der einzige »Such-den-Fehler-im-Bild« ist, dass Holger nicht mein geheimnisvoller Geliebter, sondern nur einer meiner besten Freunde ist, aber das macht ja nichts.

Holger rudert zu einem kleinen Strandfleck in einer Ausbeulung des Sees. Er hilft mir aus dem Boot heraus, ich raffe meinen Rock mit einer Hand zusammen und laufe barfuß durch das kühle Wasser.

Hinter mir zieht Holger das Boot zu einer hoch aufragenden Birke und knotet das Seil darum. Er sieht sehr gut aus dabei, selbstsicher und irgendwie stark. Das klingt albern; aber es sind immer die kleinsten Augenblicke, die mich beeindrucken.

Ich lege mich auf den Sand, nur ein paar Wurzeln bohren sich in meinen Rücken. Holger setzt sich neben mich und wir schweigen, während wir die Idylle betrachten. Idylle ist ein sehr gutes Wort. Es gibt irgendwie viele sehr gute Wörter. Mein Lieblingswort ist Austernschokolade. Das habe ich mir mal auf Klassenfahrt ausgedacht.

Hast du Hunger, frage ich Holger, und er zuckt mit den Schultern.

Außer den Kirschen habe ich nur etwas Vollkornknäckebrot und Kräuterfrischkäse eingepackt und ein Glas Minipartywürstchen. Nicht ganz so stilvoll, aber in gewisser Weise hat ein Knäckebrot-Frischkäse-Würstchen-Picknick den tausendfachen Charme eines konventionellen Picknicks …

*

In Alaska habe ich einen Sonnenbrand bekommen und inmitten glücklicher Paare schrubbe ich Gemüsereste vom Dachboden.

Was wäre aus mir geworden, wenn ich auf dem Dorf aufgewachsen wäre? Oder meine Eltern nicht die gewesen wären, die sie sind?

Am liebsten mag ich es, an Wochentagen bis spät in die Nacht im Club der Visionäre zu tanzen, auf dem Steg zu schaukeln und die Sterne zu zählen.

Ich mag es zu hören, wenn mir jemand sagt, ich sei perfekt, auch wenn es dunkel ist und das bunt flackernde Licht die Gestalten in Irrealität taucht.

Den WM-Sommer vermissen.

Und diesen Sommer umarmen, so gut es geht.

Die Schule zur Nebensache kategorisieren, im Flüsterton Mensch-ärgere-dich-nicht spielen, weil die Nachbarn schlafen, Bier geschenkt bekommen und Kirschkerne bis an den Horizont spucken.

*

Letztens habe ich eine Statistik gelesen darüber, dass ein Großteil der deutschen Bevölkerung sich sehr leicht zufrieden gibt mit halben Sachen – Partner ganz okay, Hobbys ganz okay, Wohnumstände ganz okay, Job ganz okay. Leben ganz okay. Das ist das Letzte, was ich will.

*

Manche Mädchen sind von der Sorte, über die Rockstars Lieder schreiben, ich gehöre irgendwie nicht dazu, glaube ich.

10

Ich nehme mir so oft vor, schön auszusehen, wunderschön, sei es nur für den typischen Gang zum Supermarkt.

Wie Coco Chanel eben.

Aber dann bin ich doch wieder zu spät, ziehe die Jeans und den Kapuzenpulli an, langweiliger als langweilig als langweilig, wickle meinen Schal um die nicht existierende Frisur – und treffe, wie sollte es anders sein, irgendjemanden, meist männlich, dem ich nicht begegnen wollte. Arg.

Aber das hilft dann auch nichts mit der Schönheitspflege, im Gegenteil, mir wird alles nur viel egaler, bis irgendwann wieder der Tag kommt, die guten Vorsätze aus der Mottenkiste gekramt werden, der Kleiderschrank durchwühlt, Beine rasiert, neue Wimperntusche gekauft, 10-9-8-7-6 … vorbei. Sehr viel Klischee, nicht unbedingt erstrebenswert.

Gibt doch genug Mädels, die entweder so viel Stil haben, dass sie nicht mehr zu überlegen brauchen, so gut aussehen, dass ihnen Make-up und Kleidung völlig schnuppe sind oder … jedenfalls.

Eigentlich bräuchte ich eine Ansammlung von T-Shirts, auf denen großflächig Schriftzüge aufgedruckt sind: »Ich würd mich lieber anders anziehen«, »Ich bin eigentlich nicht hässlich, nur so müde«, »Ich geh nur kurz zum Videoholen«.

Yeah, so richtig uncool, das ist sowieso der einzige Weg, noch irgendwie cool zu sein. Obwohl, eigentlich ist sogar das schon überholt. Bin mal gespannt, was als Nächstes kommt. Marie-Antoinette-Kleider für den Alltag fände ich toll.

*

Das Scheinwerferlicht fällt gleißend über die Bühnenfläche und die Stuhlreihen. Ich laufe in meinem türkispinkfarbenen Gymnastikoutfit auf der Stelle, um mich aufzuwärmen, aber ich kann mich nicht richtig konzentrieren.

Obwohl ich versuche, meine Hoffnungen nicht zu hoch zu schrauben – vielleicht ist Julian ja im Publikum.

Letzte Woche Montag habe ich ihn eingeladen, vorne an der Ecke, als er von der Uni nach Hause kam und ich auf dem Weg zu den Proben war. Und er hat zugesagt. Also, wenn er zugesagt hat – und im Notfall hätte er meine Nummer, um abzusagen –, die Chance, dass er kommt, ist gar nicht so gering.

Die Inspizientin kommt hinter die Bühne gehuscht und gibt mir ein Zeichen: noch fünf Minuten, bis die Saaltüren geschlossen werden. Mein Herzt pocht, pock – pock – pock. Weniger vor Aufregung, mehr vor rosaroten Wolken. Ich werde toll sein, für ihn. Mein Körper soll nur für ihn sich biegen und gleiten, anspannen, drehen und zusammenziehen, zucken und springen und … Mein Körper soll Sex sein; für ihn. Immer nur für ihn.

Draußen, hinter dem Vorhang, verstummt das Gemurmel.

Licht aus. Musik an. Licht wieder an … Five, six, seven, eight!

*

Aljoscha flirtet im Foyer mit einem attraktiven Mann, der ein paar Jahre älter als er sein müsste. Papa und Jette sind schon gefahren, um Patrick ins Bett zu bringen. Mama kommt erst übermorgen zur Vorstellung. Vielleicht kommt Julian auch übermorgen oder überübermorgen. Aber daran glaube ich längst nicht mehr. Ich versuche, nicht zu enttäuscht auszusehen.

»Raquel!« Aljoscha taucht plötzlich hinter mir auf und umarmt mich euphorisch. Der Enthusiasmus sprüht aus seinen großen braunen Augen hervor.

»Der Typ da, mit dem ich mich gerade unterhalten habe.«

Er legt eine Spannungspause ein.

»Er studiert Design an der UdK und er will mich als Model für seine Diplomschau.«

Erwartungsvoll blickt er in mein Gesicht und sofort verändert sich sein Ausdruck in Sorge. »Was los, Süße?« Er streichelt meine Wange. »Julian?«

Ich habe mir wirklich so vorgenommen, an etwas anderes zu denken, an anderen Leben teilzuhaben, anstatt mich immer nur um mein Ego zu drehen.

Aber jetzt sind meine Wimpern wieder mit durchsichtigen Perlen verziert und verschleiern meine Sicht auf den Augenblick.

*

Ich habe wirklich den tollsten Abcheckerblick aller Zeiten drauf. Einmal den ganzen Club abscannen, Sofas, Tanzfläche, Bar, die Nische hinter den Toilettenräumen. Das meiste wird aussortiert, in der Regel bleiben vier oder weniger übrig.

Dann wird penetrant zwischen den Opfern hin- und hergestarrt. Das bereitwilligste, schönste, coolste Opfer wird dann per Ausschlussverfahren ermittelt, meistens sind zu dem Zeitpunkt sowieso schon ein oder zwei gegangen. Also bleibt einer übrig.

Wenn man ihn einmal hat, hat er dich, dann passiert zu 90% was. Eine Zigarette, ein Drink, ein Kuss, manchmal Sex oder zumindest was Angrenzendes, manchmal ein Date.

Heute ist es jemand, der David heißt. Weil Madita und Ida gehen wollen, fragt er nach meiner Nummer.

*

Dating!

Ich sehe ihn schon von weitem. Er steht da, als würde er bereits lange warten, ich bin doch pünktlich.

Gentlemanlike ist das wahrscheinlich. Leider sieht er nicht aus wie ein Gentleman.

Wo ist der süße Typ von letzter Woche? Der Pirat mit den Locken und dem charmanten Lächeln? Können ein bisschen Flackerlicht und Alkohol die Wahrnehmung so sehr manipulieren, dass man im Club einen hübschen/coolen Typen von einem hässlichen/langweiligen nicht unterscheiden kann? Echt? Passiert mir irgendwie immer, kann das sein?

Da steht er, David, spricht in seinem hessischen Akzent, trägt eine Jogginghose, die mindestens drei Jahre nicht gewaschen worden ist (ich bin gar nicht sauberkeitspenibel, echt nicht), ein verschwitzes Shirt, ein käsiges Gesicht, und dann sagt er nur: »Ich wollte mich eigentlich noch umziehen, aber das war mir zu stressig.«

*

Heinz Minki. Mein liebster Biergarten, aber mit dem falschen Mann. Nachmittag. Der Garten aus Obstbäumen, dicht bewachsen, Birnen, Äpfel, Kirschen. Kirschsaft bestelle ich. David besteht darauf, mich einzuladen. Er trinkt Bier. Männer trinken viel Bier, finde ich. Mindestens einen Liter am Nachmittag im Café, mindestens sieben Flaschen am Abend zur Einstimmung, egal.

Wir setzen uns auf zwei klapprige Klappstühle, von denen die lindgrüne Farbe schon abblättert, verwittert. Unsere Gläser stehen unsicher da auf dem Holztisch, der kippelt, die Stimmung ist Klischee-1.-Date-stimmig, höflich, etwas verlegen.

Er gefällt mir nicht, das macht mich um einiges entspannter, es macht mir noch nicht mal viel aus, als ich das halbe Glas Kirschsaft über meinen gepunkteten Rock verschütte (um den Rock ist es natürlich schade), gerade als wir angeregt darüber diskutieren, ob Hillary Clinton oder Barack Obama. Wenigstens diskutieren wir. Was er von sich erzählt, ödet mich an. Studiert irgendwas mit Informatik und repariert auch noch in seiner Freizeit die Computer von Freunden und Bekannten, wenn er nicht gerade wieder Streit hat mit den Mitbewohnern (skurrile Charaktere beschreibt er da) in seiner Lichtenberger WG.

Lichtenberg ist ein Studentendorf, sagt er, wegen der Mieten. Ich frage mich, ob ich überhaupt schon jemals in Lichtenberg war.

Schließlich verabschieden wir uns höflich voneinander und dabei wissen wir, dass das *wir* nicht ist.

Ein halbes Jahr später sehe ich ihn wieder im Watergate, mit einer Blondine im Arm, wir nicken uns kurz zu, höflich, aber wir wissen, dass *wir* nichts geworden wäre.

11

Lass uns in den Schulgarten gehen und uns unter Rosen legen. Romantisch ist nur der, der geht. Gieße Blumen im Schnee mit deiner grünen Gießkanne (aus dem Raiffeisengeschäft in Brandenburger Landschaften).

Entgrenzung. Unterbewusstsein. Geliebt und geschützt fühle ich mich nicht bei dir.

Hörst du die Liebesgedichte. Kontextualisierung.

Hörst du die Schritte, wie sie auf weißgrauem Kies den Brennnesseln entgegengehen, unschuldig, nichtsahnend. Sieh das Mädchen am Brunnen.

Rapunzel, Rapunzel, sie spiegelt sich im Wasser, als ob die kleine Meerjungfrau sich dort unter der Oberfläche bewegt. Motive einer sehnsüchtigen Kitschigkeit. Kitschigkeit. Laut quietschend, schrill ist die Nacht. Neongelbhell. Kalt, schmutzig.

Apfelsaftschorle aus Strohhalmen schlürfen, in rotgestreiften Liegestühlen, und pralle reife Kirschen am Ohr. Kirschohrringe. Ledersofa in der Küche, Trash-Poster an den abgenutzten Wänden, Leonardo DiCaprio, Michael Jackson, John Travolta. Britney Spears is watching you. Gegenüber ein Schwarzweißfoto von Marilyn.

Gummistiefel bei 35 Grad. Hier im Schulgarten unter den Rosen, unter denen wir liegen. Helsinki. Rom. Athen. Riga. Moskau. Was fällt dir eigentlich ein, so nah heranzugehen an das grüne Gras, so tief deine Nase hineinzugraben in den feuchten Rasen. Romantische Poesie ist gleich progressive Universalpoesie.

Es klingelt zur Pause, endlich. Schon.

*

»Sigi di saiiiii«, singe ich und denke, wie wahnsinnig schön sie doch ist! In der U-Bahn habe ich heute einen Mann skizziert, der sehr hässlich war.

Ida und ich liegen im Bikini auf Rosenmusterhandtüchern, während die Sonne unsere Haut altern lässt, aber dafür auch ziemlich schön bräunt. Mittlerweile ist Ida, glaube ich, eingeschlafen, zumindest atmet sie sehr gleichmäßig und hat die Augen geschlossen, während ihr Mund leicht geöffnet ist. Ich drehe mich auf den Bauch, stütze mein Kinn auf die gekreuzten Arme und beobachte das Treiben im Schlachtensee.

Eine Gruppe Jungs um die 19 jagen sich lachend ins Wasser und tauchen einander unter, in voller Montur. Einer fällt mir besonders auf.

Nachdem sich die Aufregung wieder gelegt hat, kommt er triefend aus dem Wasser gestapft, seine Stoffhose und das grüne Hemd klatschen an seinem Körper und darunter zeichnen sich seine aufgestellten Brustwarzen ab.

Er sieht aus wie ein H&M-Model. Ich hole unauffällig mein Skizzenbuch hervor und versuche vorsichtig die diffuse Schönheit einzufangen.

Eine Schraffierung und ein paar Striche nur.

Obwohl er im herkömmlichen Sinne gar nicht so *schön* ist, hat er eine übermannende sinnliche Ausstrahlung, finde ich, und sein nasser Körper ist alles andere als jungenhaft. Das ist es bestimmt, diese Männlichkeit, jede Pore seines triefendes Körpers scheint nach dieser Männlichkeit zu riechen, obwohl er bestimmt sieben Meter entfernt von mir ist.

In solchen Momenten verstehe ich die Jungs, die in bestimmten Situationen – also beim Anblick einer Frau, meine ich jetzt besonders – einen Ständer bekommen, aber das sind ja jetzt umgekehrte Verhältnisse.

Er streicht sich mit seiner flachen Hand die Haare am Kopf glatt und schwenkt seinen Blick über die picknickende Familienidylle. Als seine braunen Augen mich treffen, spüre ich Aufregung und Adrenalin und so in mir hochsteigen. Über meine Lippen quillt das sprudelnde Fanta, von dem ich gerade getrunken habe (jetzt auch in Fanta Zero, neu im Kühlregal oder so ähnlich). Dabei passiert doch gar nichts.

Meine Hände flitzen immer schneller über das grobkörnige Zeichenpapier, allmählich kristallisiert sich aus der gesichtslosen Figur aus Bleistiftstrichen eine Person, ein Mann, dessen Ausstrahlung mich neugierig macht.

Für so einen verfluche ich meine Schüchternheit und überwinde sie trotzdem nicht.

*

Nickende Stühle verkehrt herum. Oppelner Straße, auf der anderen Seite vom Park. Ein Blitz aus der dunklen Wolke Mensch, sagte Nietzsche. Persil im Kühlregal, eingeordnet zwischen Kochschinken und Knusperjoghurt.

Anfang August treffe ich Julian am Hermannplatz wieder, an der Ampel, als ich mit Mama bei Karstadt Acrylfarben kaufen gehe für mein Kunstprojekt im Leistungskurs bei Herrn Richter.

Irgendwie kann das doch nicht sein, Schicksal, Zufall, mein Kopf platzt gleich. Er ist auf dem Fahrrad unterwegs und neben ihm ein Mädchen, das ich nicht zu registrieren vermag, irgendeine Stylerbraut bestimmt. Muschimuschi. Sie guckt, glaube ich, ziemlich gelangweilt/genervt/arrogant. Eins davon. Julian umarmt mich.

»Wie war dein Auftritt?«, fragt er mich.

Keine Spur von schlechtem Gewissen.

»Gut«, sage ich und grinse.

Wichserwichser. Maybe – maybe not – he loves me – of course he loves me not – he is an idiot – but maybe not.

*

Max, Ida und ich gehen auf eine Einweihungsparty in Kreuzberg 61. Max habe ich durch Anouk bei einer Privatparty letztens kennengelernt, wir haben uns geküsst und seitdem haben wir ein bisschen was.

Auf der Terrasse wird gegrillt und auf einer Gitarre geklimpert. Irgendwelche Charlottenburger Mädels von Max sind auch da und Pepe, Tom und *Lars*. Was macht der denn hier? Wahrscheinlich sollte ich mich benehmen, schließlich ist Lars der beste Freund von Noa.

Max ist ziemlich atzig drauf und redet nur mit seinen Freundinnen, deshalb verbringe ich fast den ganzen Abend mit den Jungs in der Küche.

Tom isst Cornflakes aus der Tüte und rappt irgendeinen bescheuerten Text, während wir den Refrain dazu singen. Philipp fasst mir an den Arsch, aber so ist er halt. Und irgendwie genieße ich das alles. Ich bin leicht betrunken. Max will mit den Mädchen in eine Bar und dann noch tanzen oder so.

»Kommst du mit?«, fragt er, plötzlich wieder nett. Ich hasse es jedes Mal, wenn sich die Desinteresse-Theorie bestätigt, aber jetzt bin ich zu gut gelaunt, um mich weiter darum zu kümmern.

»Vielleicht später«, sage ich und habe es nicht wirklich vor.

Er küsst mich, vor allen anderen.

Es ist mir schon ein wenig unangenehm vor Lars, aber ach, egal. Philipp tut so, als wäre er sauer, und ich lache.

Ida ist schlecht gelaunt und will nach Hause, aber glücklicherweise knutscht sie zehn Minuten später mit Philipp auf dem Sofa im ersten Stock rum.

Lars und ich stehen nebeneinander. Ich fühle mich sehr zu ihm hingezogen, warum, weiß ich auch nicht.

Früher, als ich noch mit Noa zusammen war, mochte ich Lars nicht besonders gerne. Ich fand ihn geradezu unattraktiv, sein bescheuertes Yuppi-Gehabe. Enge bunte Hosen und Achtziger-Jahre-Jacken und ein Stofffetzen von American Apparel als Schal, Tiger-Onitsuka-Schuhe und so weiter; und jetzt atme ich sein Parfüm, er legt seine Hand auf meine Schulter.

Ich werde noch ein wenig mehr betrunken. Er ist schon ziemlich süß.

Pepe holt Wassereis aus dem Gefrierfach und ein anderer treibt Erdbeeren in Schokosoße auf, und Lars und ich teilen uns das Wassereis und die Erdbeeren, und dabei berühren sich unsere Lippen leicht.

Inzwischen sind die meisten Partygäste weitergezogen, nur wir und ein paar Mitbewohner sind noch übrig. Ich ziehe Lars aus der Küche wieder nach oben zur Terrasse.

Eine Handvoll Leute liegen rum und kiffen. Die Luft riecht nach Aschenbecher und Bier, ein paar Teelichter brennen auf dem Beistelltisch.

Wir küssen uns, wir sind wie Schlüssel und Schloss, und es macht klick. Er küsst mindestens genauso gut wie Noa. Bei dem Gedanken an Noa murmle ich »scheiße«, und er denkt das Gleiche und murmelt auch »scheiße«, aber wir hören nicht auf und mein Rausch ist wie fortgeblasen, und der einzige Rausch, den es gibt, sind seine Lippen auf meinen.

*

Der Kunststoff des dunkelblauen schnurlosen Telefons klebt an meiner Hand.

Ich finde mich viel zu nervös.

Vielleicht ist die Nervosität sogar berechtigt. Schließlich sind wir gestern sehr unverbindlich auseinandergegangen, ein Abschiedskuss und keine weiteren Versprechen.

Ich möchte ihn wiedersehen, warum auch immer. Ich mag ihn halt sehr gerne. Also gebe ich mir einen Ruck und wähle seine Nummer und tatsächlich ist er sehr nett, überraschend nett. Wir verabreden uns für später.

*

Lars empfängt mich mit einem Kuss auf den Mund.

Auch wenn ich hoffe, dass Julian nicht gleich aus der Tür kommt und uns Hand in Hand die Straße runterlaufen sieht, freue ich mich. Es fühlt sich so an wie das Anfangsstadium einer Beziehung, dann, wenn man sich noch nicht allzu gut kennt, aber verliebt genug ist, die Stimme ein Stück süßlicher klingen zu lassen, häufiger zu lächeln als nötig und ihn immer wieder zu mustern, ungläubig, dass er wirklich seine Finger um deine geschlungen hat, als ob er dich nie wieder loslassen würde.

Wir betreten das Café Grenzbereich und suchen uns einen Platz nahe am Fenster. Er bestellt Ente und ich eine Pho, ich habe eigentlich keinen Hunger.

Mir schießt durch den Kopf, wie Louisa einmal zu mir sagte, als sie gerade frisch mit Lino zusammengekommen war, dass sie keinen Hunger hätte und sich nur von Luft und Liebe ernähren würde. Liebe ist bestimmt nicht das richtige Wort für jetzt. Lars erzählt viel von sich, fällt mir auf, es wäre ungerecht zu sagen ausschließlich, aber tendenziell schon.

Wir rauchen und Lars sagt, dass es sehr schön gewesen wäre im Grenzbereich und dass wir das gerne wiederholen sollten. Dabei lacht er und ich lache zurück.

Ist es ein gefährliches Spiel, das wir spielen? Wahrscheinlich nicht. Wahrscheinlich ist es im Gegenteil ein vergnügliches, luftiges, leichtes Spiel, trallala. Wir kommen auch auf den gestrigen Abend zu sprechen.

»Er ist einfach einer meiner besten Freunde …«, sagt er zum Beispiel.

»Ich habe wahrscheinlich einfach eine andere Moralvorstellung. Noas Freunde sind doch auch nur Menschen …«, sage zum Beispiel ich.

Und nach dem Gedankenmuster ist unser Gespräch gestrickt. Es ist auf eine abstrakte Weise eine Art von Krieg, eine Schlacht in Form einer Diskussion, deren Spielzüge höflich über die Tischplatte gleiten und abgewehrt werden wie Tischtennis.

Trotzdem: Lars kommt noch mit zu mir, auf ein Gläschen Wein Mademoiselle. Wir stehen in meinem Wohnzimmer und halten beide ein Glas Rotwein in der Hand. Ich weiß, dass er sagt, er darf nicht. Aber dann wird die Stimmung so erdrückend, dass ich ihn einfach küssen muss.

Es ist eine surreale Stille, die sich über unseren Kuss ausbreitet, ich kann nicht genau beschreiben, warum. Ich ziehe ihn aufs Sofa, unsere Küsse werden immer heftiger, seine Hand streichelt über meinen Po, mein T-Shirt, meine Haare, ich ziehe ihm sein T-Shirt über den Kopf. Unsere Körper reiben sich aneinander, bis die Hitze mich besinnungslos macht. Ich lecke ihm den Schweiß von der Schulter und zerre an seinem Jeansbund. Je stärker ich seinen moralischen Widerstand spüre, desto größer wird mein Verlangen, ihn an mich zu binden. Lars' Körper hingegen verzehrt sich nach mir. Er beißt sich auf die Lippen und presst mich mit seinem Körper gegen die Lehne.

Dann klingelt sein Telefon, Jörg, wegen dem Konzert später noch, ich muss los, sagt Lars, küsst mich auf den Mund und so weiter. Es geht nicht, sagt er, es geht einfach nicht, es ginge nur, wenn ich in dich verliebt wäre, aber das kann ich jetzt noch nicht sagen. Auf Wiedersehen, tschüss –

*

Es ist ein Donnerstag. Wir hatten ein richtiges Date, wie in jedem schönen Teeniefilm. Wir waren im Kino, im Babylon, Spätvorstellung, irgendein pseudointellektueller Schinken. Danach an der Bushaltestelle hat er mir gesagt, dass er nicht in mich verliebt ist.

Am Frankfurter Tor sind wir zu McDonald's und ich habe ein paar von seinen Pommes gegessen. Wir sind noch immer am Frankfurter, aber draußen. Gleich um die Ecke wohnt er in einer WG. Wir lehnen an einem Schaufenster, dem Schaufenster einer Drogerie, und knutschen. Ich lasse ihn nicht gehen.

Jedes Mal, wenn er sagt »dein Bus« oder »ich muss los, ich kann nicht, ich würde ja gern«, lasse ich ihn nicht gehen. Aus irgendeinem Grund muss ich mit ihm schlafen, vielleicht ist der

Grund mein Ego. Vielleicht bedränge ich ihn. Ich weiß nicht, wie lange wir hier schon stehen, mir kommt es vor wie Stunden. Wir spielen ein Spiel und das Spiel heißt »Verkehrte Welt«. Ein 17-jähriges Mädchen versucht, einen 20-jährigen Jungen, der außerdem einer der besten Freunde ihres Exfreundes ist, ins Bett zu bekommen.

Es beginnt zu nieseln.

»Es regnet«, sagt er. Ich lasse ihn nicht gehen. Es regnet etwas stärker.

Ich sage: »Wir gehen kurz zu dir, trinken ein Glas Wein und ich verspreche, nicht mit dir zu schlafen.«

Mein Mund ist warm und feucht und etwas fusselig vom vielen Reden, Überreden. Aber jetzt habe ich ihn, ich habe es tatsächlich geschafft. Ich fühle mich, als hätte ich gerade einen Marathon gewonnen.

*

Ich wünsche mir nichts mehr, als dass es aufhört. Die weißen Wände starren mich an, es wird hell, erste Vögel zwitschern. Ich möchte meinen Körper von meinem Kopf lösen. Gleich geschafft, denke ich, aber es hört nicht auf.

Ich möchte nicht einsehen, dass mein Körper geschunden ist, dass sich mein Geschlecht gegen das wehrt, was ich gerade tue.

»Tut mir leid, ich kann nicht mehr«, sage ich leise zu Lars.

Ich fühle mich verbraucht, aber das verschweige ich lieber. Mir ist kalt und unwohl, ich kenne dieses Gefühl nach dem Sex, es schreit nach Geborgenheit, nach Trost, nach Liebe vielleicht, aber woher soll Lars das wissen.

*

Wie ein richtiges Pärchen. Hand in Hand an einem lauen Sommerabend durch den Bergmannkiez bummeln, rauchen, Videos ausleihen (irgendein französischer Schinken mit meiner Lieblingsschauspielerin Cécile de France), verstohlene Küsse hinter den Regalen, Körper an Körper auf dem Sofa liegen und Wein trinken, irgendwann auf den durchgelegenen Matratzen miteinander schlafen, einschlafen, von seinen Küssen aufgeweckt werden und noch mal miteinander schlafen, dösen, während er zum Bäcker um die Ecke geht, Brötchen und Kaffee in der WG-Küche, durch die Haare streichen, lächeln.

Ich fühle mich so lebendig wie lange nicht.

*

Wenn ich Sex habe, gebe ich mein Bestes, nicht daran zu denken, dass Julian auch Sex hat. Ich möchte gar nicht wissen, wie diese Frau oder Frauen aussehen.

Ich möchte nicht wissen, wie er sich benimmt im Bett, wie er riecht von so nah, wie er schmeckt und atmet.

*

Badeschiff, neben der Arena. Der Steg schwankt dezent unter meinen Schritten. An meinen Fußsohlen klebt feuchter Sand, die Sonne scheint mir mitten ins Gesicht. Oben, an der Bar, bestellt sich Lars seinen zweiten Caipirinha. Wir haben uns auf einer der Hängematten hier unten eingerichtet, zwischen einem alten Ehepaar und einer Gruppe Mittzwanziger, die biertrinkend über irgendeine Modemesse fachsimpeln.

Ich fühle mich sehr beobachtet, während ich jetzt zum Wasser gehe, mich von der eiskalten Dusche abbrausen lasse, eintauche in das klare hellblaue Wasser. Swimmingpoolblau. Untertauche.

Die Zeit steht still unter Wasser, wie sehr ich das geliebt habe als Kind, die eigenen Haare zu beobachten, wie sie zu Feenhaaren werden, weich und fedrig; Luftblasen, die aufsteigen an die Oberfläche und dort zerplatzen wie viele kleine Wunderkugeln; Beine, Arme, Bikinis, schöne und krüppelige Füße, gezielt gesetzt oder hilflos strampelnd, begleitet von einer dumpfen Ahnung von Gelächter, dort in der Außenwelt.

»3, 2, 1, LOS!«, sagt er und wir springen in das kristallklare hellblaue Nass. Das Wasser brennt beim Aufprall auf meiner Haut. Tiefer und tiefer sinke ich, meine Hand an seine Hand geklammert.

Ich öffne die Augen – das Chlor schmerzt wie Hunderte Bienenstiche in meinen Augen –, beobachte seine unaufgeregten, gleichmäßigen Schwimmzüge in Richtung Oberfläche, lasse mich mitziehen und hole beim Auftauchen mit einem lauten Seufzer Luft. Unter Wasser wirkt die Welt sonderbar still, als ob die Zeit stehengeblieben wäre, und sobald man auftaucht, möchte man sich am liebsten die Ohren zuhalten, zurück in die gedämpfte Welt unter sich entfliehen. Aber das sagte ich, glaube ich, bereits.

Ich rolle einmal, zweimal, dreimal, viermal, fünfmal, sechsmal, und beim siebten Mal, zu dem mich mein Ehrgeiz noch überredet, sinke ich. Alles, aber wirklich alles verlässt mich, alles, was ich tue, ist Sinken. Alles schwarz. Es fühlt sich so an, als würde die Seele allmählich aus dem Leib gezogen werden.

Eine Hand zieht mich nach oben, immer weiter nach oben, japsend öffne ich meine Augen, wieder in der Realität. »Alles okay bei dir?«, fragt er mich. Ich nicke und puste die Wassertropfen von meiner Nasenspitze.

*

Ich liege auf dem Rücken, mein Hemd habe ich wegen der Hitze hochgekrempelt, und genieße die Sonne. Mein Bauch hebt und senkt sich mit jedem Atemzug, meine Haut ist dort noch blass vom Winter.

Ich spüre, dass er mich beobachtet. Ich öffne die Augen einen Spaltbreit. Es wäre schön, wenn er mich jetzt küssen würde. Ich öffne meine Lippen, die Sonne macht es schwer, in seinem Gesicht zu lesen, weil sie mich blendet. Seine Fingerkuppen berühren ganz leicht mein Schlüsselbein.

Wie in einem Arztroman: »Und sanft schaukelten sie sich bis zur überirdischen Ekstase.« Oder in der Bravo.

Oase in der Großstadt, keine Menschenseele weit und breit, nur die Straße siebenhundert Meter entfernt von uns, abgeschirmt von der dicht bewaldeten Grünfläche.

Ich atme etwas lauter, um ihm zu zeigen, dass es mir gefällt, aber er checkt es nicht. Ende der Foto-Love-Story. Ich ziehe ein ganz klein bisschen an seinem T-Shirt.

Er beugt sich zu mir runter, sein Atem rauschend wie der Blutstrom meines empfindlichen Körpers, der durch alle Kitschigkeit und Romantik erregt darauf wartet, dass er mich anfasst, hart und fest. Der es kaum aushält, dass er mit seinen Küssen geizt und seine Hände sparsam knapp neben den Stellen einsetzt, an denen ich sie gerne hätte.

Ich bin wild geworden, aber ich lasse mir nichts anmerken, auch wenn es fast meine gesamte Kraft kostet.

Ich will ihn, ich will ihn, ich will ihn. Er zögert es so lange hinaus, bis ich schreien möchte. Wie Blitze, wie Feuerwerke, wie 70er-Jahre-Pornohefte.

Und dann der Sex, der alles kaputtmacht. Weil das Vorher immer schöner ist. Immer und immer.

Der Sex ist wie der Badewannenstöpsel, um alle Lust wieder entweichen zu lassen. Nullstand wieder. Er gesättigt. Ich wieder nicht egoistisch. Ich möchte halt nicht aufdringlich sein, davor hab ich Horror.

12

Kastanien. Kastanieneis. Esskastanien. Mit Kastanien basteln.

Ich erwische mich bei dem Gedanken, dass ich Lars vermisse. Ich habe ihn immerhin schon vier Tage nicht gesehen. Das ist fast eine Woche. Das ist der längste Zeitabstand, den wir in den letzten zwei Wochen zueinander hatten.

Ich hoffe, er kommt heute Abend. Zu der Party von Luca und Katja aus der Abiklasse. Da kommen alle. Irgendwie habe ich ein schlechtes Gefühl. Ich vermisse jetzt schon die SMS mit der »Hey Süße!«-Ansprache, obwohl ich davon immer noch zwei am Tag bekomme. Bitte lass ihn da sein, denke ich, als Ida und ich unsere Jacken an der Garderobe abgeben.

»Hejjjjjj!!!«, sagt er. Ich glaube, er ist schon etwas angetrunken. »Ich hab mich schon gefragt, wo du bleibst!« Er ist so sexy, sexy, sexy. Und er küsst mich, vor der ganzen Schule, vor allen Freunden von Noa und auch allen anderen, und irgendwie macht mich das glücklich, und das wirklich ohne Hintergedanken; man könnte ja auch schadenfroh sein, fällt mir ein.

Wir sind zwar nicht zusammen oder verliebt oder überhaupt irgendwas, aber wir sind auch kein schmutzigkleines Geheimnis.

Wir tanzen und knutschen, rauchen zwischen Topfpflanzen im Hof und laufen im Morgenlicht durch die Kastanienallee.

Lars sagt mir, dass er nächste Woche wegzieht zum Studieren, und dann küssen wir uns ein letztes Mal.

*

Manchmal mag ich es, ziellos U-Bahn zu fahren, ziellos an U-Bahnhöfen rumzuschlendern und ziellos Menschen zu beobachten, mich klein und zerbrechlich als Teil des riesigen Universums zu fühlen.

Lieber nicht zu viel nachdenken über die Unermesslichkeit des Universums. Dann funktioniert nichts mehr. Komplette Überforderung. Jeden Zentimeter der Erdfläche mit meinem Finger berühren und dann darf ich sterben. Aber das ist größenwahnsinniger Perfektionismus.

Eine Reise bis zur Sonne und zurück, die Sätze sprudeln aus meinen Gedanken hervor, ein Teich voller Goldfische, eine Kollektion der aufgeschnappten Wörter, ein Skateboard, ein Schifffahrtsverkehrsordnungsamt …

Eine schwirrende Motte um das goldgelbe Licht der Taschenlampen, unsere einzige Lichtquelle im Falle einer Naturkatastrophe, einer Terroristenattacke, Entführung, Vergewaltigung, Mord.

*

Ida hat Thilo fallen gelassen. Sie sagt, sie wäre einfach nicht verliebt genug gewesen. Eigentlich hat sie sich in einen anderen verschossen. Einen, den sie in Fulda kennengelernt hat; sie hatte da einen Auftritt mit ihrer Band auf irgend so einem Sommerfest des Bürgermeisters. Er hat an der Kasse die Programmhefte verteilt und sie angesprochen. »Junge Frau«, und zack.

Florian heißt er.

Verrückt, wie zufällig oder schicksalsbehaftet es ist, wen wir überhaupt treffen und in wen wir uns davon dann verlieben. Ida sagt, sie könnte sich mit so einer halben Sache wie Thilo nicht zufriedengeben, weil sie jetzt weiß, wie es auch sein kann.

Ich glaube, sie wollte sich einfach nie eingestehen, dass sie nur halb in Thilo verliebt war. Und zur anderen Hälfte aus Sehnsucht und vielleicht auch aus Bequemlichkeit mit ihm zusammengekommen ist.

*

Ich warte vor der S-Bahn-Station Hackescher Markt auf Ida. Aus der Lüftung über Coffeemamas qualmt dunkelbrauner Rauch und es stinkt im Umkreis von fünfzig Metern wie nach verkohlten Leichen. Ekelhaft. Außer mir scheint sich kaum jemand daran zu stören, eine italienische Touritruppe steht inmitten der Rußwolke, die Köpfe über einen Stadtplan gebeugt; zwei Frauen trinken vor Coffeemamas auf der Bank ihren Kaffee aus Pappbechern und eine Promoterin verteilt tapfer ihre Fitnessstudio-Flyer.

Um mir die Zeit zu vertreiben, spiele ich *schöne Wörter suchen*. Bruchteile von Sätzen.

Verfremdete Deutschlehrer.

Platonisch und Gestik.

Schneckenhäuser. Schmetterlingskokon. Ahornbäume, Ahornsirupbäume, Ahornsirupblätter, Ahornsirupbaumblätter. Bambus. Kolibri. Ein Kaiser. Oder ein König. Fliegende Teppiche à la Aladin. Zauberpudding auf der Flucht und Pippi Langstrumpf im Taka Tuka-Land. Und mein Esel Benjamin. Billige Plastikuhren von Ikea. Fünf nach acht.

Vergitterte Fenster. Freiheit und Zwang.

Hanna würde in meiner Situation jetzt wahrscheinlich Stretchingübungen machen, aber derart unbewusst meiner Umgebung gegenüber bin ich dann doch nicht.

Eigentlich hasse ich Shoppen. Normalerweise sieht es so aus, dass Ida und ich drei Stunden lang den Ku'damm und den Hackeschen Markt und die Oranienstraße ablaufen und keine verfickte Hose mir am Arsch passt. Und dann gehen wir nach Prenzlauer Berg und in die ganzen Seitenstraßen und Insidersecondhandläden, und ich finde immer noch nichts.

Und außerdem wünschte ich, ich hätte ein besseres Auge für den Stil, der mir wirklich gefällt. Vielleicht würden dann andere Typen auf mich stehen; obwohl, vielleicht auch nicht die richtigen, sondern nur so Stylamyla-Softies wie Lars.

An schlechten Tagen stehe ich eine Stunde vor der Schule vor meinem Spiegel und verzweifle regelrecht an meinem Kleiderschrank, und fünf Minuten bevor ich gehen muss, ziehe ich ein schwarzes T-Shirt von H&M und irgendeine Hose, die fünf Löcher hat, und meine Tigers an und fühle mich den ganzen Tag langweilig.

An guten Tagen trage ich hochhackige Schuhe und Kleider und große Ohrringe und knallroten Lippenstift und dann werde ich als attraktiver von meiner Umwelt wahrgenommen, allein schon weil meine Ausstrahlung positiver ist.

Das sind so Sachen, die eigentlich reine Zeitverschwendung sind, finde ich. Genauso wie auf Klo gehen oder Chemieunterricht.

Idas klappriges Hollandrad hält neben mir.

Wir reden viel über Thilo und das alles.

*

Ich habe heute den Tag betreten.

Als er da vor mir steht, in seiner Arbeitskleidung, mit seinem Fahrrad, weiß ich, dass dies einer der schönsten Tage meines Lebens ist. Er hat schon so gut angefangen. Erst habe ich die Zusage für das letzte Casting bekommen und dann hat Lorenz aus München angerufen und den Besuch in Berlin bestätigt.

Die Koffer stehen gepackt im Hausflur. Toshij und ich wollten nur unsere Fahrräder im Hof anschließen für die zwei Wochen, in denen wir in Griechenland sind, und prompt biegt Julian um die Ecke.

Es ist kurz vor sechs. Vorne warten Mama und Papa auf das Taxi, das uns zum Flughafen bringen soll. Ich habe schon eine Hand auf die Tür zur Straße gelegt.

»Hey«, sagt er.

»Hallo.«

»Wohin fahrt ihr?«

»Griechenland, Familienurlaub.« Ich lache.

»Ach, cool. Und wie lange?«

»Zwei Wochen. Ja, ist ganz nett.«

Ich habe das Bedürfnis, ihm mitzuteilen, dass ich erwachsen, toll und aufregend bin.

»Nein«, sage ich stattdessen, »ich bin sehr glücklich heute.«

Das Taxi wird mittlerweile angekommen sein, ich muss wirklich los.

»Warst du schon mal da?«, fragt er und ignoriert meine Unruhe. Als ob er sich mit mir unterhalten will.

»Äh nee. Ich muss los, das Taxi wartet.«

»Ja. Viel Spaß, ne?«

Ich lächle. Ich bin verliebt.

»Danke«, sage ich und drücke das Tor auf.

Toshij kommt mir durch die Einfahrt entgegen, um mich zu holen.

*

Zwei wunderbare Wochen Griechenland mit meiner Familie. Mama und Martin, Patrick, Jette, Papa, Eva, Toshij und ich. Wunderbar, aber auch sehr ähnlich dem, wie ich es mir vorgestellt habe.

Ein Fischerdorf, abseits vom Touristenrummel, auf einer Insel mit einem komplizierten Namen. Allein, dass wir ein Ferienhaus gemietet haben, macht den Urlaub zu etwas Besonderem.

Bisher haben wir Familienurlaube immer nur im Zelt verbracht, das mag ich auch sehr gerne, aber das Ferienhaus ist eine schöne Abwechslung. Es sieht aus wie in einem Märchenland. Direkt am Meer, die Terrasse geht hinaus aufs Meer, das Meer durchspült meine Nächte, Meer an meinem ganzen Körper.

Wir verbringen die Tage im Schatten der Feigenbäume und auf den Fischerbooten, die im Hafen leise mit den Wellen schunkeln. Wir planschen in den blaugrünen Schaumkronenwellen, verbrennen unsere Fußsohlen auf dem heißen Sand, schlendern durch die Gassen an den Souvenirläden vorbei, essen Fisch in kerzenbeschienenen Restaurants in schattigen, obstbaumbewachsenen Hinterhöfen.

Unsere Haare werden in der Sonne zu weißblonden Cinderella-Locken, unsere Haut nimmt die Farbe von Honig an. Alles ist harmonisch und wunderbar. Nur manchmal wird die Hitze zu erdrückend, das Bellen der Hunde unserer schwedischen Nachbarn zu laut.

Und keine Sekunde vergeht ohne Julian in meinem Kopf, so sehr ich mich auch bemühe, ihn zu verdrängen.

Es ist der Sommer, in dem ich zum ersten Mal in meinem Leben unsterblich verliebt bin.

*

Vor mir breitet sich ein Meer an roten Klatschmohnfeldern aus. Hochgeschossene Pinien säumen die Täler und wiegen sich sanft im Wind, zeichnen schattige Muster auf die trockene, sonnenverwöhnte Erde.

In der Ferne schimmern zaghafte Konturen einer Gebirgskette, der Schnee auf den Gipfeln wie eine in Form gegossene Zuckerschicht.

Die Luft ist getränkt von den Geräuschen der Zikaden und dem Rauschen der Blätter an den Bäumen. Der gewundene Weg, den ich Schritt für Schritt betrete, führt auf ein altes Backsteingebäude zu, dahinter beginnt ein munteres Bächlein seinen Lauf.

Das klare, grünschimmernde Wasser spiegelt die drohenden schwarzen Gewitterwolken wider.

*

Es ist der vorletzte Tag. Wir sind wieder einmal mit unseren klapprigen Fahrrädern ins Dorf gefahren, aber diesmal gehen wir in die Souvenirläden hinein, wühlen uns durch orientalische Bauchtanzkostüme, bestickte Handspiegel und Berge von Honigtöpfen und frisch gepflückten Oliven.

Die Luft ist lau.

Am Ende der wichtigsten Touristeneinkaufsstraße stoßen Eva und Toshij auf einen kleinen Laden. Die eine Wand ist behangen mit Ohrringen, in Vitrinen reihen sich silberne Armbänder und Ketten aneinander. Eva ist in ihrem Element. Die andere Hälfte des Ladens besteht aus handbemaltem Porzellan.

Hinter einem niedrigen Tisch vor einem Computer sitzt ein Mann und mit ihm unterhält sich ein junger Mann. Der Besitzer steht auf und begrüßt uns freundlich, als wir den Laden betreten. Sein Gesprächspartner ist genau mein Typ. Dunkle Locken, dunkle Augen, beinah schwarz, breite Schultern. Er ist sehr gut gekleidet. Nachdem ich mit Eva den Schmuck bewundert habe, will Toshij weiterziehen.

Der gut aussehende Typ lächelt mich an, ich lächle zurück.

*

Den Abend verbringen wir drei in einer Bar am Strand. Der Typ von vorhin aus dem Laden steht hinter der Theke und drapiert exotische Früchte auf großen Vanilleeisbechern für die fetten bleichhäutigen Touristen.

Da er auf meinen Blickkontakt reagiert, obwohl ich ungeschminkt bin und meine Haare ein einziges Durcheinander aus Meerwasser und Sand sind, und Eva und Toshij sich nicht entscheiden können, welchen Drink sie nehmen sollen, frage ich ihn ziemlich frech, wie er heißt. Ilias. Er kommt eigentlich aus Athen und hat hier so was wie einen Ferienjob.

Ich habe eigentlich nichts zu verlieren. Entweder er fragt mich, ob wir zusammen ausgehen, oder ich unterhalte mich nett mit ihm und trinke noch ein Bier. Ich bin weder sexuell frustriert – dazu bin ich zu sehr mit Julian beschäftigt –, noch hat er mich dermaßen umgehauen. Ich bin schlichtweg neugierig, und vielleicht suche ich ein wenig Bestätigung. Und deshalb kokettiere ich so lange, bis er mich fragt: »Would you like to go out for a drink tomorrow night?«

*

Wir sitzen am Ufer des Flusses, tauchen unsere nackten Füße in das warme Wasser, in dem sich das Licht der Hotels und des Mondes spiegelt. In der Türkei, wo ich letztes Jahr mit Ida im Urlaub war, nennt man das »Yakamoz«, es zählt zu den schönsten Wörtern der Welt.

*

Ilias führt mich auf die Terrasse. Sie ist so groß wie ein kleines Dach; wenn man sich über den Rand bückt, sieht man die schummrig beleuchteten Souvenirläden. Es ist vielleicht zwei Uhr nachts oder später, ich habe versprochen, um vier zurück zu sein. Auf dem Boden liegen Decken, es geht alles ziemlich schnell.

Würde ich nicht bereit sein, mit ihm zu schlafen, wäre ich jetzt nicht hier. Er zieht mich aus, er streichelt mich, er sagt mir, dass alles an mir perfekt sei.

Seine Bewegungen sind hektisch. Ich kann weder genießen noch mich entspannen, irgendwie ist es mir ein wenig gleichgültig, was geschieht. Nur das Kondom ist mir nicht gleichgültig, es gelingt ihm nicht, es überzustreifen, ich weiß nicht, was mit diesen blöden Kondomen los ist, zumindest scheinen sie immer zu klein zu sein.

Wir schlafen nur so halb miteinander. Davor reißt das Gummi, ich werde panisch. Er möchte mich lecken.

»Please, let me taste.«

Ich will nicht, aber ich lasse es zu. Er fingert mich und ich bin von meinem eigenen Orgasmus überrascht. Ich hole ihm einen runter.

»Do you want to feel the hot sperm in you?«

Ich bin etwas irritiert, aber ich spiele mit, sage: »I want to fuck you hard.«

Vielleicht bin ich eine Schlampe, nicht wegen der Anzahl der Männer, mit denen ich geschlafen habe, aber von meiner Haltung her. Später bringt er mich wie versprochen nach Hause.

Die Hunde bellen. Ich mag ihn schon, als Menschen.

13

Die brütende Hitze surrt über den Köpfen der stadtgetränkten Menschen. Kinder spielen auf den glühenden Straßen Schachmatt. Springen zwischen bunten Kreidekästchen umher, Springseilspringen auf dem Pflasterstein, durch dessen Ritzen das Unkraut hervorwuchert. Schnurgerade die Bordsteinkante, Teer, der in der Sonne schmilzt – die Konsistenz weich wie Fimoknete.

Dort drüben ein Mädchen, versunken in der Irrealität, auf den langen braunen Strähnen ein Diamantdiadem, in der Dualität ihrer Befindlichkeit parallel eine Metapher meiner Liebe. Umsponnen, umgossen, raschelnde Kristallglocken in der aufgearbeiteten Vergangenheit, die Lautmalerei getragen im Widerhall deiner Widersprüche. Ein Moskito auf meiner linken Schläfe. Röhrende Hirsche, zweihebiger Jambus, Kalinka Kefir, eine geschwollene Unterlippe, who killed eigentlich Bambi. Kapuzinerkresse, Wistarien, Apfelmus mit Joghurt und braunem Zucker.

*

Anderthalb Wochen vor Ende der Sommerferien kommen Lorenz, Mario, Lennart, Erik und Uffie aus München, um uns Mädels zu besuchen. Weil Ida sturmfrei hat, haben wir sie dort eingenistet. Trinken und im T-Shirt draußen in Bars sitzen und ab und zu Fußball gucken. Es ist ein schöner Sommer.

Papa und Jette sind mit Patrick und Mama und ihrem Freund Martin nach Spanien gefahren. Tennis zwischen den Wänden. Stapel von dreckigem Geschirr im Waschbecken. Der Geruch von gebrauchten Socken und Boxershorts.

Im Club der Visionäre waren wir stundenlang und haben das heimlich von Lorenz mitgebrachte Bier getrunken, eingequetscht zwischen spanischen Touristen auf einer Bank und dann später auf dem Steg liegend haben wir den Sternenhimmel beobachtet.

Ich habe Michel kennengelernt, das heißt, die Jungs haben ihn erst kennengelernt und dann habe ich mich mit ihm unterhalten. Er saß halt grad neben mir, sehr netter Typ, blond und blauäugig und groß und stark und breit, wir haben Nummern ausgetauscht, ohne was voneinander zu wollen, sehr angenehm, ich glaube, wir würden uns wirklich gut verstehen.

Er sieht auch gar nicht schlecht aus, aber wir waren eben nicht voneinander angezogen auf sexueller Basis, das hat man gespürt. Das passiert mir eher selten, dass ich so auf der Straße jemanden kennenlerne, besonders wenn es nicht auf sexueller Ebene ist, ich bin zu schüchtern für so was.

Die Menschen sind zu schüchtern, alle gucken penetrant woandershin im öffentlichen Leben. Wie viel einfacher es sein würde, wenn es anders wäre. Was – wäre – wenn.

*

»Die Ausweise bitte«, sagt die bullige Frau hinter der Tür im Watergate. Lustigerweise kommt es mir so vor, als ob ich mit 15 bis 16 eindeutig weniger oft nach Ausweisen gefragt wurde. Vielleicht wird es mit dem Alter schwieriger, weil man sich immer mehr entspannt und folglich entspannter aussieht, also z.B. hat man statt dem Minirock einen Kapuzenpulli und Turnschuhe an.

Ich frage mich, wie das mit 18 wird.

Ida und ich kramen beide in unseren Taschen. Ida hat noch eine gefälschte ISIC-Studentcard, ich nur noch eine S/W-Kopie von Cocos Personalausweis.

Wo ist denn die bunte Version? Ficken, egal. Die Bulldoggenfrau (sie sieht wirklich aus wie ein Pitbull) nimmt unsere – mehr oder weniger – Papierfetzen entgegen; meinen beäugt sie besonders misstrauisch, sie beäugt ihn wirklich, Schweinsäuglein, igittigitt.

»Ne Kopie?«, sagt sie, ich sage lieber nichts. Es hat sich nicht so angehört, als ob sie eine Antwort erwarte.

Endlich winkt sie uns durch, nicht ohne noch einmal anzumerken, dass es eine Ausnahme sei und wie auch immer. Wir bezahlen und bekommen die Schwarzlichtstempel von dem Typen, der eigentlich sonst immer die Tür macht.

Ich lächle ihn an, aber er erkennt mich natürlich nicht.

Irgendwann will ich auch mal die Türsteher der Stadt kennen, verdammt ...

Die Musik erfüllt mich. Ich bin völlig nüchtern und trotzdem wie betrunken. Dort drüben neben der Bar steht der Typ von vorhin aus der Schlange mit seinem Bruder, der jede Minute gekotzt hätte – hätte man es ihm erlaubt. Die Menschen sind schon seltsam. Ich zerre Ida mit auf die Tanzfläche und überlasse meinen Körper der Musik.

*

Die Geilheit steht ihm druckbuchstabengroß ins Gesicht geschrieben. Er hechelt vor lauter Geilheit, die Unterhose ist ihm die Beine runtergerutscht, die sich rhythmisch bewegen im Einklang mit seinem Körper – und mit meinem.

Leider ist *er* nicht geil. Ich habe ja gar nicht erwartet, dass er als Typ geil ist, geile Typen sind nicht geil; Kauderwelsch serviert auf dem silbernen Tablett.

Ich glaube, meine Wimperntusche ist verschmiert und mein Abdeckstift muss mittlerweile auch schon ab sein, ich hab immer so viele Pickel kurz nach meiner Periode, aber das bemerkt er sicher nicht. Hundert Prozent sicher.

Der Schreibtisch, auf dem ich mit meinem nackten Po sitze, quietscht. Das hat etwas Obszönes. Wie in einem Softpornofilm um zwei Uhr nachts im Fernsehen.

Ich glaube, er kommt gleich.

Schade eigentlich. Weil ich gar nicht weiß, was ich danach mit ihm reden soll. Erschreckend, wie gleichgültig ich bin. Das nennt man wohl einen One-Night-Stand à la carte. Wie im Bilderbuch, aber das ist ein schlechter Scherz.

Das Quietschen erhöht sein Tempo. Eindeutiges Zeichen.

Erst einmal über die Fluchtwege informieren, bevor man ein Gebäude betritt.

Seine Stirn stößt gegen meine Schulter, er stöhnt, ich werfe meinen Kopf zurück, um wenigstens ein bisschen was vorzutäuschen. Ganz so kalt kann ich dann doch nicht sein.

Wäre ich gerne manchmal, schaff ich aber nicht.

Dann ist es plötzlich ganz still.

Irgendwo spielt ein Straßenmusiker auf seiner Mundharmonika. Man könnte ja auch mal asozial sein. Ich löse mich von ihm, das Kondom macht ein unattraktiv schmatzendes Geräusch dabei, zupfe Slip und Kleid zurecht und schließe die Tür hinter mir lautlos.

Muss ja niemand mitkriegen.

Draußen ein erster Ansatz von Tag.

*

In der Grundschule hatten wir ein Mädchen, das hat ganz früh Achselhaare bekommen und sich nicht sonderlich daran gestört. Ich habe immer gehört, wie die Jungs darüber abgelästert haben, und als ich dann bei mir die ersten Haare entdeckte, hatte ich furchtbare Komplexe und vor lauter Scham habe ich immer nur langärmlige Shirts getragen oder meine Arme ganz fest an den Körper gepresst, wenn ich unter Menschen war.

Ein bisschen verkrampft muss das ausgesehen haben.

Aber ich habe mich auch nicht getraut, mich zu rasieren, weil, das hätte Mama mitgekriegt, und irgendwie war mir das furchtbar peinlich vor Mama.

Genau wie mir der erste BH und String-Tanga peinlich waren. Oder Augenbrauen zupfen. Ziemlich banale Dinge eigentlich. Heute ist es auch nicht viel besser. Ich rasiere mir die Muschi, weil fast alle Männer das von einem erwarten, obwohl ich es gar nicht schön finde. Dieser Typ, mit dem ich da an diesem Abend geschlafen habe, hatte seine Brust rasiert, seine Achselhaare und um seinen Schwanz rum auch. Davon ist mir richtig übel geworden.

Es sah derart unattraktiv aus, so unattraktiv habe ich noch nie einen Körper empfunden, obwohl er im Gesicht sehr hübsch war und gar nicht schlecht gebaut. Das war einer der ausschlaggebenden Gründe für mein Gehen.

Seine Nummer habe ich aus meinem Handy gelöscht. Wahrscheinlich nicht wegen der fehlenden Körperbehaarung.

Wahrscheinlich, weil ich die Unverbindlichkeit satt habe. Und weil ich mich sowieso auf niemanden einlassen kann, solange es Julian gibt. Nur Julian. Bitte.

*

Nena und Elias streiten sich. Schon seit einer Dreiviertelstunde. Zack, zack, bum, bum. Ich mache mir fast Sorgen von wegen physische Gewalt und so.

»ICH HAB ÜBERHAUPT NICHT MIT DEINEM BEHINDERTEN MUSTAFA GESCHLAFEN, DU VERWICHSTER HURENSOHN!!!!!«, schreit Nena jetzt.

Irghs. Ich wünschte, ich könnte dazwischengehen und irgendwas sagen, Streit schlichten und Streithähne auseinanderzerren, aber das geht schlecht. Wenn wenigstens Ida und Christoph bald vom Bierholen zurückkommen. Wetten, die sind schon längst an irgendeiner Imbissbude zwischen Chips und Cola am Knutschen hängengeblieben.

»SCHEISSE!!!!«, dann leiser »Arschloch. Ach, vergiss es …« und irgendein Gemurmel. Türenschlagen. Betreten nuckle ich an meiner Wasserflasche.

Geiler Abend.

Es würde die Sache natürlich um einiges vereinfachen, wenn Nena wirklich nicht mit Mustafa geschlafen hätte. Weiß ich von Philipp. Ach, aber eigentlich habe ich auch keinen Bock, mich damit auseinanderzusetzen. Sind ja nicht meine besten Freunde, und so ernst kann es nicht sein.

Es hat eigentlich ganz nett angefangen und wir sind auch nur in der WG vorbeigekommen, weil Elias Philipp spontan angerufen hatte. Philipp ist mit dieser Ische auf Klo. Karoline.

Und heute, der Tag im Rückblick: Einen Schawarmateller bei Rissani, der Typ auf dem BVLGARI-Plakat guckt mich mit so einem pornografischen Nimm-mich-Blick an, zehn misshandelte Fahrräder auf einer Strecke von hundert Metern.

*

Mama und Martin, Papa und Henriette, Toshij, Eva, Patrick und ich. Pfannkuchen mit Erdbeermarmelade, Salami-Avocado-Baguettes, Herzplätzchen und Fleischklößchen mit Zimt.

Ein Frisbee und Patricks neuer Hund, ein äußerst umstrittenes Geburtstagsgeschenk von Jette. Papa hatte da Zweifel.

Sonne und später dann Nieselregen. Und dann ein Regenbogen.

Und dann wollen, dass der Tag nie mehr endet, weil es nicht viel besser werden kann. Auch wenn Mama und Jette sich zwischendurch streiten. Auch wenn die Schule bald beginnt.

14

Sporadische Feste. Wir haben Mamas Wohnung komplett ausgeräumt, zumindest alles, was kaputtzumachen wäre. Auf die hintere Wand im Wohnzimmer haben wir alte Dias projiziert.

Dafür, dass Sommerferien sind, sind ziemlich viele da.

Michel ist mit einem Freund gekommen. Ein paar Leute aus meiner Klasse, die Jungs aus München natürlich, Hanna ist übers Wochenende zu Besuch und hat Emil mitgebracht, Lars wollte eigentlich mal wieder vorbeischauen, aber selber schuld. Insgesamt eine Komposition von Gästen, deren Unterschiedlichkeit die Hauptstadt nicht besser widerspiegeln könnte.

Pepe hat ein neues Mädchen angeschleppt.

»Hübsch siehst du aus«, sagt er, als wir uns zur Begrüßung küssen.

Ich sehe wirklich ganz hübsch aus, Toshijs rotes Kleid, rote Lippen, Hochsteckfrisur. Julian kommt nicht. Dabei hat er versprochen vorbeizuschauen. Ich hasse, hasse, hasse ihn. Er könnte wenigstens absagen. Er weiß ja nicht, was er alles in mir kaputtmacht.

Jeder Zentimeter Dielenboden ist bedeckt von sitzenden Menschengrüppchen, Bierflaschen und Aschenbechern. Die Stühle habe ich alle zu Papa hochgebracht.

Die Luft ist schwer von Rauch und verbrauchtem Sauerstoff, das Fenster können wir nicht öffnen, ein Nachbar aus dem Hinterhaus war schon zum zweiten Mal hier, um sich zu beschweren.

Ein paar Leute sind nach draußen auf die Straße gegangen und spielen irgendein bescheuertes Spiel mit Bierflaschen, welche dabei größtenteils zu Bruch gehen.

Um Mitternacht gebe ich die Hoffnung auf.

Philipp mixt mir einen Drink, den ich in einem Zug runterkippe. Keine gute Idee. Eine halbe Stunde später hänge ich über der Kloschüssel und würge mir die Seele aus dem Leib.

Das passiert mir fast nie. Mit jeder Sekunde wird die Übelkeit stärker, mein Kopf ist dabei glasklar, das macht es eigentlich nur noch schlimmer. Meine Tränen vermischen sich mit meiner Kotze.

Ich hasse ihn so über alles.

Anne und Wanda aus meiner Klasse halten mir die Haare aus dem Gesicht und trösten mich. Warum sie plötzlich so fürsorglich sind, verstehe ich nicht. Sonst habe ich fast nichts mit denen zu tun. Vielleicht sind sie einfach in der Laune dazu.

Hübsch sehe ich ganz bestimmt nicht mehr aus.

Um zwei sind die meisten gegangen. Eva und Ida sind, glaube ich, mit irgendwelchen Typen verschwunden, die ich nicht kannte. Toshij kümmert sich jetzt um mich. Sie ist auch furchtbar besoffen, zusammen liegen wir auf Mamas Bett und jammern.

Mir ist so kalt wie noch nie in meinem Leben. Ich verfluche den Wodka. Nie wieder werde ich Alkohol anrühren. Scheiß Julian.

Toshij jammert auch über Männer. Ich glaube, sie hat wieder mit Tom rumgeknutscht, obwohl sie damit aufhören wollte, weil er sich dann verständlicherweise Hoffnungen macht. Ich wünsche mir einen Knopf, um aus mir einen neuen Menschen zu machen, der Alkohol soll einfach verschwinden. Ich kann mich in diesem Zustand keinen Zentimeter bewegen. Trotzdem schafft es Toshij irgendwie, mich in mein Zimmer zu schleifen, zu meinen Puppen und Fotowänden, nach Hause, in mein Bett.

*

Manchmal vermisse ich Noa. Aber ich versuche mir zu sagen, dass es mehr die Tatsache ist, eine feste Beziehung zu haben, als Noa als Person selbst. Ich will ihn doch gar nicht zurück.

Ich will nur mit jemandem teilen, was man als Alltag bezeichnet.

Jemand, der mit meinen Eltern zu Abend isst und mir zum Geburtstag einen Kuchen backt. Jemand, der mich auch morgens gerne sieht und der genauso verrückt nach mir ist wie ich nach ihm. Der sowohl meinen Körper will als auch die Gespräche mit mir.

Die Schneeballschlachten und die verschlafenen Sonntagvormittage am See. Der mich küsst, auch wenn ich Mundgeruch habe und schlecht rasiert bin. Der mich liebt, auch wenn ich mich vor anderen blamiere. Der mich seinen Freunden als seine Freundin vorstellt und dabei lächelt.

*

Anouk liegt in der Sonne und sonnt sich.

Pinkfarbene Sprühmarkierungen auf den sommerdurchnässten Straßen. Pollen fliegen durch die Luft. Farben tropfen auf den heißen Stein.

Alle Ideen, die in meinem Kopf Purzelbäume schlagen, sind schon gedachte Ideen, schon hundertmal von Hunderten gedacht worden, jeder Satz, den ich schreibe, schon Hunderte Male gedacht worden und geschrieben.

Die besten Ideen kommen mir bei einer Zigarette auf dem Balkon, wenn ich nachts aufwache, weil ich pinkeln muss, frühmorgens nach einer Party, wenn ich den Schmutz der Nacht wegdusche oder nach einem gepflegten Dinner mit der Familie und Bekannten und einem Glas Wein; ich bin ein Nachtfalter. Falte mich, Nacht.

Und dann soll es alles schon gegeben haben.

Sex auf den Straßen der Vergänglichkeit.

*

Das Glück ist auf der Suche nach mir. Ich glaube allerdings, es hat sich verlaufen.

Es war ein ganz lustiger Abend, aber jetzt habe ich die Schnauze voll. Tom, Toshij und Ida sitzen noch beim Inder und essen Pfefferminzschokolade.

Ich ziehe die Tür hinter mir zu und danke Gott, dass ich das Glück einer eigenen Wohnung habe, weil Mama bei Martin ist.

Ich bin ein bisschen schlecht gelaunt. Ich weiß nicht, wie es weitergehen soll mit Julian. Dieses Warten auf das nächste zufällige Treffen kann nicht so weitergehen, daran zerbreche ich. Egal ob er positiv oder negativ reagiert – und dass negativ wahrscheinlicher ist, das ist mir bewusst – irgendwas muss passieren. Ich gehe ins Bad und kippe Abschminklotion auf ein Wattepad.

Mein Handy klingelt, Toshij ist dran.

»Er ist vor uns«, flüstert sie. »Er ist gerade um die Ecke gebogen, wir laufen zehn Meter hinter ihm.«

Mein Magen dreht sich um.

»Danke«, flüstere ich zurück, obwohl es für mich gar keinen Grund gibt zu flüstern, dann ziehe ich mir hastig irgendwelche Schuhe an und stolpere die Treppen hinunter.

Jetzt oder nie. Kühle klare Luft kommt mir entgegen, als ich aus dem Tor trete. Ich renne ihm direkt in die Arme.

»Hi«, sage ich, mein Atem geht schnell.

»Hi«, sagt er. Er hält eine Flasche Vanillemilch in der Hand.

»Wie geht's, was machst du?«, frage ich.

»Ich bin total fertig, ich will nur noch in mein Bett. Und du?«

»Ach, wir standen grad vorm Bagdad, alle waren da, die man kennt. Aber ich hatte irgendwie keinen Bock mehr.«

»Ja, da bin ich auch grad vorbeigelaufen. Schrecklich, man sagt die ganze Zeit nur hallo und hi, und ich war überhaupt nicht in der Verfassung. Und wohin gehst du jetzt?«

Nirgendwohin, denke ich.

»Ich hole nur ein paar Freunde ab«, sage ich.

»Hä?«, fragt er, aber zu verstehen gibt es da nichts, und das zu erklären bringt auch nichts.

»Was trinkst du da?«, frage ich deshalb.

Er hält seine Vanillemilch und lächelt sein Jungenlächeln. Wenn er mit diesem Lächeln redet, ist er mir fast zu soft, aber daran denke ich jetzt nicht.

»Weiß nicht, ich hatte grad Lust auf irgendwas Süßes, und da dachte ich, so eine Vanillemilch …«

»Ach so, verstehe«, lache ich.

»Na ja, ich geh dann auch mal …«

Nicht schon wieder, denke ich. Du kannst ihn nicht jedes Mal gehen lassen, ohne etwas zu sagen. Jetzt oder nie.

»Es ist nur …«, sage ich und plötzlich bin ich ganz ruhig, und alles um mich herum verstummt, als ob es nur mich gäbe und die Worte, die ich jetzt sagen muss. Und als ich diese Worte sage, fällt es mir nicht schwerer, als über das Wetter zu reden.

»Ich habe mich in dich verliebt.«

Er bleibt stehen und lehnt sich wieder gegen die Hauswand. Er weiß es sowieso.

»Tut mir leid, vielleicht hätte ich dir das nicht sagen sollen, aber es geht nicht mehr. Ich muss irgendwas sagen.«

»Nein, nein«, sagt er, »das ist ja voll okay. Ich bin nur etwas überfordert.«

Ich nicke.

»Ich bin grad so fertig, ich kann noch nicht mal richtig denken. Ich meine, du bist eine attraktive junge Frau. Im Moment ist nur alles so viel. Ich habe noch nicht mal Zeit für mich selber …«

Eine schlechtere Ausrede habe ich noch nie gehört. Dann überlege ich, ob ich überhaupt schon jemals eine Ausrede gehört habe. Schließlich habe ich auch noch nie jemandem gesagt, *dass ich in ihn verliebt bin*, nur, dass ich dabei bin, mich zu verlieben bei Erik, und selbst das stimmte nicht. Und Noa sagte ich, »ich liebe dich«.

Plötzlich scheint mir alles so banal. Was mache ich eigentlich hier?

»Außerdem gibt es da noch ein anderes Mädchen, also ich hab keine Freundin, aber … Wir können gerne mal einen Kaffee trinken gehen. Jetzt grad kann ich wirklich nicht denken.«

»Wozu?«, entgegne ich.

»Na ja, um sich kennenzulernen.«

Ich wünschte, er würde nicht so viel labern. Und ich hasse ihn dafür, dass er das mit dem Kaffee gesagt hat. Weil wir uns nie auf einen Kaffee treffen werden. Aber jetzt fühle ich mich leichter, so leicht wie noch nie in meinem Leben. Aufgekratzt und leicht. Als wäre mein Herz in der Waschanlage gewesen.

Später sagt Ida: »Was, wenn er dich einfach geküsst hätte?«

Ida und ich gehen zu mir und führen noch stundenlang philosophische Gespräche über die Liebe, wie richtige Teenager, bis wir endlich einschlafen.

*

Scheiße, bin ich kulturell.

Ich warte und warte vorm LPG-Supermarkt am Mehringdamm.

Beatrice und ich sind für eine Vorstellung von *Tanz im August* im Hebbel am Ufer verabredet. In der Schaubühne haben wir uns vor drei Tagen *Hedda Gabler* angesehen, und jetzt habe ich eine ziemlich böse Erkältung.

Ich beobachte meine Umwelt wie durch einen Briefschlitz, als ob sich zwitschernde Paradiesvögel auf meinen Lidern niedergelassen haben und den Schlaf zwischen meinen lila-grün-blau-roten Kunstwimpern herauspicken. Ich will mich fühlen wie Hedda Gabler, ausgestreckt und barfuß auf ihrem großzügigen Ledersofa.

*

Alles, was er tut, ist, seine Hand zwischen meine Beine zu schieben. Sehr dreist. Schon klar, dass er über seine Exfreundin noch lange nicht hinweg ist, aber who cares.

Ich will ihn, er will mich, was ist schon dabei. Dass ich verletzt sein werde, das macht jetzt nichts. Dass er lieber mit Ida geschlafen hätte, ist unbedeutend. Ida liegt mit Thilo in dem Bett ihrer Mutter, obwohl sie doch schon vor ein paar Wochen Schluss gemacht hat. Das Taxi fährt uns vor das Tor von Idas Wohnung. Lennart hat den Arm um meine Schulter gelegt, während wir das Treppenhaus hinaufsteigen, sein Atem riecht nach Tequila und schmeckt nach Salz und Zitrone.

Zielstrebig zieht Lennart mich jetzt in den Wintergarten, seine Hand schon wieder zwischen meinen Beinen. Keine Fragen sind offen. Wie unerotisch die Eindeutigkeit doch ist, und trotzdem gefällt es mir, mich mit ihm auf die Matratze hinter dem roten Sofa zu legen, seine Hände auf mir und überall an mir und seine Zunge zwischen meinen Lippen.

Schlicht und sachlich zieht er mich aus, mein hellviolettes Spitzenhemd, ein Erbstück meiner Großmutter, meine Meltin-Pot-Jeans, den schwarzen BH. Ich knöpfe das Designerhemd auf, das er trägt, und küsse seine unbehaarte, jugendliche Brust, gesprenkelt mit schätzungsweise 573 Sommersprossen.

Wir schlafen miteinander, schlicht und sachlich, sein Schwanz ist hart, ich finde, ungewöhnlich hart, aber er fühlt sich angenehm in mir an, irgendwie männlich und potent.

*

Einmal in meinem Leben möchte ich nackt mit einem Mann über die Straße rennen. Wie in »L'auberge espagnole«. Seit ich den gesehen hab, ist das meine romantischste Vorstellung von Liebe.

Irgendwo da draußen gibt es den Mann meiner Träume. Ihn werde ich heiraten, wenn ich groß bin, und vier süße Kinder werden wir haben; die Mädchen haben dunkelbraune Wuschellocken und große blaue Augen und die Jungs sind weißblond und ihre Augen braun und klug.

Was dieser Mann wohl gerade macht? Ob er im Pyjama durch seine Wohnung läuft und die Spinnen an der Decke zählt? Oder ob er wie ich auf dem Balkon sitzt, eine Zigarette nach der anderen raucht und mit überdimensionalen Kopfhörern sentimentalen Indierock hört?

Wenn unsere Kinder noch klein und unschuldig sind, werden wir in einem großen Bauernhaus wohnen, mit terrakottafarbenen Wänden und Holzbalken, die die Decke stützen. Im Winter werden sie zwischen den Möbeln spielen, die mein Mann alle selbst gezimmert hat, und abends in ihre himmelblauen Himmelbetten unter ihre nach Maiglöckchen duftenden Decken kriechen und heiße Milch mit Honig und Zimt trinken.

Im Sommer werden die hoch gewachsenen Fliederhecken das Haus umranden und die Blüten verströmen einen süßen betäubenden Geruch.

Wenn es daran ist, die Kinder in die Schule zu schicken, ziehen wir in eine europäische Metropole, chaotisch und bunt, und ich werde vor Sorge vergehen, eines von ihnen könnte von einem unachtsamen Autofahrer überfahren werden. Mein Mann wird mich beruhigen und mir sagen, dass auch ich nicht überfahren worden bin, trotz der vielen roten Ampeln, die ich in meiner leichtsinnigen Jugend überquert habe.

Dann werden wir uns küssen und auf dem Wohnzimmerboden miteinander schlafen. Wenn die Kinder heimkehren, steht ein großer dampfender Topf Spaghetti mit Bolognese auf dem Herd und dazu trinken wir Holunderblütenlimonade. Danach gibt es frische Waffeln mit Schlagsahne und Erdbeeren.

*

Toshij, Eva und ich sind gestern mit Tom und Pepe was trinken gegangen und zufällig ist uns Richie über den Weg gelaufen. Er war grad in der Gegend, seine Halbschwester besuchen.

Toshij und Richie haben sich einen Tick zu gut verstanden, ich wette um einen Fünfziger, dass da bald noch was läuft.

Mehr läuft als ein Abend, meine ich.

Richie hat mich heute angerufen und sich die Nummer besorgt, ich weiß gar nicht, wie Toshij dazu steht, ich hab sie den ganzen Tag nicht gesehen, ich muss sie mal fragen.

*

Konzentrationsschwächen diagnostiziert. Merkmale: zum Beispiel wenn man den Teekessel aufsetzt, obwohl man sich doch nur einen Toast machen wollte, eigentlich.

Ich stochere in meinem Erdbeer-Mango-Walnuss-Salat herum und versuche zwanghaft, mir eine Konzeptidee für einen Aufsatz über Goethes Farbenlehre aus den Fingern zu saugen. Essen lässt die Konzentration sinken, hat man mir gesagt, weil der Magen dann so beschäftigt ist, dass das Denkvermögen nachlässt – aber vielleicht stimmt das auch gar nicht.

Ich glaube sowieso immer viel zu leicht, was man mir sagt. Man kann mir eine falsche Information geben, die ich meinetwegen zehn Jahre in meinen sowieso schon gefolterten Gehirnzellen abspeichere, bis ein Jemand, der es besser weiß, das schließlich richtigstellt. Das meinte ich mit dem Nachdenken, welches bei mir schlichtweg radikal zu kurz kommt. Aber zurück zu Goethe. Was ja eigentlich auch mit Nachdenken zu tun hat. Scheiße, ich bin zu müde, lass mich in Frieden, Goethe.

Ein andermal ist auch noch ein Mal. Ein Mal mal malen. Was ist ein Mal? Muttermal? Wal mit M? Matschepampe. Mal Matschepampe sein. Einmal.

Ich glaub, ich hol mir lieber mal einen Toast. (Matsch mir mal einen Toast.)

*

Über den Dächern von Berlin tanze ich einen Reigen der Spiritualität.

Pornobombe, Rüschenkleider, und die Adam-Green-Platte dreht sich unermüdlich weiter im moosgrünen Sumpf des California Highway.

Und Vanillesauce zum Frühstück.

Madita und ich haben heute den ganzen (lieben langen) Tag auf dem Balkon verbracht.

Das war mehr als Glück.

Die Sonne, der Ausblick, die Thunfischpasta, die Biochips, die Bionade auch, die ewig gleiche (weil auf repeat gestellte) Leonard-Cohen-CD.

Oh so long, Marianne, it's time that we began schlalalalal ...

Gerade jetzt dämmert es, es ist sehr plötzlich passiert, dass die Dunkelheit eingebrochen ist. Das kommt mir immer so vor, als würde es im Sommer schneller dunkel werden, ist wahrscheinlich nicht so.

Ich verzweifle an der simplen Aktion, einen Joint zu bauen, weil ich das immer noch nicht gelernt habe, trotz der vielen Versuche – mit jemand anderem zusammen, der den Joint dann im Endeffekt baut. Aber Madita kann's auch nicht. Heute schaut der Endeffekt also so aus, dass wir ein durchaus abwegiges Konstrukt aus Papier, Gras, Tabak und Fahrkartenfilter rauchen und schließlich beide auf dem kühlen Steinbalkonboden liegen und uns bemühen, nicht zu kotzen.

Traurig, könnte man meinen, aber es ist das pure Glück. Alles fühlt sich so jung und verboten und frei an, wie damals mit 13,

14, 15. Da war noch alles geheim und so: Die Bierflaschen am nächsten Morgen in den Müll im Hof werfen, die Aschenbecherreste zum Fenster raus, zehn Kaugummis auf einmal kauen und das Zimmer aufräumen, damit jegliche Möglichkeit des Negativen mit Positivem überdeckt wird.

Madita sagt: »Es ist schön hier.«

Ich nehme einen weiteren Schluck aus der Volvic-Flasche und gucke der Dämmerung zu.

*

Provokant soll die Jugend sein, laut und drastisch und individuell. Und andererseits sorgt sich jeder nur um die Meinung anderer, um seine Abiturnoten, die Arbeitslosigkeit und den Kontostand. Einschließlich mir. Es kann nicht sein, dass es da nicht noch mehr zu entdecken gibt – entweder die interessanteren, weil selbstbewussteren Persönlichkeiten oder das Interessante und das Selbstbewusste in den Menschen, die bis jetzt nur Teil einer trüben Masse der Ziellosigkeit sind. Oder ist das ein unsympathischer Satz?

Das meine ich, wenn ich denke, ich bin noch nicht in den richtigen Kreisen angekommen, beruflich gesehen. Vielleicht bin ich zu ungeduldig. So ungeduldig wie mit den Männern, von denen alle sagen, dass ich sie erst kennenlerne, wenn ich raus bin aus der Schule, weil ich mich dann in Kreisen bewege, die viel besser auf mich zugeschnitten sind, weil ich nicht mehr durch Zufall in sie hineinstolpere, sondern gezielt Menschen kennenlerne.

*

Pepe und Tom haben bei Pepe im Garten ein großes Fest organisiert. Mindestens vierzig Menschen, biertrinkend, liegen den ganzen Tag am See oder essen – es gibt richtig viel geiles Essen, das Toms ältere Schwester gekocht hat –, spielen Volleyball und verabschieden den Sommer.

Pepe holt mich mit dem Auto vom Bahnhof ab. Wir entscheiden uns, ein Stück spazieren zu gehen, am Fluss entlang. Um Punkt zwölf Uhr sind wir zurück bei den anderen und trinken Rotwein aus Plastikbechern. Die Sonne scheint heiß auf unsere Köpfe, seine Haare sind weizenblond (und meine braun).

Manchmal stelle ich mir vor, ich würde mich zum Beispiel in Pepe verlieben, weil es so viel einfacher wäre; auch wenn er mich nicht zurücklieben würde, wäre es einfacher, weil er ein toller Typ ist, korrekt und so. Ich sehe zwar die Logik im Arschlochsyndrom, aber ich finde es ungeheuer lästig, bei dir so wie bei mir. Dank des Arschlochsyndroms sind wir alle Singles, glaube ich. Mach dich rar, dann bist du Star oder so.

Eigentlich ist es aber ein glücklicher Tag. Ida weint ein bisschen, als es dunkel wird, weil Florian sich nicht mehr bei ihr meldet. Eva und Toshij spielen mit ein paar Jungs Strippoker auf dem Dachboden, die Scherzkekse.

Ich weine bei Ida ein bisschen mit, so lange, bis wir lachen müssen. Zu viele Orte haben wir schon mit unseren perlenden Tränen benetzt.

Die Nacht hat doch gerade erst begonnen.

Das kannst du nicht oft genug sagen. Sag es so oft, bis auch ich es verstanden habe. Schreie und flüstere abwechselnd, bis ich es im Schlaf aufsagen kann wie die französische Vokabelliste. Bis ich endlich und vollends daran glaube. Bis mein Bauch daran glaubt und nicht nur mein Kopf.

Und doch war es ein schöner Sommer, der den intensiven Geschmack der Holunderbeeren trug. Siehst du die Wäscheleine, die an einem Balken des Daches befestigt ist und dem Sommer nun Lebewohl winkt?

Herbst

15

Ich frage mich, wie ich in meinen Zwanzigern wohl sein werde. Wahrscheinlich hübsch, rund, ernster, so wie jetzt. Nein, auch erwachsener, mehr Selbstbewusstsein.

Ich bin heute mit Papa zur Post gegangen und habe festgestellt, dass wahnsinnig viele hübsche Typen unterwegs waren. Ich habe mir sofort wieder vorgenommen, mehr unter Leute zu gehen. Und zuhause habe ich den Lärm im Hof und das leise penetrante Summen des Laptops nicht mehr ausgehalten.

Bin also ins Kirk, habe mich draußen an einen Tisch gesetzt und meinen Deutschaufsatz geschrieben. Na ja, nicht wirklich. Ich habe eher darauf geachtet, dass mich irgendwer beachtet. Haben sie. Die Hübschen sogar.

Ich habe meinen grünen Tee getrunken, ganz leer war es im Kirk, aber das hat nichts gemacht. Danach bin ich halt wieder nach Hause.

*

Auf dem Sofa sitzen, Bionade und kalte Nudeln in Sahnsesoße, »Germany's-Next-Topmodel« gucken, ungeschminkt sein und Jogginghosen, Zigarettenpausen, offene Fenster, Umarmungen.

Die Schulwoche zum Ferienwochenende machen, ein Eis und danach essen gehen beim Italiener – Rigatoni und Vino Bianco –, die Füße über der Spree baumeln lassen, Sonnenbrille und Schnappschüsse mit der uralten Spiegelreflexkamera von Mama, am Abend ins Theater und Wowereit aus zehn Meter Nähe bestaunen und dabei weinen aus Liebeskummer und so.

In Prenzlauer Berger Bioläden Kekse probieren, in den Himmel schauen und die Wolken vorbeiziehen sehen, neue Orte in Berlin entdecken, die man noch nie gesehen oder bewusst wahrgenommen hat, das Kleingedruckte in der Werbung lesen, ein kreativer Motz-Straßenzeitungverkäufer. Im Geschichtsunterricht Rosinen naschen.

Alles Definitionen von Glück.

*

Man trifft sich doch wirklich immer zweimal im Leben. Laila zum Beispiel; gestern habe ich beim Kiosk am Kotti Zigaretten gekauft und bin Laila vom Film in die Arme gelaufen. Sie hat sich kaum verändert seitdem. Ganz niedlich war sie, ihre Freundin ziemlich uncool. Wir haben uns nur kurz unterhalten, dann musste ich ja auch los zum Tanzen.

»Vielleicht sehen wir uns ja mal wieder«, habe ich zum Abschied gesagt. Standard.

»Ich hoffe es!«, hat sie gestrahlt und mir einen Kuss auf die Wange gedrückt.

*

Sanne spritzt sich einen großen Klecks Gelb auf den Oberarm und verschmiert die glitschige Farbe gemächlich auf ihrer nackten Haut, davon gibt es auch genug bei dem Fetzen, den sie sich um den Busen gewickelt hat.

Die Neonfarbtuben und -flaschen stehen neben Döschen mit Glitzerstaub – zackzackzack – auf Idas Schminkschrank.

Der goldumrahmte Spiegel ist schon ganz bespritzt mit Orange und Grün und Gelb. Mit Pink hat Sanne ein Herz draufgemalt. Es ist wie im Schülerladen mit diesen Bodypaintaktionen, nur mit Zigaretten und Bier und Achtziger-Jahre-Klamotten. Richtig Styler ey.

Nerven mich ja eigentlich, so Leute, und die sind dann so wahnsinnig arrogant und holen sich auf sich selbst einen runter, und außerdem gefallen mir Jungs in Röhrenhosen nicht.

Das hat mich irgendwie auch an Lars gestört. Aber egal, ich hab sowieso keinen Bock auf jemand anderes. Und außerdem glitzert die Welt gerade.

Und wenn Sanne uns dahin mitnimmt, ist es bestimmt lustig und die Musik wird gut sein und überhaupt ist die Stimmung auf Mottopartys meistens merkwürdig bezaubernd – außer Bad Taste, das quirlt mir aus beiden Ohren raus.

Psztschpltsch macht es, als Ida meinen Rücken mit lila Zickzack bemalt. (Zackzackzack.) Dann schüttet sie sich silber Glitzer in die Handfläche und pustet es wie einen Luftkuss hinterher. Silberner Glitzerstaub wirbelt mir von hinten in die Augen. Ich nehme noch einen Schluck Bier und saue ihr ganzes Top mit quietschwiesengrüner Farbe ein. Kreischend rennt Ida aus dem Zimmer und schließt sich im Bad ein.

Morgen, um zwölf Uhr mittags, habe ich eine wichtige Probe. Wichtig für den Auftritt nächste Woche. Im Ballhaus. Ich habe Julian vor Ewigkeiten eingeladen, ich habe ihn viel zu oft zu irgendwas eingeladen, aber jetzt liegt zu viel frische Historie zwischen uns, als dass er kommen würde.

Ich freue mich wahnsinnig auf das Drehen. Bald, Baby, ist es so weit. Gestern habe ich mich mit dem Regisseur getroffen und er war eigentlich ganz sympathisch.

Ich lauere Ida vor der Badezimmertür auf und mein Leben ist ein rosa-silber Barbieglitzerpony.

*

Der Regen tropft schwer auf die bunt beleuchteten Straßen. Er tropft schon den ganzen Tag. In den Fußgängerzonen haben sich

Pfützen gebildet, meine Stiefel sind beinah ruiniert. Mein Kopf ist so schwer wie der Regen. Ich muss an Anouk denken. Wir sind zusammen im Kunstleistungskurs. Und sie hat plötzlich so erwachsen gewirkt im Kunstunterricht. Ganz neutral hat sie mir mitgeteilt, dass Paul und sie sich getrennt hätten.

Obwohl ihr Gesicht klar und ausdruckslos war und aus ihrem Mund ähnlich bissige Bemerkungen hervorsprangen, die ich auch sonst so sehr an ihr liebe, lag in ihrem Blick eine erschreckend ernsthafte Traurigkeit. Eine Vernunftentscheidung, beiderseits. Gegen das Bauchgefühl, beiderseits.

»Die Liebe ist noch da«, hat sie gesagt, und die Art, wie sie es sagte, ließ keinen Zweifel. Es war eine bloße Feststellung. Das hatte etwas besonders Trauriges an sich.

Und wenn man doch zusammenbleibt, für immer und ewig, auch wenn es irgendwann eine Zweckbeziehung wird; wird es dann nicht eine andere Ebene der Liebe, irgendwann?

*

Ich habe mir leider angewöhnt, jedem Pärchen, das an mir vorbeigeht oder anderweitig irgendwie in meine Nähe kommt und seine Liebe der Öffentlichkeit präsentiert, »leckt mich doch am Arsch« hinterherzusagen.

Natürlich so, dass sie es nicht hören. Das ist die allertraurigste Routine, die ich jemals hatte! Ich bin nämlich neidisch geworden auf jedes Pärchen, egal wie hässlich es auch ist, dem ich die Liebe ansehen kann, an ihren Körpern, Blicken und Atemzügen.

*

Gestern, nein, vorgestern, nach Fenjas Party haben Ida und ich davon geträumt, die Schule zu schmeißen, auf die ganzen Prinzipien zu scheißen, nach Paris zu gehen. Ich habe es mir ernsthaft überlegt, wie das wäre. Aber natürlich, wie denn sonst, machen wir brav unser Abi, aber wie gerne würde ich ausbrechen.

Mein Leben kommt mir oft vor wie eine einzige Deadline. Die Langzeitaufgabe, der Kunstwettbewerb, das Gewinnspiel, die Reisebestätigung, das Sparpreisangebot der Deutschen Bahn.

*

Samstag. Einen Monat Schule überstanden. Morgen fahre ich in die Nähe von Köln zum Drehen. Drei Wochen leben.

Wie wunderbar die Tage fern vom Alltag doch sind. Jeden Morgen wache ich zwischen sauberen, gebügelten weißen Laken auf, nehme ein Bad im schwarz gekachelten Badezimmer und werde noch im Morgengrauen von einem Fahrer in einem schwarzen Auto zum Set gefahren. Dann verbringe ich schlafend den Tag im Maskenraum und stehe nur auf, um mir Essen oder zuckrigen Kaffee zu holen, um eine Zigarette zu rauchen oder um ein Bild abzudrehen.

Oder ich unterhalte mich mit Kilian. Er spielt meinen Freund, einen heruntergekommenen Dealer, der sein Leben nicht auf die Reihe kriegt. Er ist so alt wie ich, aber trotzdem spielen wir ein Paar von fünf Jahren Altersunterschied.

Und alles Vorgeschmäcker eines Lebensgefühls, irgendwann einmal, irgendwann in zwei Jahren seinen Anfang findend.

Der feine Kies knirscht unter meinen dünnsohligen Ballerinas.

Und dann: Wo bin ich hier nur gelandet, ein einziger Haufen oberflächlicher Leute mit belanglosen Problemchen und ein hübscher Tonassistent, den ich ficken will.

Warum tun meine Gedanken das immer – automatisch nach einem einigermaßen passenden Sexobjekt zu suchen? Vielleicht bin ich krank oder so was.

*

Ich habe mir eine Packung Marlboro Light gekauft, mein Handy an der Rezeption zum Laden abgegeben, ein Buch mitgenommen. Ich setze mich in einen Sessel in der Lobby, beobachte für eine kurze Weile die älteren Leute, die an mir vorbeischlendern, zünde mir eine Zigarette an, versenke meinen Blick in mein Buch.

Ich weiß, dass er ungefähr um diese Zeit zurückkommen müsste, vorausgesetzt, es ist wie gestern. Die Frau von der Requisite, der Regisseur, die Pferdepfleger, alle holen ihren Schlüssel an der Rezeption ab, er nicht.

Andererseits habe ich noch keinen von den Beleuchtern hereinkommen sehen. Aber warten schadet ja nicht, und es ist sinnvoller, als in meinem Zimmer GZSZ zu gucken, also, wenn man das sinnvoll nennen kann, einem Typen in der Hotellobby aufzulauern.

»Na?«

Ich schaue hoch in Aarons lächelndes Gesicht. Er ist schön irgendwie. Die glatte Haut, die Grübchen, die ordentlichen Zähne, die feine markante Nase, seine weichen Züge, fast jungenhaft. Seine Augen fordern mich heraus. Ich kann nicht genau sagen, warum, aber die letzten zwei Tage schon tun sie das. Ich würde sie vielleicht als verschmitzt bezeichnen, und, mag es noch so kitschig klingen, sie erinnern mich an grünes, tiefes, glitzerndes Meer.

»Auf wen wartest du?«, fragt er.

»Auf mein Handy, lädt an der Rezeption.«

»Trinkst du ein Bier mit mir an der Bar?«

Natürlich tu ich das, deswegen bin ich doch überhaupt hier. Wie absurd eigentlich, denke ich. Wie absurd simpel manche Dinge im Leben sind. Irgendwie so wie mit Ilias im Sommer.

Wir sind nicht die einzigen Trinklustigen des Filmteams. Vereinzelt oder in Grüppchen sitzen sie vor ihrem Bier an der Bar: Dieter, der Oberbeleuchter, die Kostümbildnerin Cornelia, die zwei Praktikanten, die aber scheiße aussehen, und ein paar von den Schauspielern.

Aaron erzählt viel von sich, von seinem Motorrad und seiner Karriere als Veranstaltungstechniker, von seinen Reisen, von Konzerten, von München. Im Laufe des Abends raucht er meine gesamte Packung weg. Als wir die Bar verlassen, frage ich ihn, ob ich eine Feierabendzigarette aus seinem Zimmer haben kann.

Er ist angetrunken, er ist mir sympathisch, aber direkt sexuell anziehend finde ich ihn nicht. Trotzdem würde ich ihn gerne berühren, und natürlich frage ich ihn nicht ohne Hintergedanken, ob ich mit auf sein Zimmer kommen kann, das muss ihm klar sein.

Sein Zimmer hat im Gegensatz zu meinem nur ein Einzelbett. Aber es hat eine Küche, ich finde es viel schöner.

Ich stehe am Fenster, rauche, beobachte ihn. Er benimmt sich wie zuhause, so empfinde ich es zumindest, so als ob er sich vor mir nicht zu verstellen bräuchte. Er geht auf Toilette, schmeißt sich auf sein Bett. Erzählt mir, ganz beiläufig, dass er eine Freundin hat.

Ein wenig überraschend kommt das schon. Ich frage ihn, ob er schon mal fremdgegangen ist.

»Ja«, erwidert er.

Mehrmals. Wie lange sie zusammen sind. Elf Jahre. Verdammte elf Jahre, der Typ ist 27.

Ich setze mich zu ihm aufs Bett, lächle. Ich weiß auch nicht, warum ich so selbstsicher bin, so berechnend handle. Er streichelt meine Wange.

»Ich überlege, ob ich dich küssen soll«, sagt er, und ich küsse ihn.

Wie absurd simpel manche Dinge im Leben sind, denke ich.

*

Als ich mich ausgezogen habe, hat er gemurmelt »schön«, mich an den Hüften genommen und zu sich gezogen. Da bin ich weich geworden, zuckersüß und schüchtern auch.

Er hat gemeint, er wäre zu müde, um mit mir zu schlafen. Und ich weiß auch nicht, jedenfalls habe ich vorgeschlagen – wirklich, ich habe es vorgeschlagen, wie bei der Kosmetikerin, also diese Creme wirkt besonders gut, äh bescheuert –, dass er sich einen runterholt und in meinem Mund kommt. Er war völlig perplex, das hatte in seinem ganzen Leben noch nie eine Frau zu ihm gesagt, und ich bin auch völlig perplex, dass es noch nie eine zu ihm gesagt hat – das heißt, woher habe ich die Idee eigentlich?

»Willst du nicht?«, frage ich, doch doch sagt er, aber es wundert ihn nur. Mir kommt es eigentlich sehr logisch vor in dem Moment, aber was nicht alles logisch erscheinen kann in einem winzigen Moment, ausgeschnitten aus der Masse an Millisekunden eines ganzen Lebens.

*

Er ist ein bisschen so ein Mädchen, da ergänzen wir uns weniger gut, aber ich finde es trotzdem schön, vor allem einfach jemanden neben mir zu wissen, mit jemandem zu reden. Er ist halt erwachsen und dann auch irgendwie merkwürdig, aber cool, ein cooler Typ, Bands, Clubs, Fotografen, Model, Innenarchitektin als Freundin, Visuals, Partys.

Ich bin halt die Einzige hier, schon klar, aber andersrum ist es schließlich genauso. Heute wird es wieder so sein, dass wir uns blöd angrinsen, zusammen Mittag essen (ICH HAB SO HUNGER), eine rauchen, schweigen.

Aber ich mag grad, wie es ist, tausendmal besser und aufregender als Schule. So lebendig. Ich habe auch irgendwie nicht mehr das starke Bedürfnis nach einem Freund und regelmäßigem Sex, noch nicht mal nach Verliebtheit, ich bin mir nicht sicher, ob ich überhaupt imstande bin, mich zu verlieben.

*

Julian im Sonnenlicht.

Ich bin fürs Wochenende nach Berlin gefahren, und prompt treffe ich natürlich Julian, zufällig, er war schlecht gelaunt und ich furchtbar nervös, aber mit aller Wucht, und ich dachte nur »fick mich«. Jetzt bin ich wieder sehr verliebt.

»Ja schade«, hat Julian gesagt. »Ich hab nur so viel zu tun zur Zeit. Ich wäre sehr gerne gekommen.«

Ich habe eine wegwerfende Geste gemacht und gesagt: »Ach, kein Problem«, dabei habe ich in meinen Gedanken nur ein müdes Nicken übrig gehabt.

»Na ja«, ist er fortgefahren, »aber du wirst bestimmt bald eine berühmte Schauspielerin und dann hört man sowieso öfter von dir.«

Blödmann, das eine hat mit dem anderen überhaupt nichts zu tun.

»Nee«, habe ich lächelnd erwidert, »will ich gar nicht werden, Schauspielerin.«

Er hat ja so gar keine Ahnung von mir.

Er guckt mich etwas verunsichert an, vielleicht kann er sich nicht entscheiden, ob die Länge unseres Gesprächs höflich genug gewesen ist, um sich jetzt zu verabschieden und gütig zu lächeln. Gütig ist ein gutes Wort dafür.

Und dann war ich den ganzen Tag sauer auf ihn, dass er nicht zu dem Auftritt im Ballhaus gekommen ist, auch wenn es klar war. Also bin ich eigentlich grundlos sauer.

Oder die Wunde ist noch nicht verheilt, von dieser einen Nacht.

Und sauer auf mich, wegen der Verliebtheitsgefühle.

Deswegen bin ich ihm später noch mal absichtlich in die Arme gelaufen (im Traum bin ich ihm sogar noch ein drittes Mal begegnet) und er war immer noch schlecht drauf und hat mich abgewimmelt – und das hat's gebracht.

Später, zurück im Hotel, haben Aaron und ich bis halb drei gevögelt, geredet und Musik gehört.

*

Er leckt mich, ich bin nackt, fühle mich bloß. Weder spüre ich etwas, noch kann ich mich entspannen. Das hängt miteinander zusammen, das weiß ich. Ich denke daran, was Aaron letzte Nacht gesagt hat. Dass viele Frauen, mit denen er gesprochen hat, bestätigt hätten: Je älter sie werden und je mehr sie ihrem Körper und der Situation vertrauen, desto besser wird der Sex und desto mehr springt für sie dabei heraus.

Also entspanne ich mich, schließe die Augen, versuche an nichts zu denken. Ich konzentriere mich einzig und allein auf den Druck, den Aarons Zunge auf mich ausübt.

Das Hotelzimmer, alle Geräusche von draußen (die Autos, der Regen, der Wind, das Zuschlagen von Türen), alles entschwindet aus meinem Kopf. Ich verschmelze mit der Matratze, dem Kissen, der Decke. Meine Hände krallen sich an dem kühlen Holz des Bettgestells fest, meine Schenkel berühren Aarons nackte tätowierte Schultern. Und ich vergehe wirklich.

Und als ich gekommen bin, rieseln langsam alle Geräusche (die Autos, der Regen, der Wind) wieder in mein Gehirn zurück und mein Körper ist warm und erschöpft.

»Danke«, sage ich leise.

Er legt seine Stirn ein wenig in Falten und sagt: »Das ist doch selbstverständlich.«

Es ist angenehm, mit jemandem zu schlafen, der so viel Erfahrung hat, der es selbstverständlich findet, dem Mädchen zu geben, und trotzdem verlangen kann, was er will. Ich beginne tatsächlich, mich auf ihn einzulassen, meinen Kopf zumindest ab und zu abzuschalten. Es regnet, es regnet so viel.

»Ich glaube, schöne Menschen haben es sehr schwer im Leben.«

Er guckt mich mit seinem scheißgleichgültigen Erwachsenenblick an. Hey Kleine, ich erzähl dir mal was.

»Ich meine, richtig schöne Menschen. Außergewöhnlich schön.«

Und das klingt schon fast nach einer Entschuldigung.

*

Er läuft durch das Hotelzimmer, in Boxershorts, und kratzt sich am Arsch. Ich versuche, mir das nicht zu sehr zu Herzen zu nehmen. Es ist schließlich verhältnismäßig früh am Morgen. Er ist auf dem Weg zur Dusche, und ich sehe auch nicht gerade frisch und fruchtig aus.

Es geht, wenn ich ehrlich bin, auch weniger um die Geste an sich und vielmehr um den unterbewussten Subtext, den er mir damit vermittelt: Es ist ihm so was von krass egal, was ich über ihn denke.

Eigentlich ist er ein arrogantes Schwein, arrogant allein durch seine Selbstsicherheit, an der ich nicht kratzen kann, außer ich würde seine Freundin anrufen und sagen, Aaron hätte mich vergewaltigt – aber sogar das würde ihn kaum kratzen, so kommt es mir gerade vor.

In einer halben Stunde muss er zum Set, ich hab noch ein paar Minuten mehr. Er wird gleich zurück nach oben in sein Zimmer gehen, unauffällig genug, dass es ja niemand mitkriegt. Ich werde mich absichtlich unsexy anziehen derweil, Jeans und Schlabberpulli, dass er ja nicht denkt, er hätte mich so leicht, aber es bringt ja doch nichts und ist nur albern.

Fertig eingekleidet in Arbeitsklamotten, kommt er aus dem Badezimmer, bindet sich den zweiten Schuh zu, sagt »bis gleich« und ist schon weg, lässt mich und mein »ja, bis gleich«zurück, das mir an den Lippen hängenbleibt.

*

Wo ist Julian? War ich wirklich nie in ihn verliebt? Kann das echt sein, dass ein Geständnis all die Spannung löscht? Zumindest denke ich herzlich wenig an ihn, wie gesund von mir.

Und morgen, morgen kommt mich Ida endlich für das Wochenende besuchen.

*

Wir sitzen an der Hotelbar. Ich biete Ida eine Zigarette an und nehme mir selber eine. Ich finde, sie ist irgendwie komisch drauf.

»Und, gibt es neuen Tratsch aus der Klasse?«, frage ich und ziehe an meiner Zigarette.

»Nein, nicht wirklich. Alles wie immer.«

»Scheiße, bin ich froh, da für ein paar Wochen weg zu sein.«

»Ja«, stichelt Ida, »man hat sich fast daran gewöhnt, dass du nicht mehr da bist.«

Ich lache. »Das ist doch so langweilig, diese ganzen Leute sind so verdammt langweilig. Boah, das kotzt mich echt an, ich will gar nicht zurückkommen.«

»Das kannst du so nicht sagen, Raquel. Du denkst, alle müssen so tolle Sachen machen wie du, damit sie gut genug sind. Du stellst dich über uns.«

Sie redet wirklich von »wir«, als ob ich gar nicht Bestandteil der Klasse wäre.

»Ach Quatsch. Das will ich nicht damit sagen.«

»Doch, das tust du aber. Du hebst ab. Aber Schule ist nun mal im Moment das, was in unserem Leben den meisten Raum einnimmt. Davor kannst du nicht weglaufen.« Ihre Stimme klingt gereizt, fast aggressiv.

»Ich hebe doch nicht ab. Es ist halt so, dass mir in diesem Falle der Film mehr gibt als die Schule. Es geht doch ums Prinzip.«

»Da wäre ich mir nicht so sicher, dass das nichts mit dem Film zu tun hat.«

»Du brauchst dich doch nicht gleich persönlich angegriffen zu fühlen.«

»Doch, das tue ich aber. Ich bin auch nur ein Teil dieser langweiligen Klasse. Ich verbringe auch den größten Teil meiner Zeit mit Schule.«

»Weißt du«, sagt Ida dann in einem nachdenklichen Ton, »ich habe das Gefühl, ich muss mir wie du etwas suchen, etwas, das nur mir gehört. Du setzt mich auf eine bestimmte Art unter Druck.«

*

Es ist so schön hier, wie leicht ich mich fühle.

Gassen und Wege, Ausflügler, meist Familien, Spätsommersonne, Federweißer, Zwiebelkuchen und Zigaretten. Spazieren am Fluss entlang. Mehr brauche ich gar nicht, um glücklich zu sein, wahnsinnig vor Glück.

Ida und ich sind so entspannt fernab des Alltags, das müssen wir immer wieder feststellen und auch jetzt. Wir essen zu Abend in einem winzigen Gartenrestaurant, in einer winzigen Gasse, umrahmt vom Sonnenlicht, die letzten Blüten des Sommers hängen voll und rund in den Sträuchern und Bäumen, das Leben ist orangegold und dazu gibt es Rinderfilet mit Champignons und Kartoffeln auf Salat, so herrlich, so wunderbar und herrlich ...

*

Ich weiß nicht, wonach ich suche. Aaron hält meinen Kopf in seinen beiden Händen, stöhnt leise. Ich blase ihm einen, mein Kiefer schmerzt, und ich frage mich, was ich überhaupt hier unten suche.

In einer Woche wird er 28, seine Freundin ist sogar schon 29.

Was er von *mir* will, ist weniger schwer zu verstehen, finde ich. Ich bin die einzige Gelegenheit, aus drei Wochen Land ein bisschen Sexytime zu machen. Ich bin unkompliziert, ich bin immer da, ich bin immer willig. Er entscheidet, ob wir miteinander schlafen oder nicht. Er ist müde oder geil. Natürlich werde ich ausgenutzt, na und, das habe ich doch auch in die Gänge geleitet. Ich will es ja. Oder ich suche halt nach etwas.

Das allerdings wird Aaron mir nicht geben können. Ich finde ihn noch nicht mal besonders attraktiv, zumindest ist es mir nicht aufgefallen, morgens um sieben bei Kaffee in der Hotellobby. Seine Schuhe waren hässlich, so Sportschuhe, die er zum Arbeiten anzieht, und er hat sogar so etwas wie einen Bauchansatz.

Aber sein Blick macht mich neugierig. Wir sind an völlig anderen Punkten in unseren Leben. Ich weiß. Den ganzen Tag guckt er mich an. Ich gucke zurück. Ich will ihn ficken. Am Ende des Tages unterhalten wir uns kurz. Wir haben uns nichts zu sagen. Nur diesen Blick, und der bedeutet schließlich schon alles. Lass uns ficken. Das tun wir mittlerweile seit zwei Wochen.

»Das ist gut«, sagt Aaron, dort oben in sein Kissen.

So aussichtslos, wie ich mir die Typen suche, kann mein Herz ja nur mit Rissen übersät sein. Von einem Dreißigjährigen werde ich nicht geliebt werden. Vielleicht ist genau das der Grund. Vielleicht habe ich Angst davor, von Gleichaltrigen abgelehnt zu werden. Deshalb suche ich mir die alten Männer, bei denen von vornherein klar ist, dass ich abgelehnt werde. Der Altersunterschied bietet mir eine Rechtfertigung. Geniale Sache.

Ich weiß es nicht. Ich weiß nicht, warum sie mich anziehen.

Hätte ich damals im Tape nicht mit dem 33-Jährigen geflirtet, wäre ich jetzt vielleicht mit Sebastian Kromayer zusammen. Der hat sich irgendwann nicht mehr gemeldet, aber ich war schließlich auch noch in einer festen Beziehung.

Aaron schraubt seinen Griff fester um meinen Kopf, fünf Sekunden später fließt warmes säuerliches Sperma in meinen Mund. Ich schlucke.

*

Mit jedem Tag verschwinden seine Blicke mehr und mehr und sie fehlen mir in der Mittagspause, nach einem Take und auf dem Weg zum Kostümraum über den Hof auch. Dafür habe ich jetzt die Nächte mit ihm.

Aber auch die sind begrenzt durch das ständige Warten auf sein Anklingeln, ob er kommt oder zu müde ist, weil der Abbau wieder lange gedauert hat.

Manchmal bin ich das Mädchen, das beschützt werden will.

Aber oft bin ich nur die traurige Geliebte, die verheimlicht und versteckt werden muss und die noch nicht mal sonderlich begehrt, sondern meist zum Objekt gemacht wird.

Die Spielballformationen nehmen Dimensionen an, deren Konsequenzen ich nicht viel länger aushalten kann.

Am Set verbringe ich die meiste Zeit mit Kilian. Wir haben uns mittlerweile wirklich sehr gut angefreundet, aber mit meinen Gedanken bin ich bei Aaron. Aaron am Tag und Aaron in der Nacht.

Weil ich mich nicht entscheiden kann, ob ich glücklich bin oder wütend.

Die Nächte, in denen ich nur drei Stunden schlafe, weil ich Arm in Arm mit ihm Arnold-Schwarzenegger-Filme im Pay-TV geschaut habe, schmecken nach Leben. Die, in denen ich warte und schließlich alleine frühmorgens einschlafe, nach Trostlosigkeit. Ping – Pong – Ping – Pong – Ping …

*

Ich bin kein besonders komplexer Mensch, das würde ich nicht von mir behaupten.

Jetzt ist er weg. Später beim Set werden wir uns noch mal sehen, aber er war sowieso sauer, weil ich durchscheinen lassen habe, dass da was läuft zwischen uns.

Klar, am liebsten hätte ich es über die gesamte verdammte Tiefgarage gepinselt, diese Scheißheimlichtuerei, aber es war trotzdem keine Absicht, nicht bewusst.

Ich ziehe die Decke über den Kopf, atme den Geruch des Hotelwaschpulvers ein, würde am liebsten schreien. Ich will auch nicht wieder zurück nach Berlin, zurück zum Alltag, wahrscheinlich falle ich erst mal in ein Loch. Wie jedes Mal.

Er hat auf der rechten Seite des Doppelbettes geschlafen, sein Bettzeug ist zerknüllt und riecht nicht nach ihm, kein bisschen, nur Hotelwaschpulver.

Ich hasse dieses Bett. Es verdient noch nicht einmal die Bezeichnung Doppelbett, es sind zwei Einzelbetten zusammengeschoben und jedes Mal, wenn man sich bewegt, vergrößert sich die Lücke zwischen den Betten und irgendwann fällt man in den

Zwischenraum. Man rollt sich zur Seite und stürzt hinab in das Loch.

Ich bin nicht in ihn verliebt. Nur ein klitzekleines bisschen vielleicht.

16

»Siehst du«, sagt Mama und greift über den Tisch nach meiner Hand,»es wäre vielleicht besser, wenn du dir einen Zeitplan erstellst, vielleicht brauchst du einfach mehr Struktur in deinem Leben.«

Ich wünschte, das ginge so einfach: durch ein bisschen »Struktur in meinem Leben« die unzähligen verschwendeten Minuten (durch MySpace-Profile klicken oder auf meinem Bett herumträumen, anstatt die Physikhausaufgaben zu bewältigen) auszulöschen – auszugleichen – ihnen vorzubeugen. Zuzuzu ...

Ich schüttle den Kopf und bemühe mich, die aufsteigende Aggression in meinem Bauch zu unterdrücken. Weil, im Endeffekt ist die Aggression gegen mich gerichtet, aber das würde sie nicht verstehen, das würde sie auf sich beziehen. Aufgrund unserer Missverständnisse würden wir uns streiten und so weiter, hätten, würden, sollen, wenn. Warum stehen wir denn alle immer unter dem riesigen Druck, jede Minute bis zur Erschöpfung zu nutzen, denke ich.

Und merke, dass ich ja selber die bin, die lieber jede einzelne Minute nutzen würde, weil ich dann viel glücklicher bin, weil ich mir das selber oft verbaue und fertig bin, wenn ich um Mitternacht noch mit den Schularbeiten beginne.

Das Drehen fehlt mir. Und Aaron fehlt mir oder das, was wir an schönen Tagen miteinander geteilt haben. Und die Umstände und einfach dieses Leben fehlen mir. Ich bin doch nur schulmüde,

schulmüde ist ein tolles Wort, finde ich, es hört sich so professionell medientauglich an, die Jugend ist schulmüde und Raquel sowieso. Was kann ich denn dafür.

Mama steht auf, geht zum Waschbecken, dreht den Wasserhahn voll auf und lässt lauwarmes Wasser über ihre kartoffelstärkeverschmierten Hände laufen. Der Berg geschälter Kartoffeln thront jetzt auf dem Tisch und riecht sehr stark, die ganze Küche riecht nach diesem Kartoffelzeug.

In vierzig Minuten kommen Toshij und ihr neuer Freund Richie (hab ich's doch gesagt). Besser gesagt, ihr erster Freund. Deshalb ist Mama auch so aufgeregt, und eigentlich ist es der komplett falsche Zeitpunkt, um über meine Probleme in der Schule zu reden.

Aufwachen, es geht jetzt mal ausnahmsweise nicht um dich.

Das mit dem Auflauf ist ein wenig optimistisch gedacht. Mama ist immer im Verzug bei Essenseinladungen.

Normalerweise, wenn ein wenig formellere Gäste kommen, ist es so, dass ich im Wohnzimmer bei Oliven und Grissini Konversation halten muss, während Mama unter Hochdruck zwischen Herd und Kühlschrank hin- und herflitzt, damit es nicht *zu* spät wird. Eigentlich habe ich ja noch Mathe und Englisch. Kann mich sowieso nicht konzentrieren jetzt, ist ja eigentlich auch egal. Meine Noten werde ich mit einem Mal Hausaufgabenmachen auch nicht raushauen.

*

In meinem Leben habe ich schon so viele Wohnungen von innen gesehen, denke ich. So viele Menschen, so viele Länder, so viele Landschaften, so viele Charaktere, so viele Atmosphären, so viele Männer – so viele Eindrücke in meinem Leben. Abendessen, Gespräche, Restaurants, Hochzeiten, Geburtstage, Häuser und so weiter.

Der Tisch ist gedeckt, der Kartoffelauflauf steht tatsächlich dampfend auf dem Tisch und dazu habe ich noch Kopfsalat mit Vinaigrette gemacht. Mama ist mit jeder Sekunde huschiger geworden.

Wie damals bei mir, als Noa zum ersten Mal zum Essen kam. Und Martin hat die ganze Zeit blöde Fragen gestellt, furchtbar unangenehm war mir das.

Es klingelt. Richie hat sogar ein Hemd angezogen, so habe ich ihn noch nie erlebt. Sein Atem geht noch schnell vom Treppensteigen, er umarmt mich und lacht sanft.

Ich gebe zu, die Situation ist tendenziell absurd, jahrelang haben wir so eine Halbfreundschaft (sich zufällig sehen und sich wahnsinnig freuen), und jetzt kommen wir hauruck in eine Schwagersituation, ist natürlich überspitzt gesagt, aber in die Richtung würde es doch gehen – sollte, wäre, hätte dieses Techtelmechtel so etwas wie eine Zukunft.

Zukunft ist ein dehnbarer Begriff. Alle Begriffe sind dehnbar.

Schon steht Mama hinter mir.

»Hallo«, sagt sie und strahlt über das ganze Gesicht. Ich glaube, er gefällt ihr.

*

Ich liege unter Palmwedeln auf grünem Gras und unterhalte mich mit einem Mädchen. Es ist früher Abend, um uns herum stehen Menschen in Grüppchen, ihre Worte dringen nur als leises Gemurmel an mein Ohr. Die Luft schmeckt nach Flaschenbier und Grillkohle. Ich ziehe mir meine Strickjacke fester um die Schultern, weil es so kühl ist. *Mama, kannst du bitte das Fenster zumachen?*

Das Mädchen wirft ihren Kopf in den Nacken und lacht. Sie hat goldbraune Locken und eine grüne und eine bernsteinfarbene

Iris. Aber als ich den Mund öffne, um etwas zu sagen, höre ich nur Stille. Verwirrt versuche ich es erneut; aber je verzweifelter ich versuche zu sprechen, desto ruhiger wird es um mich herum. Während ich immer noch keinen einzigen Satz zu Ende bringen kann – *meine Schwestern schlafen friedlich und hüllen den Raum in klebrigsüße Zuckerwatte.*

Schließlich bin ich stumm geworden, das Mädchen neben mir scheint nichts zu bemerken. Mein ganzer Körper ist erfüllt von Panik. Ich bin wie unsichtbar. Mein Blick durchwandert die Mimiken Dutzender Gesichter wie ein Räuspern gen All.

Komm, berühr mich, schüttle mich, sag mir, dass ich existiere, dass du mich siehst, dass du das fühlst, was ich fühle, vielleicht. Wenn ich schreie und die Hilflosigkeit in meinen Augen glitzert – warte, warum drehst du dich um? Gestern war das Meer noch violett und der Wind war weiß; jetzt legt sich die Dämmerung über den Garten und taucht mich und euch in graue Monotonie.

Ich werde ein Gänseblümchen nehmen und euch damit erschießen.

*

Seine Wohnung ist noch genauso eingerichtet wie vor ein paar Monaten, als ich mit Ida hier war.

Emil geht ins Badezimmer, um zu duschen, ich schaue mich inzwischen um. Auf dem Schreibtisch stapeln sich Pizzakartons, gebrauchte Teller und Aschenbecher. Neben der Matratze quillt ein Berg Wäsche aus einem Weidenkorb hervor.

Draußen wird es hell.

Emil kommt zurück ins Zimmer, seinen Tänzerkörper in einen schwarzen Bademantel gehüllt, und zündet sich einen Joint an. Ich habe überhaupt keine Lust zu kiffen, aber ich ziehe trotzdem dran.

Ich fühle mich zart und schutzbedürftig.

Ich wickle die Decke noch ein wenig fester um meinen müden Körper und stütze den Kopf auf meine Knie auf. Er soll jetzt einfach ins Bett kommen. Stattdessen wandert er unkontrolliert durchs Zimmer und singt Lieder von den Babyshambles mit. Manchmal lacht er mich an.

Ich würde gerne wissen, was er denkt, aber vielleicht auch nicht. Ich würde ihm ohne große Schwierigkeiten zutrauen, dass er mir, gleich, wenn er dann mal ins Bett kommt, eine gute Nacht wünscht und sich auf die andere Seite dreht. Oder mich vielleicht noch im Arm hält. Emil drückt den Joint im Aschenbecher neben der Matratze aus und legt sich neben mich. Ich lege mich auf die Seite und warte darauf, was jetzt kommt. Er hat die uneingeschränkte Macht über die Situation und das sollte mich wahrscheinlich stören. Egal.

So liegen wir da, bestimmt zehn Minuten, eingehüllt von weißer Tapete, weißen Bettbezügen und weißem Licht draußen auf der Straße.

»Komm mal her«, sagt er. Wie zu einem Kind. Seine Hände wandern meinen Körper entlang. Ich komme nicht umhin, daran zu denken, wie väterlich er sich mir gegenüber gerade verhält.

Ich wünschte, ich könnte widerstehen. Eine Frau mit Selbstbewusstsein würde es bestimmt nicht durchgehen lassen, ohne Verhütung, aber irgendwie fühle ich mich sehr jung und machtlos. Ich fühle mich seinem Charme erlegen, wie er die Verantwortung abtut, als wäre es nur eine lästige Gefühlsduselei, irrelevant, mit Gefühlen hat das gerade herzlich wenig zu tun, eher mit Körperlichkeiten und so.

Emil schläft mit mir, obwohl er weiß, dass ich die Pille nicht nehme, schläft mit mir, über mir, während mir fast die Tränen kommen, vor Schmerz und vor Angst, schläft mit mir, während er mir den Mund zuhält, grob und zärtlich zugleich, wie eine vorweggenommene Entschuldigung für alle in Frage kommenden Konsequenzen.

»Fick mich«, sagt er und »du musst mit mir schlafen, Raquel«, und was kann ich schon dagegen tun?

Ich klammere mich fest an, gebe meinen Körper auf und die Welt. Es ist sowieso zu spät, ich kann nicht mehr denken, ich fühle mich verbraucht und schmutzig, und trotzdem brauche ich das, die Bestätigung, die Form der Liebe oder wie du es nennen magst. Er ist nämlich alles andere als alt und frustriert und einsam und so weiter. Er verkauft es beinahe als Geschenk, mit ihm schlafen zu dürfen. Das sollte mich wütend machen, denke ich, als selbstbewusste Frau.

Nur geküsst, geküsst hat er mich nie.

*

Am nächsten Morgen kleben mir die Worte im Mund, ich bringe kaum einen Laut heraus, trotz der Milch.

»Sag doch was«, sagt Emil und zieht an seinem Joint.

Es ist geradezu beklemmend, nicht zu wissen, wie man sich zu verhalten hat. Ich will nicht klein und dumm wirken, und irgendwie kommt mir das Schweigen gerade als die beste Waffe vor.

Mein Denken ist auch extrem langsam, das habe ich noch nie so bewusst erlebt. In meinem Kopf kreiselt mein gesamtes Bewusstsein darum, worüber wir gerade noch gesprochen haben; es braucht ungefähr zwanzig Sekunden, zwanzig Sekunden, in denen ich fast panisch werde, damit es in meinem Kopf einmal einen Kreis zieht, zurück zu unserem letzten Thema. Gott sei Dank fällt es mir wieder ein, wir haben über die Anzahl meiner Drehtage geredet.

Vielleicht sollte ich mir die Frage stellen, was ich von ihm will, nein, sollte ich nicht, das liegt doch relativ klar auf der Hand. Er hat die Eigenart eines »One-Night-Stands« schön beschrieben, gestern, als wir uns in Prenzlauer Berg verabredet und dann die Zigaretten gekauft haben: keine Basis – eine Aktion – keine Zukunft.

Obwohl. Er hat *noch* gesagt. Noch keine Zukunft.

Der Unterschied ist, ich erwarte die besagte Zukunft so wenig, dass ich sie auch gar nicht will.

*

Mir gelingt es ganz gut zu verdrängen, dass ich eventuell schwanger sein könnte. Und wenn ich doch darüber nachdenke, im Zug, wenn ich an Spielplätzen oder Eislaufbahnen vorbeigehe, die lachenden und kreischenden Kinder sehe, kann ich die Möglichkeit trotzdem nicht an mich heranlassen. Es ist schlichtweg nicht real. Es ist zu schwierig, darüber nachzudenken, was ich in einer solchen Situation tun würde.

In meiner Handtasche auf dem Sitz neben mir liegt der Cyclo-Test.

»Im wievielten Monat ist Lena schwanger?«

Lena ist eine Freundin von Ida. Sie ist gerade mal 18 und will ihr Kind behalten.

Ida schaut von ihrem Buch auf und lächelt.

»Machst du dir über Emil Gedanken?«

»Nein«, sage ich, »aber bekommt sie Unterstützung von ihren Eltern?«

Ida nickt. »Sie ist auch wieder zuhause eingezogen. Ich glaube, sie macht das gut. Dann hat sie zumindest eine Aufgabe. Ist doch süß, so ein kleines sommersprossiges Baby.«

Mein Baby wäre bestimmt auch süß. Emils und mein Baby.

Vielleicht würde Mama ja die Fürsorge übernehmen, während ich mein Abi mache. Hat sie nicht erst letztens gesagt, manchmal wünsche sie sich noch mal ein kleines Kind? Aber danach möchte ich doch studieren, ins Ausland gehen. Ich habe noch nicht genug gelebt – um Leben zu schenken, natürlich.

Aber abtreiben, wie Martina? Mein Leben lang an das Kind denken müssen, das nicht leben durfte, weil seine Mutter es aus Bequemlichkeit entfernen lassen hat? Boah, Alter.

»Meldest du dich bei ihm?«, reißt mich Ida aus den Gedanken.

»Weiß nicht. Kommt ein bisschen auf das Ergebnis an.«

»Ich meine, wenn du nicht schwanger bist.«

»Vielleicht, ja, schon. Aber erst in ein paar Wochen, wenn dann.«

Und was soll ich sagen? Hey Emil, super, weißte was, ich bin nicht schwanger.

*

Wir Kinder haben wirklich ein Glück, dass das mit den Erwachsenen so gut geklappt hat, also mit Papa und Jette und Mama und ihren wechselnden Männern. Sogar die wechselnden Männer klappen einigermaßen gut.

Und die kleinen Streitereien, Eifersüchteleien, Hassattacken, Missverständnisse und so weiter und so fort sind harmlos anderen Familienkonstellationen gegenüber.

Natürlich könnte es besser sein. Vor allem als ich noch kleiner war, habe ich Ida um ihre glücklich verheirateten Eltern sehr beneidet. Aber wenigstens haben wir einen Papa. Und er wohnt mittlerweile auch in der Nähe.

*

Ich wache auf und meinen Körper schüttelt die Sehnsucht.

Was ist aus dem Mädchen geworden, das um fünf Uhr morgens aufgestanden ist, wenn es am Abend seine Hausaufgaben nicht machen konnte? Und warum ist aus mir noch nicht ein Mädchen geworden, das schlecht in der Schule ist und sowieso nichts auf die Reihe bekommt?

Alles ist immer so mittel. Ein einziges Mittelding. Und so bescheuert es sich anhören mag, dieses Mittelding verführt mich manchmal zu solchen Gedanken, also, dass ich ein Kind behalten würde.

*

Alle, denen ich das erzählt hab mit Emil, also nur ein paar, Ida, Toshij, Eva, Philipp und Sanne und Pepe, schütteln den Kopf, weil sie nicht glauben können, wie dumm ich war, und trotzdem wissen sie wahrscheinlich genau, wie es ist.

Wie es ist, wenn einem die Kraft versagt, nein zu sagen. Wenn man noch nicht mal nein sagen will. Weil der Moment zählt und nicht die Folgen.

17

Der blöde rote Strich behauptet, ich sei schwanger. In diesem Augenblick, genau jetzt, kollabiert die ganze Welt, meine Welt.

Endlich passiert der lang ersehnte Einschnitt in meinem Leben, dessen Bedeutung so tiefgreifend ist, dass er mich beziehungsweise mein Leben wirklich verändert. Jetzt ist es so weit, Zeit für Entscheidungen und kluge Ratschläge, Zeit, Verantwortung zu übernehmen für mein Tun, über mein Leben zu entscheiden und die Trägheit nicht siegen zu lassen, wie ich es sonst so oft tue, diesmal nicht.

*

Erst der Besuch bei Frau Mern macht aus der dämmrig existierenden Wahrheit eine Tatsache. Sie schaut mich mit ernstem Blick an, verzieht dabei den Mund zu einer Schnute und sagt: »Sie sind schwanger, Raquel.«

Ich glaube, das jetzt ist wirklich der unwirklichste Augenblick meines ganzen Lebens. Kann nicht sein. Zu einfach, so einfach wie der Satz, der in meinem Kopf Pingpong mit sich selbst spielt. Sie sind schwanger, Sie sind schwanger, Sie sind schwanger.

Und dann, vorgestern Morgen, war etwas vertrocknetes Blut in meiner Unterhose und seitdem habe ich meine Periode wieder, aber sehr unregelmäßig und stark.

Ich habe schon überlegt, ob es eventuell sein könnte, dass ich dieses Kind in mir verloren habe, und das macht mich schon etwas traurig. Bei Anouk war das mal so, dass sie ohne Verhütung mit Paul geschlafen hatte, und erst nach drei Monaten bekam sie ihre Blutung wieder.

Immerhin verlieren viele Frauen ihr Kind in den ersten Wochen. Obwohl ich im Internet auch gelesen habe, dass es sein kann, dass so was wie Schmierblutungen auftreten. Ich sollte noch mal zur Frauenärztin gehen, unbedingt.

*

Der Einschnitt in mein Leben ist gerade mal dreieineinhalb Wochen alt geworden.

*

Ich stand vor seiner Tür, mit zitternden Händen, habe auf den Klingelknopf gedrückt. Ich glaube, er hat an meiner Stimme gemerkt, dass etwas nicht in Ordnung ist. Schließlich trug auch er Verantwortung.

Zwei Stunden haben wir in dem Café verbracht, über viel und gleichzeitig nichts geredet, ich habe hauptsächlich geweint und er hat mich hauptsächlich getröstet, es gab ja auch eigentlich nichts zu sagen. Als wir gehen wollten, hat er die Rechnung bezahlt, mir meine Jacke angezogen und den Schal umgebunden, noch bis zur U-Bahn hat er mich gebracht, hat mir über die Haare gestrichen und mich geküsst – zum ersten Mal.

Ich habe ihn nie wieder gesprochen oder gesehen, manchmal richtet er mir noch über Hanna Grüße aus.

*

»Ja, genau das möchte ich, dass jemand mal fühlt, wenn's mir schlecht geht!«, sage ich jetzt wieder ruhig und lasse die Tür mit einem lauten Knall hinter mir ins Schloss fallen.

Ich renne die Treppenstufen hinunter, bis ich endlich ins Freie gelange, atme auf, schließe die Augen, seufze, boxe ein paar Mal in die Luft, spucke auf den Boden, dreimal, jetzt geht's mir besser.

Mama und Papa wissen noch immer nichts von der Sache mit Emil. Gott sei Dank sieht mich niemand, denke ich, leider denke ich das. Ich würde viel lieber drauf scheißen, ob mich jemand sieht, aber so weit bin ich eben noch nicht.

Die Luft ist kühl, aber dafür golden und nicht grau, das kommt früh genug. Think positive! Manchmal habe ich wirklich eine Abneigung gegen mich, gegen mein Verhalten und meinen Charakter. Ich könnte meinen Kopf gegen die Wand hauen, so blöd finde ich mich dann.

*

Kilian war heute bei mir, wir haben im Görlitzer Park Erdbeer-Käse-Kuchen-Eis gegessen, dazu Bier getrunken, dann haben wir uns ans Wasser gesetzt, mit Blick auf die Oberbaumbrücke, Handymusik gehört. Die Birke neben uns hat Schatten gespendet, die Kulisse war in warmes Vorabendlicht getaucht. Wir haben uns stundenlang unterhalten, über Paulina, London und die Rolling Stones. Auf dem Balkon den Ausblick bestaunt, uns glücklich gefühlt, zum ersten Mal seit Wochen wirklich glücklich. Fotos auf meinem MacBook gemacht, mit dem Fernsehturm in der Ferne als Hintergrund.

*

Lotte hat gesagt, ich könne ja später mal hochkommen, wenn ich Lust hätte. Wir hatten uns im Treppenhaus unterhalten und sind gerade in die Nähe des Themas Julian gekommen, als mein Telefon klingelte.

»Klar, gerne«, habe ich noch schnell geantwortet.

Marmorkuchen mit Zuckerguss habe ich extra gebacken. Die Türklingel schrillt laut und erbarmungslos über den ganzen Flur, so dass ich mich nervös umschaue. Um meine Nase herum haben sich rote Flecken gebildet. (Ich habe Julians Wohnung lange nicht betreten.)

Nach ewig langen 45 Sekunden (schätzungsweise) öffnet Lotte die Tür. »Hi«, sagt sie und tritt zur Seite, damit ich eintreten kann.

Der Vorraum ist sehr schmal und nur spärlich beleuchtet. Die Wände sind in einem moosigen Grün gestrichen und mit Goldbordüren verziert. Hinten an der rechten Wand neben einer Tür hängt ein goldgerahmter Spiegel über einer Reihe antiker Kommoden mit schweren eisernen Griffen, die schon angelaufen sind.

Alles so wie immer.

Lotte nimmt mich an der Hand, ihr bunter Seidenrock schwingt um ihre Beine. Das Küchenfenster schaut in den Hof hinaus, grau ist der, außer einem schmalen Streifen Efeu an der Mauer. Deshalb ist auch die Küche relativ dunkel.

Lotte nimmt zwei Weingläser aus dem gläsernen Regal und schenkt Wein ein, weißen.

Ich führe das Glas an meine Lippen und merke, wie sehr meine Hand zittert, jetzt erst. Deshalb stelle ich das Glas, an dem ein klebrig süßer Abdruck meines Lipglosses haften bleibt, schnell wieder ab. Aus den Augenwinkeln sehe ich Lottes Lächeln, kaum merklich. Aus dem Wasserhahn tropft es.

Lotte breitet ihre Arme über die Sofalehne aus und nimmt einen Zug von ihrer Zigarette. Sie schaut nach unten, auf ihre bleichen nackten Füße, und kokettiert dann mit ihrem Blick, der nie ganz in meine Richtung schweift.

Die hellen blendenden Wände fangen den großen Überfluss an Sonnenlicht auf. Zum ersten Mal kann ich mich in dieser Wohnung entspannen oder so ähnlich.

Die Sonne scheint mir nämlich direkt ins Gesicht, als ob mich jemand mit einer hellen Taschenlampe anleuchtet. Irgendwie habe ich das Gefühl, der Situation fehlt es an Substanz.

Aber vielleicht ist das auch nicht mehr als ein Gefühl.

Mama habe ich gesagt, ich komme heute nicht mehr nach Hause.

*

Am nächsten Morgen durchflutet die Sonne das Zimmer und zeichnet die Umrisse des Herbstlaubes als Schatten auf ihr Gesicht. Ruhig atmend liegt sie da auf dem Bett, bäuchlings, die Arme, verschränkt, stützen ihren Kopf. Ich lehne am offenen Fenster, rauche, warte darauf, dass sie von meinen Blicken aufwacht. Aber sie rührt sich nicht, schläft friedlich, bezaubernd sieht sie aus.

Ich weiß nicht, warum es gerade gestern dazu kam. Dass es irgendwann dazu kommen würde, war klar. Ich würde sagen, es lag schon in der Atmosphäre unseres Gesprächs, und dann hat Lotte mir zu erklären versucht, wie sie sich am liebsten küssen lässt, und dann hat sie mich gefragt, ob sie es mir einfach zeigen soll.

Sie hat zart geküsst, weich, weiblich. Es war schön, aber trotzdem hat etwas gefehlt, ich glaube, das Gegensätzliche hat mir gefehlt.

Ich werfe die Zigarette aus dem Fenster, mein Blick folgt dem Rest glimmenden Stummels, wie er geräuschlos auf den nassen Stein trifft, gleitet dann nach oben in die gold leuchtenden Baumkronen. Die ganze Nacht hat es geregnet, die vielen Wassertropfen glitzern im Morgenlicht.

Lottes Seufzen holt mich zurück in den Raum.

Ich lächle.

Lotte reibt sich den Schlaf aus den Augen, klettert aus dem Bett und fragt: »Hast du schon gefrühstückt?«

*

Ich habe Schutz und Trost gesucht und sie nach etwas, das mir verborgen bleibt und das ich ihr nicht geben kann.

Als ich in Julian verliebt war und manchmal Lotte getroffen habe – sie manchmal im Hintergrund gesehen habe, während Julian und ich im Treppenhaus philosophierten –, muss ich etwas übersehen haben. Lotte, so gut wie Julians beste Freundin, kannte ich da nicht – nur als Mitbewohnerin.

Lotte hat sich in mich verknallt, und zwar nur durch Erzählungen von Julian und obwohl sie gar nicht lesbisch ist. Sie ist jedoch in das verliebt, was ich an Gefühlen für einen anderen Menschen aufgebracht habe, und bestimmt nicht in mich.

*

Pepe schaut mich wütend an. Er hat ja recht. Na und, man kann ja nicht immer recht haben. Das Telefon klingelt. Das penetrante Klingeln löst die Anspannung ein wenig, wir fallen beide heraus aus unseren Rollen, ja wie Rollen, die wir spielen, ein großes Theater. Er seufzt, kramt seine Zigaretten heraus und zündet sich eine an, resigniert fast schon. Ich stehe also auf und nehme den Hörer ab. Ich komme mir vor wie in einem französischen Gangsterfilm.

In meinem Leben gibt es wenige Konstanten. Aber ohne sie könnte ich nicht leben.

Pepe ist eine Konstante, und dass wir uns streiten, ist mehr als normal. Ich glaube, die Ereignisse haben sich schlichtweg angestaut in der letzten Zeit.

Ich bin ein egoistisches Schwein, gehe allen auf die Nerven und versinke dabei in suppigem Selbstmitleid. Und Pepe ist trotzdem da. Wie ungeheuer wertvoll.

*

Wir haben unsere Körper ausgestreckt am Kanal, im Schatten des Baumes, unter dem Müll lag. Die Vögel, die das Schiffswrack umschwirrten, haben wir beobachtet und die Schwäne auf dem Wasser, die Trauerweiden, einen Bagger, wie früher hitzefrei und wie heute frei sein.

In einer Höhle wache ich auf, der Geruch von Moos und morschem Holz betäubt mich, die lose herumliegenden Steine sind mit einem glitschigen Film überzogen.

Ich stehe auf, schwankend ein wenig, gehe ein paar Schritte, stolpere über eine abgehackte Wurzel, die reiße ich aus dem harten trockenen Erdboden.

Tiefer und tiefer laufe ich in die Höhle hinein, immer im gleichen Trott, bedächtig und doch zielgerichtet, als ob ich wüsste, wohin mich mein Weg führt, aber ich weiß es nicht.

Nach einer Ewigkeit von Dunkelheit und modriger Luft gelange ich an eine Tür. Sie ist schmal und hoch, den Türrahmen bedeckt eine feine, beinahe undurchsichtige Schicht aus Gold. Ich fahre mit meinem Ringfinger darüber, das Gold bleibt wie Staub an ihm haften.

Ich warte darauf, dass die Tür sich öffnet, aber sie öffnet sich nicht. Also nehme ich eine Axt, die neben mir auf einem Schemel liegt wie zufällig, und schlage sie ein. Die Klinge gräbt sich tief in das weiche Holz, so lange, bis ich hindurchtreten kann.

Vor mir breitet sich weder ein Raum aus Gold noch ein paradiesähnlicher Garten aus, nur sehr viel Nichts. Und ein paar zerfetzte Papierstreifen auf dem Boden.

Ich wache auf.

18

Lange konnte ich mich nicht entscheiden. Dann hab ich es sein lassen – und für immer bereut.

Jeder Typ, den ich mich nicht traue anzusprechen (im Biergarten, im Supermarkt, im Park, im Café, im Freiluftkino, in der Ausstellung), eine verpatzte Chance auf das Glück.

Schade, dass ich zu schüchtern bin, schade, dass ich nicht lächeln kann und offen bin; und flirty und kokett und verführerisch bin. Schade, dass ich ich bin oder was?

Schade du, schade ich, schade wir alle. Und schade, dass ich nicht darauf vertrauen kann, dass es kommt, auf mich vertrauen, auf dich vertrauen und auf Schicksal und Zufall und vor allem auf die Liebe. Oder so.

*

Und alles läuft darauf hinaus, dass ich einen Freund brauche. Vor mir sehe ich nur Winter, Schule, Kunst.

Ich weiß, ich sollte selbstbewusster sein, und trotzdem denke ich manchmal darüber nach, was andere über mich denken und wie sie mich sehen, als Menschen und so.

Davon weiß ich so wenig und vermute so vieles, was vielleicht gar nicht wahr ist, und trotzdem ist es nicht möglich, alles zu vermuten, was gesagt und gedacht wird über einen. Wahrscheinlich wäre man auch völlig überfordert, weil es ja oft nicht so gemeint ist, was man sagt über andere Leute, und von dem abweicht, was man wirklich denkt, also eigentlich ist doch alles dufte, warum habe ich nur schon wieder so einen kapriziösen Gedankengang begonnen … bäblä.

Bezogen auf Männer. Wenn sie mehr von mir wüssten, würden sie dann denken, dass ich eine Schlampe sei, frage ich mich – Ansichtssache bestimmt.

Im Vergleich zu anderen bin ich sehr brav, finde ich, aber so genau weiß ich es ja nicht, ich weiß ja so vieles nicht von anderen Menschen. Der Wahnsinn, wie sich alles in diesem Alter – und vielleicht auch allgemein – immer um andere Menschen, ihre Geschichten und Erlebnisse dreht: Wer ist mit wem zusammen und wer hat mit wem gevögelt und wer ist mit wem fremdgegangen und hach, hast du eigentlich schon Mathe gemacht?

Ein wirklich cooler Mensch wäre vielleicht jemand, der sich nur Gedanken über die Meinung anderer macht, wenn es nötig ist, der selbstbewusst auftritt, ohne aufdringlich zu sein und so weiter, der zu seinen Freunden steht und nicht doch manchmal heimlich auf andere Leute schielt, um zu überlegen, ob man so sein sollte wie die oder eher nicht. (Das tue ich leider manchmal. Aber das tun auch manche der Jungs, die ich noch eben für cool gehalten habe.)

Mein an vielen Stellen mangelndes Selbstbewusstsein äußert sich zum Beispiel an solchen Dingen wie, dass ich mir nie wieder die Haare raspelkurz schneiden würde – aus Angst, keinem Mann mehr zu gefallen.

Dafür hasse ich mich.

*

Tom guckt mich ernst an. Mein Lachen verklingt auf meinen Lippen. Woraus besteht die Zerrissenheit der Jugendlichen, frage ich mich. Und inwiefern nehme ich mich ernst?

Ich nehme noch nicht mal meine eigenen Gefühle ernst. Manchmal habe ich sogar das Gefühl, dass es in mir überhaupt keine ernstzunehmenden Emotionen gibt. Emotionen und Gefühle sind doch nicht das Gleiche, oder?

Ich traue meinem Gespür nicht. Samstagabends weiß ich nicht, ob ich lieber tanzen gehen möchte oder in meinem Bett liegen.

Bei Julian wusste ich nicht, ob ich mich in ihn verliebt hatte oder meine Sehnsüchte nach Liebe in ihn hineinprojiziert.

Vor meinem Küchenschrank weiß ich nicht, ob ich Nudeln mit Tomatensoße oder Chinapfanne machen soll.

Wenn ich denke, der Alltag überrollt mich mit all seiner Monotonie, weiß ich nicht, ob ich Freiheit und Selbstbestimmung oder eine fremde Entscheidung benötige.

Ich weiß nicht, welche Menschen ich mag und welche ich nur mag, weil alle sie mögen, oder genau andersrum.

Nichts in mir ist fest.

Ich habe keine Meinung. Weder über Politik noch über die Liebe. Entweder ich nehme die Meinung anderer an, oder ich lege mich fest (Vorurteil nennt man das), ohne weiterzudenken.

Vielleicht formuliere ich es anders: Ich habe meine Meinung noch nicht gefunden. Ich bin ja auch erst 17, und trotzdem sehne ich mich danach, endlich sicher zu sein. Vielleicht ist das die Zerrissenheit der Jugend.

Tom kann mir nicht erklären, was er für Toshij empfindet. Er ist weder verliebt, noch ist er neutral genug, um nur mit ihr befreundet zu sein. Und ich kann ihm nicht helfen.

*

Papa sagt, das Nachtleben wäre der falsche Ort, um sich zu verlieben.

Auf einer Party. Irgendwo in Berlin. Studenten. Minimal und House. Das dort ist doch Sannes großer Bruder, war der nicht eigentlich fort aus Berlin, studieren oder so ähnlich?

Der sieht aus wie ein Prenzlberger, war mir gar nicht so aufgefallen, als er noch bei uns auf der Schule war. Aber gut, das ist bestimmt schon wieder sechs Jahre her.

Ich will nicht aufdringlich sein. Er tanzt auch immer in seiner Gruppe und guckt kaum woandershin. Ich glaube, er erinnert sich dunkel an mich, seinen gelegentlichen Blicken nach zu urteilen. Wo ist eigentlich Ida, war die nicht grad noch hinter mir? Wir wollten doch gehen.

Ich warte im Flur auf sie, Flur oder so ähnlich, weiß nicht, eine Bank steht zumindest da.

Ich habe meine Jacke schon an, es ist sehr warm – angezogen in dieser partyfeuchtwarmen Umgebung, bäh. Sannes Bruder kommt mir entgegen, eine schmale Silhouette, gehst du schon, fragt er mich, und auf wen wartest du? Er riecht nicht gut, ganz und gar nicht. Säuerlich, nach Schweiß. Das ist mir auch nie aufgefallen, aber so nah war ich ihm schließlich noch nicht. Ich könnte ihn küssen jetzt. Er würde nicht abwehren, glaube ich. Er ist unsicher vielleicht, nee, auch nicht.

Er legt seinen Arm um mich, als eine Fotografin ein Foto machen möchte.

Ich küsse ihn, mehr aus Langeweile, er küsst ganz passabel, Ida hat auch Spaß, ich könnte ja mit ihm nach Hause gehen, warum denn nicht.

*

Gustav und ich liegen auf Gustavs Bett, in Gustavs Zimmer, zwischen Gustavs Unordnung. Ich kralle mich an ihm fest, weil ich nicht will, dass er mich je wieder loslässt.

Mein Kopf sagt mir, er ist zu dünn, zu mädchenhaft, zu merkwürdig, zu unmännlich. Aber mein Bauch weiß ganz genau, was mir das Gefühl gibt, ich müsste mich gleich in ihn verlieben.

Nicht sein schönes Gesicht, nicht das Praktikum, welches er grad bei MTV macht, nicht die Erinnerung an Noa, die er in bestimmten Momenten weckt, sondern die Art, mit der er mit mir umgegangen ist. Die Art, wie er immer meine Hand nimmt auf dem Weg zu ihm, in der S-Bahn, an der Tramstation, die Art, wie er mich küsst, oft, sanft, meinen Kopf in seinen Händen, nur mit Zunge, wenn er erregt ist, die Art, wie wir uns anschauen und festhalten, wie zwei Liebende, die nach langer Zeit endlich zueinander gefunden haben.

Er guckt mich an und sagt: »Ich fand es schön«, und ich antworte ihm: »Ich auch.«

Dann füge ich hinzu: »Aber ich fand es merkwürdig, nein, besonders, ich weiß nicht, wie ich es beschreiben soll …«

»Ich weiß«, sagt er, »aber das birgt oft die Gefahr …«

»… dass sich die Mädchen in dich verlieben«, führe ich seinen Satz zu Ende und Gustav nickt.

Am liebsten würde ich liegen bleiben, aber Ida und Frau Schütze warten auf mich und Gustavs Augen fallen zu.

Es ist viertel vor neun. Ich ziehe mich an und küsse ihn auf die Wange. Er zieht mich zu sich und küsst mich auf den Mund.

»Danke«, sagt er.

*

»Hi, ich bin Leon«, sagt er und lächelt mich an. Dann geht er zum Kühlschrank und holt sich einen Joghurt, dessen Aluminiumdeckel er mit der Kante seines Teelöffels zerstört, um anschließend den rosafarbenen Joghurt auszulöffeln, während er lässig am Spülbecken lehnt. »Hi«, sage ich und stelle die grüne Wasserflasche mit einem lauten Klonk auf die Tischplatte. Ich habe nur meine Unterwäsche und ein schlabbriges lila Shirt von Gustav an, das er mir zum Schlafen gegeben hat. Leon schaut mich belustigt an.

»Und wer bist du?«

»Oh«, stottere ich. »Raquel. Ich kenne Gustav. Ich bin eine Freundin von Gustav.«

Er schaut mich immer noch, wie ich finde, mit einem belustigten Grinsen an.

»Er schläft«, füge ich hinzu und verfluche mich augenblicklich in Grund und Boden.

»Aha«, sagt Leon und seine braunen Augen funkeln, »möchtest du was frühstücken?«

»Nein, danke«, hauche ich, meine Stimme ist ganz zerkratzt irgendwie, aber da hat er schon zum zweiten Mal die Kühlschranktür geöffnet und zum zweiten Mal zaubert er einen

Plastikbecher Joghurt hervor, auf dem in runden blauen Buchstaben »Almighurt« und »Erdbeer-Sahne-Joghurt« zu lesen ist.

Leon reicht mir den Joghurt und einen silbernen Teelöffel und beginnt, Kaffee zu kochen. Ich pule den Aluminiumfoliendeckel von meinem Joghurt, setze mich auf einen der klapprigen Holzstühle und beobachte die feinen blonden Härchen auf seinem muskulösen Unterarm, der gerade den Filterbehälter von der Kaffeemaschine abschraubt und anschließend die Kaffeedose mit einem Ruck öffnet und vier gehäufte Teelöffel Espressopulver in die Maschine füllt. Als er damit fertig ist, dreht er sich wieder zu mir.

Ertappt rühre ich in meinem Almighurt-Erdbeer-Sahne-Joghurt. Ich spüre seinen Blick in meinem Nacken und ärgere mich über die Unachtsamkeit, mit der ich unwissendes kleines Ding in die Küche gekommen bin, um mir ein Glas Wasser zu holen. Jetzt steht das randvolle Glas Wasser neben meinem Joghurt und die Kohlensäure steigt in winzig kleinen Bläschen zur Oberfläche, unermüdlich immer wieder. Ich konzentriere mich auf die Regelmäßigkeit der Kohlensäurebläschen. Wie schön das aussieht.

»Habt ihr gefeiert gestern?«, fragt Leon jetzt.

Vielleicht hat er uns gehört. Anstatt einer Antwort grinse ich wieder nur wie blöd. Seine strohigen dunkelblonden Haare stehen wirr von seinem Kopf ab. Durch seinen Dreitagebart erkenne ich kleine Grübchen.

Er ist jetzt keine klassische Schönheit von Mann, aber seine Ausstrahlung ist von der Sorte, die mir bisher erst wenige Male begegnet ist. Jene Ausstrahlung, die ich manchmal der Verliebtheit zuordne und die noch nicht einmal Julian besaß.

Das ist Weiberheldausstrahlung.

Er muss so um die 25 sein, jedenfalls älter als Gustav, aber nicht viel. Wir schweigen eine Weile, Leon schlürft seinen Latte-Macchiato-Abklatsch und bringt mich mit seinen Blicken in Verlegenheit. Dabei guckt er eigentlich ganz normal. Ich muss dringend aufs Klo. Kann ich jetzt aber wirklich nicht bringen. Bin ich eigentlich an der Reihe mit Gesprächsstoff bieten?

Bevor ich darüber ausgiebig nachdenken kann, kommt Gustav in die Küche. Im Vergleich zu Leon sieht er besonders schmächtig aus. Er schaut etwas irritiert.

»Du bist ja noch da«, sagt er, ich werde knallrot, obwohl daran doch eigentlich nichts Verwerfliches ist.

»Ja«, erwidere ich und grinse so frech wie möglich, »das stimmt allerdings.«

Aus den Augenwinkeln beobachte ich, wie Leon in sich hineinlächelt. Ich würde gerne wissen, was er denkt, über mich vor allem. Gustav kratzt sich im Nacken und setzt sich auf die Fensterbank neben einen Blumentopf violetter Geranien.

Ich glaube, ich sollte jetzt gehen.

»Ich geh dann mal«, sage ich und gehe zurück in Gustavs Zimmer und ziehe mich an. Meine Klamotten sind verraucht und noch leicht klebrig. Außerdem hatte ich gestern meine Pumps an. Den ganzen Weg nach Hause in diesen blöden Pumps, Supersache. Draußen zwitschern ein paar Vögel, ich wundere mich, dass sie nicht schon längst erfroren sind, es sieht sehr grau und trostlos und kalt aus draußen. Ansonsten ist es aber still in dieser Wohnung, dabei ist sie doch gleich an der Straße gelegen, welchen Tag haben wir heute eigentlich?

Auf dem Weg zurück zur Küche überlege ich angestrengt, auf welche Weise ich mich verabschieden soll. Es gibt bestimmt eine elegante Variante, aber die fällt mir auf Biegen und Brechen nicht ein. Auf Biegen und Brechen, das ist ein komischer Ausdruck.

Warum sind meine Gedanken nur so schwer?

Schon stehe ich im Küchentürrahmen, die Tür fehlt, wie bei uns zuhause, denke ich, und schaue in zwei viel zu neutrale Gesichter.

»Gut«, sage ich. Meine rhetorischen Fähigkeiten sind heute wirklich *toll.* Gustav stellt seine Kaffeetasse neben sich ab und kommt, um sich von mir zu verabschieden. Wenigstens das.

Er umarmt mich und dann küsst er mich nochmals auf den Mund, ein bisschen zu lange für so viel Unverbindlichkeit. So viel zu viel, dass ich schon wieder rot werde, als mich Leons Blick flüchtig trifft. Er gibt mir die Hand, sehr freundlich und sachlich.

In meinem Kopf rattert es.

Im Supermarkt oder im Club oder im Café werde ich ihn so schnell nicht zufällig treffen. Mein Kopf rattert immer noch, als ich die Tür schon hinter mir zugezogen habe. Etwas in den Briefkasten werfen ist zu auffällig und bringt nichts, seine Nummer durch Sanne zu besorgen bringt auch nichts (weil, was soll ich denn dann sagen?), ihn bei MySpace anzuschreiben erst recht nicht, falls er überhaupt bei MySpace ist.

Okay, aussichtslos. Kann nicht sein. Ich will, ich will, ich will. Ab und zu bitte auch mal das kriegen, was ich will, und nicht immer nur den Schicksalsfügungen ergeben sein. Es gibt bestimmt einen Ausweg. Vielleicht muss Sanne eine Party machen. Dann treffe ich Gustav wieder. Egal.

*

»Frollein«, sagt der Kontrolleur, »Ihre Fahrkarte, bitte!«, und dabei rüttelt er mich unsanft am Arm. Ich erwache aus meiner Dösigkeit und bin plötzlich wieder in der U-Bahn-Situation präsent, allerdings so plötzlich, dass es mich fast schon überfordert.

Gegenüber liest die Oma mit dem wenigen Haar immer noch den Arztroman, der Proll neben ihr ist neu. Er hört Musik, die zu mir nur als scheppterndes Geräusch durchdringt.

Ich sage jaja und krame in meiner Handtasche nach der Monatskarte. Ich habe mindestens einen Monat meines Lebens ausschließlich damit verbracht, in meiner Handtasche zu kramen. Handy, Zigaretten, Streichhölzer, Kaugummis, Geld, Lavera-Bio-Lippenpflege. Hab sie.

Der Kontrolleur tippt schon ganz ungeduldig mit dem Fuß auf den Wagonboden, tipptipptipp. Mit einem halbschiefen Lächeln gebe ich sie ihm, die Fahrkarte. Ich mag das, Kontrolleuren eine Fahrkarte zu reichen, das ist immer so ein triumphales Erlebnis.

Er schaut sie sich sehr lange an. Ich will sie ihm schon triumphal halbschieflächelnd aus der Hand nehmen, da sagt er wieder in seinem berlinerischen Akzent, den ja wohl kaum jemand noch spricht heutzutage: »Frollein, tut mir ja leid, aber dit is abjelofen.«

Wie jetzt, *abjelofen*? Kackescheißepissemist. Das ist ja jetzt mal scheiße unangenehm. Zu früh gefreut. Ich merke, wie ich rote Flecken im Gesicht bekomme und Tränen der Hilflosigkeit mir in die Augen schießen. Das ist das Schlimmste. Dass ich bei jedem kleinsten bisschen heulen muss.

Das kommt auch bei Männern nicht gut an. Hat zumindest Holger mal gesagt.

In meinem Kopf hämmert und rabumst es. Scheiß Kater, scheiß BVG, scheiß alles. Soll ich wegrennen? Eine falsche Adresse angeben? Lara Mustermann aus Hellersdorf, wohnhaft in der Blumengasse 10a.

Leon und Gustav schwirren noch in meinem Kopf wie gurkige Hummelbienentrolle.

Ich bin gerannt, mein gesamtes Adrenalin habe ich ausgeschüttet, festhalten dürfen sie einen ja nicht. Danach habe ich mich gefühlt wie eine Woche Sex. Das war ziemlich einprägsam.

*

Wenn alles möglich ist, dann nicht das: dass ich Leon zwei Wochen später auf einer Hochzeit wiedertreffe.

Auf einer Hochzeit vom Sohn eines Freundes von Papa. Auf der Hochzeit von Leons Cousin.

Zwischen weißen zehnstöckigen Zuckergusstorten, zwischen Blumensträußen und Rosendekor, zwischen asiatischem Buffet und russischer Polkamusik. In einem hellbraunen Anzug und violettem T-Shirt, welches grün bedruckt ist. Mit einem Lächeln, das so viel Selbstverständlichkeit ausstrahlt. Höfliches Interesse und Distanz. Mich auf einen Joint draußen auf der Terrasse eingeladen. Mit Blick auf die Havel.

Die Hochzeit hat mich wehmütig gemacht und die Prinzessinnenträume von früher wachgerufen. Ein Schwall von Romantik ergießt sich über mich, obwohl das hier ein eher konservativ angehauchtes Hochzeitsereignis ist.

Das Brautpaar eröffnet den Tanz, ein Walzer, und ich vergieße schon wieder Tränen. Nicht mehr weit entfernt ist dieser Prinzessinnentraum; auch von mir nicht, hoffe ich und wünsche ich, während glücklich überdramatisierte Tränen auf mein Liederblatt tropfen. Alles, was du je gelebt hast, ist nur ein Bruchteil von dem, was du noch erleben wirst, außer dir fällt morgen ein Stein auf den Kopf. Jeder Cocktail nur ein minimaler Prozentsatz von den Cocktails deines Lebens, jeder Kuss nur ein weiterer Legobaustein bis hin zum Brautkleid. Bestimmt.

Anders darf es gar nicht sein, zumindest nicht in meinen Träumen jetzt.

*

Auf die Plätze – fertig – los. Leon schiebt seinen Stuhl neben meinen und bietet mir eine Zigarette an. Es ist sehr warm im Saal und bestimmt darf man hier nicht rauchen, aber egal, die Handvoll

Leute, die noch auf der Tanzfläche zu alten Schlagern schwanken, sind sowieso alle betrunken. Leons Freunde sind größtenteils gegangen, nur einer ist noch da, glaube ich, er turtelt mit seiner Freundin hinten an der Bar.

Wir verwickeln uns gegenseitig in ein Gespräch über die Zukunft. Schließlich fragt er mich: »Kommst du mit hoch?«

Unser Zimmer, also das von Papa und Jette und Patrick und mir, befindet sich im Ostflügel des Schlosses. Die Mädels sind auf einer anderen Party, wo ich nicht hinwollte. Zu viele Kinder. Ich war nicht mehr in Stimmung, um mich auf so was einzulassen (außerdem war Leon ja dann da). Patrick schläft wahrscheinlich schon.

Leon sagt, er will sich in Ruhe unterhalten und er ist müde, aber das ist wahrscheinlich nur die bescheidene Übersetzung davon, dass er keinen Bock mehr hat, mit über vierzigjährigen Frauen, die ihn anhimmeln, zu tanzen. Oder halt irgendwas anderes.

»Okay«, sage ich.

Über eine schmale Wendeltreppe gelangen wir in den Nordflügel. Das Schloss knackt, als Leon den Schlüssel umdreht. Ich bin übersensibel geworden für Geräusche. Jeder Atemzug, jeder Schritt und jedes Knacken in den Heizungsrohren berührt meine Sinne.

Das Zimmer ist großzügig geschnitten und blickt auf das Wasser hinaus, das, von der Dunkelheit verschluckt, still vor sich hingurgelt.

*

Er sieht schön aus, in seinem weißen Feinrippunterhemd und seiner engen weißen Unterhose, und seine Haut ist glatt und gebräunt, und er ist so groß und er ist bekifft und pfeift nach mir, während ich mich im Bad notdürftig herzurichten versuche.

Und da liegt er also und sagt mir, wie ich mich zu ihm legen soll, und so liegen wir eine Weile, bis er sich auf die Seite dreht und sagt: »Jetzt wagen wir einen Schritt weiter.«

Bis dahin denke ich eigentlich, dass wir nur so liegen werden und nichts passieren wird, und schon spüre ich seine Hände auf meinem Körper und seine geöffneten Lippen an meinen. Und jede seiner Bewegungen, Berührungen ist so gezielt, und ich bin selbst davon überrascht, wie erregt ich bin, wie nass.

Wie in Trance bin ich.

Irgendwann löse ich mich; traue ich mich, ihn zu berühren, seine glatte gebräunte Haut, seine muskulösen Arme, seinen durchtrainierten behaarten Bauch, seinen Schwanz, und er sagt »ja«, immer wieder.

Mir ist wohl bewusst, dass ich im Begriff bin, mit einem Model Sex zu haben. Mit einem Mann, der körperlich zu schön für mich ist, absurd unerreichbar. Dabei bin ich schlecht rasiert, nicht geduscht, es ist drei Uhr nachts, die Hochzeit überzieht noch wie ein Film meine verschwitzte Haut. Und dieser bestimmte Tonfall von ihm, der mir wieder und wieder sagt: »Ja«, und dann »spürst du, wie nass du bist, Raquel«.

Er schafft es, die Balance zu halten, zwischen Lachen und Ernsthaftigkeit, er verführt mich auf das Wortwörtlichste und ich spüre nichts außer ... außer mein Wollen. Meine Geilheit.

»Du musst mit mir schlafen.«

Ich schlafe mit ihm, ich bin wie Honig, »hier« sagt er, »reib dich an mir, fester, tiefer« und ewig so weiter, und ich bin derart geil und trotzdem so verletzlich. Wir schlafen wieder und wieder miteinander und wieder drückt er sein Bein in meinen Schambereich, klapst mir auf den Arsch, macht mich verrückt. Ich komme nie zum Orgasmus, immer nur fast. Schlicht gesagt aber, es ist der beste Sex meines Lebens.

Viel mehr kann da nicht sein.

*

Ich sitze auf einem Steg und beobachte die Segelschiffe auf der Havel. Das Wasser glitzert, das Flussbett ist gesäumt von Buchen und Birken, die Wiese gänseblümchenweiß-löwenzahngelb-gesprenkelt. Papa und Jette brunchen noch mit den Gästen, die auch hier übernachtet haben. Leon ist vorhin gefahren. Er muss noch was vorbereiten für morgen. Er studiert Schauspiel an der Ernst-Busch-Schule. Wie sexy ist das denn bitte.

Er hat gesagt, er meldet sich. Vielleicht macht er das, vielleicht auch nicht, ich verlasse mich lieber auf nichts. Das bringt es ja sowieso meistens nicht.

Außerdem ist er vom Charakter gar nicht so toll. Wirklich nicht. Aber eigentlich schon. Eigentlich bin ich ziemlich verrückt nach ihm, vor allem nach dieser Nacht. Verknallt oder so.

*

Es ist gar nicht so leicht, ein Mädchen zu sein. Ständig wird dir gesagt, wie süß du seist, so dass du irgendwann aufgibst, verführerisch weiblich wirken zu wollen.

Mag sein, dass süß meinem Alter angemessen ist, ist ja auch irgendwie ein Kompliment, aber hey, wo ist dann bitte die Diva? Wer will denn wirklich süß sein. Jungs doch erst recht nicht, sag mal einem Typen, er sei süß – den siehst du nie wieder.

*

Und Papa sagt, das Nachtleben wäre nicht der richtige Ort, um sich zu verlieben.

Konrad, für den ich mich nie entscheiden könnte, obwohl er auf irgendeine Art und Weise sehr verliebt in mich ist. Wir haben uns mal auf einer Party geküsst. Ich musste einfach, wenigstens einmal. Er wäre gut für mich. Zu gut. Zu wenig.

Oder der Typ aus dem Nebenhaus, der immer zufällig aus dem Fenster schaut, wenn ich auf dem Balkon eine Zigarette rauche, dann lachen wir uns an.

Oder der Kellner aus der Oranienstraße, den ich wirklich sehr süß finde und der mir mittlerweile auch immer hallo sagt, wenn ich vorbeifahre, vielleicht weil ich seine Kollegen in diversen Nächten schon belabert habe mit irgendeinem Scheiß unter Drogeneinfluss, nur ihn noch nicht. Ich möchte es mir halt nicht verspielen, sage ich mir; dabei bin ich im ehrlichen Zwiegespräch mit mir selbst nur zu schüchtern.

Die Freunde von Beatrice, die alle aussehen wie Hugo-Boss-Models in Skaterklamotten, aber die ich leider nicht sehr oft zu sehen bekomme, zum einen, weil ich Beatrice nicht so oft sehe und wenn, dann meist zu zweit mit ihr, zum anderen, weil die in Spandau wohnen und sich da zwischen Proletentussen und Hartz-IV-Empfängern ihr eigenes Revier aufgebaut haben, sozusagen.

Freunde von Freunden von Freunden ...

Und jetzt Leon.

Anders als die Männer, mit denen ich mich mal im Club unterhalte und so weiter.

Irgendwo hat Papa recht.

19

Wirklich schade, diese Castings, weil sie alle entgangene Chancen auf eine Veränderung sind – nicht dass es nicht genug Veränderung in meinem Leben gäbe, aber doch könnte es noch mehr sein. Jedenfalls ...

Ich gehe mit der Einstellung zu Castings, dass es ja nichts schadet, die eine Stunde, die man dafür aufbringt, schauspielerisch irgendwie weiterzukommen. Wenn ja, schön, wenn nein, um eine Erfahrung reicher. Wieder was gelernt.

Hilft bestimmt auch später im Berufsleben allgemein, wenn man so viel Vorsprecherfahrung hat. Insgeheim hoffe ich natürlich immer inständig, dass es was wird, und bin ungemein enttäuscht, wenn es wieder nicht geklappt hat.

Ich drücke auf den Summer des Jugendzentrums, die Tür schwingt auf, lautlos. Das Casting ist mit weißen DIN-A4-Blättern ausgeschildert, auf denen »Gestern war mein Leben noch« und ein Pfeil aufgemalt sind. Die Stimmung ist mir sofort unangenehm. Eine dicke Frau sitzt auf dem Sofa im Aufenthaltsraum und schiebt sich Schokokekse in den Mund, die für die Schauspieler auf dem kleinen ovalen Couchtisch bereitgestellt sind. Ich begrüße sie sehr freundlich, finde ich. Sie mich nicht, finde ich.

Die Casterin steckt ihren Kopf aus der Tür, sie sieht auch nicht sehr freundlich aus. Ich werde reingerufen, ohne viel Wenn und Aber gebeten, mich vorzustellen, dann spiele ich die Szene, werde vom Regisseur einmal korrigiert, vergesse bei beiden Durchläufen meinen Text, werde nervös (ich habe immer das Gefühl, männlich zu werden bei Nervosität, das sollte ich mal genauer unter die Lupe nehmen), bin nach fünf Minuten wieder draußen und stürze ab. Scheißcastings, Scheißschule, Scheißmänner.

Als ich angefangen habe mit der Agentur, war ich sehr geduldig. Aber es kam spätestens nach einem Jahr und schätzungsweise zwölf fehlgeschlagenen Castings zu dem Punkt, wo ich mir überlegt habe, warum ich das alles mache. Dann kam doch was. Man ist plötzlich angefixt und glaubt an das Unmöglichste. Man, nein, ich stelle mir ganz schnell die Frage: Wenn andere können, warum nicht auch ich? Irgendwo in meinem Herzen bewegt sich die Hoffnung auf einem völlig naiven Niveau.

Naiv, aber geduldig, beharrlich, immer daran arbeitend, an einem Leben. Vielleicht ist mir schon so viel zugeflogen in meinem Leben, dass für die Karriere nicht mehr viel Zufliegglück übrig bleibt, dann muss nachgeholfen werden, geduldig, beharrlich.

Geht doch.

Morgen ist auch noch ein Tag.

Aber wütend, auf mich, bin ich schon.

*

»Wie machst du das immer mit den älteren Männern?«, fragt er. Darauf habe ich so spontan keine Antwort.

Ich weiß nicht, manchmal komme ich mir vor wie eine kleine Maschine, die außer ein paar Beulen hier und Rissen da tadellos funktioniert.

Treppe rauf, Treppe runter, Schulweg, Nachhauseweg, Frühstück, Mittag, Abend, Termine. Ich komme oft zu spät, das macht 80 % der Defekte aus. Das heißt, wenn ich pünktlich kommen würde, wäre ich schon fast hundertprozentig funktionierend. Die fehlenden 20 % (dann nämlich, wenn ich gar nicht zu einem Termin erscheine, weil vergessen oder doppelt belegt) – machbar.

In solchen Momenten frage ich mich immer, warum und wem ich eigentlich hörig bin, und das ist der Knackpunkt: Ich will die Schule schmeißen. Und dann gib mir einen Tag oder, wenn der Knackpunkt besonders tief gesessen hat, auch zwei und letztendlich, nach einem fünfminütigen Augenblick der Erkenntnis, funktioniere ich wieder. Bravissimo.

Bis zum nächsten Absturz. Sie ist sehr kräftezehrend, diese Gedankenmacherei, ich wünschte, mein Gehirn würde aufhören zu denken manchmal.

Ich wäre jetzt gerne an einem Strand, zwischen Palmen und Kokosnüssen und tanzenden Kindern. Weißer Sand und königsblaues Meer, Bars in Holzhütten mit Strohdächern und Caipirinha-Tagesangeboten. Surfer und riesige, geschmacklose, aufblasbare Gummilufttiere oder wie man die Dinger nennt …

Ich wäre jetzt gerne in den Bergen, im Sommer, auf einer saftiggrünen Wiese zwischen Butterblumen und Enzian. Da, wo klares Quellwasser über glatte Felsenflächen plätschert und Heidi und Peter die Ziegen hüten. Ich wäre jetzt gerne da und würde steile Berghänge hinunterrennen, bis ich außer Atem und lachend hinfalle, um dann zu üben, wie man auf Händen geht, und zu jodeln … Ich wäre jetzt gerne in einem Birkenwald, wo die Birken dicht an dicht stehen, so dass alles weiß aussieht, früh am Morgen, weiß, hell und blendend. Ein grauer Asphaltweg, der sich mühelos durchsetzt durch die so gespenstisch schöne Waldatmosphäre, als wäre er ein Teil der Natur, Teil der Pilze und Vogelbeerbäume …

Ich wäre jetzt gerne dort im Schnee, drei Meter hoher Schnee, rot-goldene Straßenlaternen, leuchtende Hexenhütten, verzauberte Bäume und gleißendes Sonnenlicht. Schlittenfahren …

Ich wäre jetzt so gerne auf der Lichtung, im April, wenn der Boden bedeckt ist mit blauvioletten Glockenblumen, stundenlang dazusitzen und nur die Glockenblumen und ich, dort drüben über dem Fluss eine halb zerfallene Holzbrücke, jeden Moment könnten sie kommen, die Feen und Gnome aus den vergilbten Märchenbüchern …

Ich wäre so gerne jetzt da an den Orten meiner Kindheit, die nur als flüchtige Bestandteile in mein Leben verwickelt waren und mich trotzdem nie losgelassen haben.

*

Mit Leon zu schlafen wirkt wie eine Droge auf mich. Jedes Mal mehr erweckt in mir den Durst nach einem weiteren Mal.

Ich bin süchtig geworden nach seinen Händen, seinen Armen, seiner Brust – ich bin süchtig geworden nach fast jedem Körperteil, süchtig nach seinem Geruch, seiner Stimme und seinen halbgeöffneten Augen, während er mich berührt.

Ich werde schwach, wenn ich nur in seine Nähe komme, der Moment, kurz bevor er sagt »komm mal her«, wie zu einem Kind, wie er mich dann hält, weich, aber bestimmt, wie er dann sanft sein Knie in meinen Schritt schiebt, nur ganz leicht, aber ich zerfließe, er wandert runter an meinem Körper. Jetzt bin ich Zucker, mein Gehirn ist wie weggespült, ich habe noch nicht mal Raum, darüber nachzudenken, wie ich aussehe, obwohl es doch Leon ist, Leon, dessen Exfreundinnen aussehen wie halbwegs sympathische Barbiepuppen, wenn man Sanne Glauben schenken darf, und die so viel älter und reifer sind als ich und höchstwahrscheinlich viel »besser im Bett« sind, was nicht schwer ist, ich tue ja – rein nichts.

Und dann, kurz bevor ich komme, kommt er, sein ganzer Körper zuckt, es ist schön anzuschauen, aber da sind sie wieder, die Machtverhältnisse. Wie antike Säulen im korinthischen Stil.

*

Und andere Mütter haben immer noch auch schöne Söhne.

Als ich von Pepe die Tür zur Straße aufstoße, überlege ich, in welche Richtung ich laufen soll. Links über die Ampel nach Hause oder rechts zur Hoppetosse, falls Aljoscha und Philipp noch da sein sollten. Ich bin so völlig alleine, so völlig frei in meiner Entscheidung.

Ich beschließe, noch bei den Jungs vorbeizuschauen. Es ist vier Uhr morgens, die Kälte zieht einen dünnen Film von Nass über meine Haut. Dunkle, Bier trinkende Gestalten kommen mir entgegen.

An der Hoppetosse schwappt der monotone Beat zu mir herüber. Aljoscha und Philipp kommen zu mir nach draußen, in T-Shirts. Ich zögere, die acht Euro Eintritt zu bezahlen, Philipp möchte zur Sexy Döner Party im Bagdad.

Ich sehe einen Typen, er blinzelt mir sehr deutlich zu. Die Jungs gehen rein, um ihre Jacken an der Garderobe abzuholen. Der Typ gefällt mir, gerade kippt er eine Flasche Wodka, ich setze mich auf die Steinstufen und warte. Er kommt tatsächlich zu mir, etwas schüchtern, finde ich, fragt mich, ob ich nicht mitkomme. Bietet mir an, mich reinzuschleusen.

»Wir kennen die Türsteher.«

»Ehrlich?« Er grinst breit, er grinst wie G., fällt mir auf.

»Nee.«

Vogel. Er steht in der Schlange und winkt mir dauernd zu. Ich muss da doch rein. Ich versuche, Philipp anzurufen, aber er geht nicht ran. Er ist sauer, als ich ihm erkläre, dass ich mich umentschieden habe, aber ich setze mich durch.

Drinnen ist es voll, das Publikum besteht vor allem aus Männern Mitte zwanzig, die Scheiben zum Wasser hin sind beschlagen. Der Typ sitzt am Fenster und unterhält sich mit einer Frau. Ich tue so, als bemerke ich ihn nicht. Ich tanze. Ich gebe Philipp einen Zehner, damit er mit Pascal Speed ziehen kann. Ich trinke von Robins Bier, das ist der, der letztens mit Anni und Theres geschlafen hat.

Als ich rausgehe, um frische Luft zu atmen, ärgere ich mich, dass ich ihn nicht mehr sehe. Als ob das immer mir passieren müsste, dass ich die Typen dann aus den Augen verliere.

Später. Unten renne ich ihm erneut in die Arme. Ich lächle. Er fragt mich, ob ich noch eine Weile bleibe und wo er mich finden kann. Ich weiß nicht, was ich von ihm halten soll.

Noch später. Und wenig später lehnen wir an der Reling an Deck, er beugt sich gefährlich weit nach hinten. Er ist völlig zu.

Ich frage ihn über sein Leben aus und erfahre, dass er zwanzig ist, Yoshij heißt, sein Abitur in Hamburg macht, Filme drehen will. Ich weiß nicht, was ich davon glauben soll. Er erklärt mir, dass er mehr zu den Typen gehört, die sich nur im Dunkeln nackt zeigen. Was für ein Scheiß.

Er legt seinen Arm um mich und fragt mich zum vierten Mal, was ich gleich trinken möchte. Jetzt muss ich lachen. Ich gewöhne mich langsam an seinen Humor, ich finde ihn sehr witzig, und auf eine asoziale Art charmant. Das ist schwierig, weil ich für witzige Männer sofort zerbuttere. An der Araltankstelle kaufe ich Bionade und Zigaretten, wir setzen uns auf einen Holzstamm, keine Ahnung, was dieser Holzstamm dort macht. Er sagt, er würde mich gerne küssen, aber angesichts meines Alters wäre er jetzt lieber homosexuell. Er hat mich gewonnen. Ich fahre durch seine Haare und küsse ihn im Nacken, auf die Augen, auf den Mund, berühre ihn aus Versehen am Schritt.

»Lass das«, murmelt er. Ich verstehe nicht, warum er mich nicht einfach mit nach Hause nimmt und mich vögelt.

Er sagt: »Ich würde dich echt gerne abschleppen und ein bisschen Sexytime mit dir verbringen, aber es geht nicht.«

Sexytime.

Auf dem Rückweg küsst er mich auf meine Bitte nur noch einmal und ist fortan homosexuell, wie er sagt. Er fragt mich, ob ich zufällig Pillen habe, weil er jetzt echt gerne noch eine einwerfen würde, ein paar Stunden tanzen, dann schlafen, morgen wollen seine Freunde ins Berghain.

Meine Nummer will er nicht.

*

Irgendwann einmal wird es mir gelingen, einem Typen, der sich nach einem Kuss oder so nicht mehr gemeldet hat, obwohl er es versprochen hatte, arrogant und selbstsicher zu begegnen, wenn ich ihn wiedertreffe.

Yoshij werde ich bestimmt nicht wiedersehen. Werde nicht das Gefühl haben, ich müsste mich dafür entschuldigen, dass es mich überhaupt gibt.

*

Ich bin vielleicht von Leons Körper abhängig, aber noch lange nicht von seinem Charakter. Und so wie er sich benimmt, darf ich mich ja wohl so benehmen, wie ich möchte. Ich meine, es ist vielmehr ein Ansporn, extra andere Typen aufzugabeln, als zum Beispiel jetzt zu verzichten. Wie klein würde ich mich denn dann machen. Vergiss es, Süßer.

Wenn er anruft – schön. Wenn nicht, dann nicht. Kein Grund zu weinen, Kleine. Auf so jemanden ist kein Verlass. Keine Einschränkung im Flussverlauf des Lebens bitte, weder in deinem noch in meinem. Und außerdem ist das der Deal, unausgesprochen und nichtsdestotrotz klar wie Mamas Glasschmuck.

*

Die Farbe Fuchsia. Eine übergeordnete Perspektive. Materie. Ein Gläschen Moët&Chandon. Metamorphose. Auf der Couch, die Füße miteinander verknotet, Tagesschau geguckt und Chio Chips Paprika. Dinge einer Alltäglichkeit, nach der ich greife und die ich nicht packen kann. Kurz haftet sie an mir, dann rutscht sie ab – wie eine Bananenschale oder Götterspeise oder Glibberknete. Goodbye, Goldmarie.

Wenn ich mir jemals eine Sexbeziehung gewünscht haben sollte, dann ist es allerdings wohl das, was ich jetzt habe.

*

In einer halben Stunde wird Ida 18. Wir sind zum Italiener an der Ecke gegangen. Nur wir vier, Toshij, Eva, Ida und ich.

Wir setzen uns an einen Vierertisch nahe der holzbestuckten Bar und bestellen Bier und Weißwein bei dem schnuckeligen Kellner. An den Tischen um uns herum verspeisen grauhaarige Geschäftsmänner große Pizzen mit Parmesan und Rucola und Szeneschickies aus Mitte beginnen den Abend mit einem Grappa. Aus der hinteren Ecke des Restaurants, dort wo das Licht schummriger ist und die barocke dunkelgrau-fast-schwarze Tapete einen beinahe bedrohlichen Charme ausstrahlt, vermischt sich das Gelächter einer großen Gruppe Menschen mittleren Alters mit den leisen Klängen der Billie-Holiday-Jazzplatten.

Noch zwanzig Minuten. Normaler wäre es wahrscheinlich, wenn wir eine große Party organisiert hätten, aber das haben wir schon mit 16 gemacht; oder wenigstens in einen Club gehen würden, mit vielen Leuten, schließlich wird man nur einmal 18, aber das machen wir halt jedes Wochenende sowieso.

Ich habe ja dafür plädiert, dass wir so eine Art Kindergeburtstag durchziehen, mit Hubba Bubba und Süßigkeitentüten zum Nachhausenehmen nach der Party, Topfschlagen, Eierlaufen, Sackhüpfen und Brezelnschnappen. Endstylisch. Aber die Energie für den ganzen erforderlichen Aufwand konnten wir blöderweise nicht aufbringen.

Fünf vor zwölf. Ich hole die Sektflasche aus meiner Tasche und wir gehen vor die Tür. Es ist eisig kalt. Zwei Minuten zu früh öffnet Toshij aus Versehen den Sekt und weißer perlender Schaum ergießt sich über ihre Hände.

»Na toll«, sagt Ida lachend.

Und dann zählen wir die Sekunden bis zur großen Stunde und dann springen wir im Kreis, fallen uns um den Hals und knutschen Ida ab, bis jeder letzte Idiot gemerkt haben muss, dass wir verrückt sind.

Ida weint, wegen Florian, und dann lacht sie wieder. Wir trinken einen Weißwein nach dem anderen und lästern und weinen und lachen, bis Ida schlecht ist und sie nach Hause gehen muss.

Und wir drei trinken weiter, bis Toshij und Eva zwischen den Stühlen tanzen und ich ihnen für fünf getanzte Lieder verspreche, ihre Fahrt nach Zürich in den Herbstferien zu bezahlen.

Der Besitzer mit dem italienischen Akzent, dessen Augen schon gefährlich rot umrandet aussehen, gibt uns Prosecco aus, und als wir um zwei aufbrechen, glücklich und betrunken, bekommen wir noch Ramazotti, den wir in einem Zug austrinken.

*

Warum kann es nicht einmal wie im Film sein? Ich bin zu romantisch in der Hinsicht, wahrscheinlich. Florian nach Berlin kommen lassen, Ida mit verbundenen Augen zum Bahnhof fahren und ihr dann nichts als die Gleisnummer zuflüstern. Happy Birthday, mein Spatzerl. In der Realität passieren diese Dinge nicht. Oder viel zu selten.

Florian hat am Telefon gesagt, er hätte keine Zeit. Und das war's dann. Und Ida war sehr gerührt, als wir es ihr erzählt haben, und natürlich am Boden zerstört. Manchmal kann man sich nicht vorstellen, was schwerer sein sollte, als jung zu sein.

*

Moldy Peaches. Ein Keller, irgendwo Jannowitzbrücke. Die Wände sind mit Bravopostern und Glitzerfolie dekoriert.

Viele zwanzigjährige Menschen in gewollt hässlichen Klamotten, die Gesichter verziert mit aufgemalten Schnurrbärten. Ida,

Aljoscha, Philipp und Holger und ein, zwei flüchtige Bekanntschaften und ich, wir tanzen zwischen fremden Körpern; unsere Köpfe stoßen fast an die Decke, so niedrig ist der Raum.

Wir klauen Jägermeister an der Bar und bemalen uns mit der Schminke, die im Flur bereitsteht. Basti, gut aussehend, kurze Rastas, Typ Neuseeland-Work-and-Travel, spricht mich an.

Ein kleiner Dunkelhaariger, der Ähnlichkeiten mit Julian aufweist, zieht mich mehr an. Er schaut mich dauernd an, nur einmal fragt er, ob wir schon gehen. Schüchtern oder betrunken oder merkwürdig. Nichts kann ich einschätzen an diesem Abend.

Nachdem Ida für eine Weile mit einem hübschen Blonden verschwunden und nun Liebeskummer-rückfällig geworden ist und jemand Aljoscha wegen seines Kleidungsstils blöd angemacht hat, obwohl er bestimmt nicht der einzige Schwule hier ist, sind die anderen in Aufbruchstimmung.

Ich werde ihn nicht wiedersehen. Mein Leben in die Hand nehmen, ist die Devise. Also kritzle ich auf die Zigarettenpackungsfolie der ausgerauchten Gauloises meine Nummer und drücke sie dem unbekannten Schönling in die Hand.

Eine halbe Stunde später, in der S-Bahn, bekomme ich eine SMS.

»Du bist schön, sehr schön. Aber was sollte das?«

Am nächsten Tag schreibe ich ihm zurück. Ob wir uns mal treffen wollen, nichts Besonderes schreibe ich, es soll unverbindlich und möglichst belanglos klingen. Trotzdem antwortet er mir nicht mehr. Vielleicht hat er eine Freundin. Hoffentlich. Wenn man hinfällt, muss man halt doppelt aufstehen, heißt die Devise.

20

Ida und ich wirbeln unsere Schultaschen durch die Luft, schwingen uns lachend auf unsere Fahrräder und fahren mit Tüchern im Haar, die im Wind flattern, in die Herbstferien hinein. Endlich.

Zahnbürste, Gesichtscreme, Röcke und Hosen und Tanktops und Bikini für alle Fälle in die Wanderrucksäcke geworfen, Mama und Papa einen Abschiedskuss gegeben, zum Ostbahnhof gestolpert und mit dem Länderticket an die Nordsee gedüst.

Cola und getrocknete Aprikosen, die Füße auf den gegenüberliegenden Sitzen, Ich-sehe-was-was-du-nicht-siehst und Reisehalma spielen.

Sylt ruft nach uns und empfängt uns mit offenen Armen. Die salzige Luft und B-Prominenz in den Restaurants, aus denen es fischig riecht. Aufatmen, Wettrennen bis zum Campingplatz, strahlende Gesichter und alle schauen uns an und kommen gar nicht daran vorbei zu sehen, wie froh wir sind. Zelt aufgebaut und wieder losgerannt, euphorisch wie lange nicht, Naturfreunde in Sekundenschnelle.

Der weiche Sand der Dünen kitzelt meine Fußsohlen. Die Luft ist weiß. Ida pfeift. Drüben am Strand spielen Familien Ballspiele und Ehepaare spazieren barfuß am Wasser entlang. Es ist windig, aber noch ist der Sommer nicht ganz abgekühlt, ein letzter Hauch Sonne vor den grau an grau gereihten Tagen der nahen Zukunft. Scheiß drauf.

Wir leben schließlich *jetzt*. Und die 365 Tage kostbare 17-Jährigkeit darf nicht verschwendet werden. Vor allem nicht jetzt.

*

Der Strand ist menschenleer, bis auf die Surfer und ein paar Spaziergänger, die in wetterfesten Jacken und barfuß durch den kühlen, feuchten Sand stapfen. Die blaugrünen Wellen peitschen sich auf im Wind und bilden weiße Schaumkronen, Hunderte zartwütende Kunstwerke der Vergänglichkeit.

Ab und an pfeifen uns Jungs anerkennend nach, auf ihren nackten Oberkörpern perlt in winzigen Tropfen das Meer herunter, während sie ihre Surfbretter lässig unter den Arm geklemmt haben. Komisch, in Deutschland ist das doch gar nicht Brauch. Nicht so wie in Spanien zum Beispiel, wo man sich vor lauter Hupen gar nicht unterhalten kann, wenn man die Hauptstraße runterläuft; alles, was es dazu braucht, sind ein paar Merkmale der Weiblichkeit, sogar wenn man eine Hackfresse hat.

Idas Haare schmiegen sich in blonden Strähnen spielend um ihr Gesicht, als sie ihnen zulacht und dabei ihren Kopf in den Nacken wirft. Ich laufe den Strand hinunter, dort, wo das Wasser die gestrigen Sandburgen schon hinwegspült, und zeichne mit meiner großen Zehe ein Herz in den Sand.

»Entschuldigung«, erschrickt mich eine Stimme, die sehr rau ist und spröde. »Could you maybe take a photo?« Der Typ streckt mir seine Hand entgegen, in der er die Kamera hält, und entblößt dabei eine winzige Zahnlücke zwischen Eck- und Schneidezahn. Bevor ich mich besinnen kann, nickt Ida schon frech, nimmt die Kamera und dirigiert den Typen und seinen Freund in ein passendes Postkartenmotiv.

*

Wir haben sie dann wieder getroffen, an der Rezeption vom Campingplatz. Sie sehen krass gut aus.

Die Zelte auf dem Campingplatz wirken bei Nacht wie verlassen und eigenartig verspukt. Alle schlafen. Wir sitzen um einen kleinen Campingkocher mit den zwei Holländern und trinken Sekt vom Supermarkt.

Wir lachen und unterhalten uns über haufenweise belangloses Zeug. Was soll man auch schon groß sagen. Zwei Jungen, zwei Mädchen. Großes Rätsel, was passieren wird, wenn die drei Flaschen leer sind. Ich stehe auf, um die rotblaue Blumendecke aus dem Zelt zu holen. Okay, meine Sicht ist schon etwas verzerrt. Ida und ich müssen uns die Jungs noch aufteilen, denke ich, und im gleichen Moment wird mir bewusst, welch ein primitiver Gedanke das war. Hilfe-Hilfe.

Im Zelt hat sich die Wärme gestaut, ich ersticke fast hier drinnen. Der Geruch ist schön, wie früher, nur Mama, Toshij und ich und das Zelt. Das Geräusch des Reißverschlusses. Zippzipp. Antimückenspray, Sonnenmilch und glühendes Hightechplastik. Sandige Bikinioberteile und so weiter. Wo hat Ida verdammt noch mal die Decke hingetan?

*

Norman hält mich um die Hüfte, während wir den Holzweg zum Strand hinunterlaufen. Ich halte mich an Normans Armen fest, während er mich durch die Dünen schleift, die in der Dunkelheit aussehen wie milchige, vom Meer rund gespülte Glasscherben. Mir ist ziemlich kotzübel. Ob Norman wohl versuchen würde, mich zu vergewaltigen? Eigentlich glaube ich nicht, dass er der Typ dazu ist, zu schüchtern.

Wenn ich die Augen schließe, dreht sich die Welt. Das ist ein fortgeschrittenes Warnsignal, aber ich ignoriere es.

Ich muss gestolpert sein, denn Norman sagt irgendwas auf Holländisch und setzt sich dann behutsam mit mir hin, er im Schneidersitz und ich auf seinem Schoß.

Ich fühle Normans Hände unter mein Sweatshirt gleiten. Es wäre schön – wenn ich nicht so verdammt unschön drauf wäre. Nichtsdestotrotz drehe ich meinen Kopf zu ihm und küsse ihn auf den Mund. In meinem Gehirn eine Horrorfahrt auf der Achterbahn, schrillbunte Farben, schneller und schneller, dröhnende Übelkeit. Schnell ziehe ich meinen Kopf wieder zurück, bevor die Sache böse enden kann. Ich fühle mich grad wie ein ausgedrücktes Teenetz.

Scheiße, was mache ich jetzt? Und außerdem, warum sind wir überhaupt hier? Dunkel steigen halbe Sätze in mein Bewusstsein, spazieren gehen, frische Luft schnappen, bis gleich, komm, komm, Raquel. Dunkel die Bilder von Ida und Benedikt, Finger an Reißverschlüssen und Kapuzenschnüren und Armen und Bauch und Busen.

Liebesspiele – kombiniere ich, während ich nichts mehr denke außer an morgen und an eine Dusche und an ein richtiges Bett.

Norman fummelt an mir rum, sehr dezent und höflich, es stört mich nicht besonders, weil ich mehr tot als lebendig bin, und eigentlich ist es ganz angenehm. Ich empfinde sogar fast ein schlechtes Gewissen, dass ich mich so übernommen habe und ihm jetzt den schönen Abend verderbe.

Die sanfte Wölbung der Düne schmiegt sich an meinen Körper, es ist etwas herbstlich, nein, es ist verfickt kalt, aber trotzdem gemütlich; ich lasse mich mit dem Rücken auf den trockenen Sand fallen, beobachte mit halbgeöffneten Augen die tanzenden Sterne, und bevor ich es überhaupt aussprechen kann, bin ich schon eingeschlafen.

*

Um halb sechs in der Früh wache ich auf, es ist gerade noch dunkel. Neben mir liegt Norman und atmet gleichmäßig.

Schlafen kann er immerhin. Und das wahnsinnig verwirrend wunderschön. Ich glaube, er ist der schönste Schläfer, dem ich je zugesehen habe. Er liegt ganz still, die Haare fallen ihm ins Gesicht – und er ist schön, nichts weiter. So ganz anders als beim Wachen irgendwie. Er atmet gleichmäßig und bedächtig, als habe jemand anderes seinen Atem unter Kontrolle. Fast wünsche ich, er würde gar nicht mehr aufwachen, so schön kann er schlafen. Sein Körper hebt sich leicht mit jedem Atemzug, seine Hände liegen locker neben ihm, die Decke bis unter die Arme um sich geschlungen. Er muss die Decke vom Campingplatz geholt haben, nachdem ich eingeschlafen bin. Wie süß. Ich würde auch gerne wieder schlafen, meinem traurigen Körper Ruhe gönnen, mich dem Unterbewussten hingeben und vergessen, wie es ist, wach zu sein und dem schönen Schlafenden zuzusehen.

Alles ist ruhig und wie taub. Kein Ton schallt in diese Einöde. Eine Steppe zwischen mir und dem Schlaf. Er ist der Glückliche, dem sich der Schlaf gezeigt hat, mir bleibt er fern, hat mich verstoßen.

*

Mädelsabend – zurück in Treptower Eigentumswohnungen. Mittlerweile haben wir eine halbe Flasche Wodka und vier Jägermeister geschafft, während wir über – was sonst – Männer geredet haben.

Es ist ja wirklich schon sehr typisch: Kaum sind drei oder vier Mädchen auf einem Haufen, umfassen die Themen wenig anderes als Männer, andere Mädchen und vielleicht noch Essstörungen.

Es ist wahnsinnig heiß in diesem Raum. Wir tanzen auf dem Tisch und spülen noch mehr Wodka mit Pfirsichsaft runter, ziehen unsere T-Shirts aus und setzen Sonnenbrillen auf, machen pornoröse Fotos und rauchen im Badezimmer bei geöffnetem Fenster.

Sechs junge Dinger, Inbegriffe der Jugend, vereint in einem Raum an einem Abend in hundert Augenblicken. Wenn alles zusammenkommt an Tratsch und Liebeskummer und Glück und kleinen bis großen Problemen, ist es am nächsten Morgen nicht mehr so schlimm zu wissen, dass du allein bist.

21

»Kral« heißt der Club, in dem Raban heute auflegt, die Wände in Leuchtfarbe, mit Kometen bemalt und Meteoriten aus Pappmaché, eine zickige Barfrau und eine rutschende Tanzfläche. Die Frau an der Garderobe löst gerade ein Kreuzworträtsel, das über eine ganze Doppelseite des Bild-für-die-Frau-Magazins gedruckt ist. Türkisch aussehende, in Paillettentops gekleidete Mädchen lassen ihre Hüften kreisen; weiße spitze Stiefel aus der letzten Saison, blonde Strähnchen mit Rotstich, katzige Kajalaugen.

Starker Kontrast zu der mit kreativer Kunstenergie aufgepumpten Theatershow im Tacheles, von der wir gerade unseren Weg hierher gefunden haben.

Und dann kann ich mir gar nicht anders helfen, als zu denken, dass man ja doch sein Leben in die Hand nehmen kann, dass man zumindest mit unserer Lebensqualität und Herkunft und all dem Pipapo verantwortlich ist für sein Tun und Schaffen.

Auch wenn man im Wedding wohnt.

Also, ich weiß nicht. Aber ist es nicht so, dass, wenn man nichts tut, auch nichts passiert, zumindest selten.

Glückskinder vielleicht.

Obwohl, hätte ich alles in den Arsch geschoben bekommen, gut möglich, ich wäre nie kreativ geworden, hätte nie probiert, was ich mag.

*

Leon gräbt sich tiefer in mich hinein. Er erinnert mich an den Typ Mann, der einsam sein Eis isst, die Großstadt an sich vorbeilaufen lässt und dabei in Gedanken versunken glücklich wird.

Ich muss sehr aufpassen, mich nicht in ihn zu verlieben. Ich verwechsele sie zu leicht, die Liebe mit der Freundschaft mit der sexuellen Anziehung.

Leon trägt mich auf Händen, wenn es ihm gefällt, und lässt mich im nächsten Moment fallen. Tropfen auf heißen Steinen, geht es mir durch den Kopf, dieses Stück von Fassbinder, von dem Beatrice zur Zeit immer redet.

Sein Atem zieht über mich hinweg wie Nebel. Ich bin so nebelig und gleichzeitig so klar, so sachlich.

Ich spüre förmlich, wie mein Herz «ritsch» macht, einmal in der Mitte durchgerissen, bemühe mich hilflos, es wieder zu flicken, soll ich ihn wegstoßen von mir? Muss ich mich vielleicht lösen von ihm, um es zu retten, mein Herz?

Ach, hab dich nicht so, Raquel, du bist doch die Provokateurin.

Irgendwas schreit in mir nein, falsch, alles schreit nein. Furchtbar, nicht zu schreien, wenn irgendwo da, wo die Brust ist, sich ein Knoten zusammenzieht. Den kriegt man nie wieder weg, denkt man in dem Moment. Raquel, du weinst ja gleich. Heulmadame.

Leon stöhnt leise auf, viele winzige Schweißperlen auf seiner Stirn, er kommt, entfernt sich von mir, schläft ein.

*

Gelächter aus der Küche. Ich suche noch nach einer Tischdecke. Ida hat gesagt, sie ist gleich hier, im Schrank. Der Geruch von dampfenden Spaghetti und frischer Tomatensoße, mit Kapern und Basilikum und Aubergine und Pilzen und Knoblauch. Ida schmeißt eigentlich alles rein, was sie finden kann. Panna cotta zum Dessert, kalt zitternd im Kühlschrank, heiße Waldbeerensoße. We love cooking! Cidre und Rotwein und Flaschenbier.

Wie Erwachsene es tun, sind wir ja auch zur Hälfte – Erwachsene, meine ich.

Zehn Leute um einen Tisch für vier. Weiße Kerzen in antiken Goldkerzenständern mit Drachenmuster. Kochabende sind was Tolles, nicht wahr, sagt Eva im Reinkommen und hilft mir, die blöde Tischdecke zu suchen. Hab sie, sagt sie und lächelt. Sie sieht sehr bezaubernd aus, ein Tuch im Haar und Glitzer um die Augen und rosenholzfarbenen Lippenstift.

*

Der entscheidende Augenblick entsteht erst, als er alle Argumente schon gesagt hat, die er sagen konnte. Ich zwinge Neil, mir in die Augen zu schauen, und er sagt: »Du hast gewonnen.«

Glorreich fühle ich mich nicht, aber wichtig ist es doch, dass er sich zu mir runterbeugt und mich küsst, weil ich ihm sonst nie wieder in die Augen sehen könnte, das ist übertrieben – okay.

Aber dann bleibt er hartnäckig, lässt mich und damit auch die Tatsache, dass ich nur aus Liebeskummer Liebe brauche, stehen, aber das gebe ich ja zu. Und das rettet meine Ehre, bitte.

Ich fahre noch zu der Eröffnung von dem Club, dessen Namen ich vergessen habe, um mich von Holger und den anderen zu verabschieden, mit denen wir vor langer Zeit den Abend angefangen haben. Ich versuche Neil ein letztes Mal zu küssen, aber er wendet sein Gesicht ab.

Der Club ist voll, rauchig, Rauschstimmung liegt in der Luft.

Ich bin so betrunken, dass ich schon fast wieder zu locker bin, flirte, trinke, unterhalte mich mit schwulen Spaniern und Barmännern, lege meinen Kopf in den Nacken und lache.

Ich lerne Zac kennen, ich spüre den Alkohol nur, wenn wir da zusammen auf der Holzbank im Raum vor den Toiletten liegen, dann dreht sich mein Kopf wie ein Kettenkarussell.

Er ist sehr süß, sein Deutsch hat einen leichten australischen Akzent. Er verkauft Brezeln in der Columbiahalle, küsst schön, ist klein und schmal und stylisch und versucht, als DJ in Berlin Fuß zu fassen. Lächelt viel. Ich mag ihn, aber der Mojito wirbelt in meinem Kopf, also wirble ich – spüre Hände an meinem Arsch, schwanke im Garderobenraum, werfe dem DJ eine Kusshand zu, ziehe an fremden Zigaretten, weise alte einsame Männer ab, die sich in der Hoffnung auf ein letztes bisschen Liebe hierher verlaufen haben. Eigentlich – wie ich.

*

Dass ich ihn derart bedränge, nur damit er mich küsst, obwohl ich weiß, dass er nicht interessiert ist und ich eigentlich doch in zehn andere Männer eher verliebt bin, das zeugt schon von relativ starker Hilflosigkeit, oder?

Da entschuldigt auch der Alkohol nichts oder aber die Tatsache, dass er mich im Endeffekt geküsst hat. Danach hätte ich aufhören müssen. Definitiv.

Während ich das denke, bewegt sich mein Magen auf gefährlichem Terrain.

Durch die Balkontür weht kühler November ins Zimmer, das Federbett liegt auf mir wie eine schwere Glocke. Ich konnte wahrscheinlich einfach nicht einsehen, dass ich ihn überhaupt nicht interessiert habe oder dass er mich nicht zumindest für etwas Spaß haben wollte, ja Spaß, Ablenkung, keine Ahnung was. Mehr wollte ich nicht, nicht wirklich, und er wollte nur an das Mädchen mit den Ohrringen denken, das er nicht mehr kennenlernen konnte wegen mir. Geh nach Hause, Neil.

Komisch wird es Sonntag bei den Proben bestimmt trotzdem nicht. Hoffentlich. Wir mögen uns ja, außerdem hat er es mir ja schon einmal verziehen.

Aber wer verzeiht hier wem und warum und was eigentlich?

*

Ida sitzt auf dem Sofa und lackiert sich die Zehennägel. Wir überlegen, was wir heute machen wollen. Entweder wir gehen ins Cookies oder auf eine Privatparty in Friedrichshain, die aber scheiße sein soll. Wir haben beide nicht so wahnsinnigen Elan, richtig tanzen zu gehen und dann nur so völlig bedröhnte und alltagsuntaugliche Leute kennenzulernen.

*

Paradoxie – unbändig. Definitive Drogenüberdosis. Ida und ich sitzen schon mindestens zehn Minuten auf dieser Couch und lachen. Auch wenn ich mich zwingen würde, ich könnte nicht aufhören. Am Anfang ist dieses Kiffgekicher vielleicht noch schön, aber dann wird es nur noch zwanghaft, ich lache zwanghaft, während ich mich zwinge … ach egal.

Madita und ein paar ihrer Freunde, sitzen um uns herum, unterhalten sich wie normale Menschen, zu denen Ida und ich momentan ganz offensichtlich nicht gehören, und werfen uns ab und an einen verächtlichen Blick zu. Wahrscheinlich mit der Vorstellung im Kopf, wir lachen sie aus, denkste. Wir lachen gezwungenermaßen.

Nach weiteren fünf Minuten verdunkelt sich meine Sicht, ich meine nicht die Schummrigkeit, die sich bei ein paar Gläsern Wein und einem Zug vom Joint einstellt. Die Sicht verdunkelt sich wirklich, ich sehe keine Gesichter mehr, nur unser Lachen höre ich lautstark und in der Ferne den Beat eines Liedes. Jetzt ist es langsam wirklich nicht mehr lustig, langsam ist alles nur schwarz, schwarz wie mein neuer Pulli von »nümpf«, schwarz, schwarz, schwarz.

»Ida«, sage ich immer noch lachend. »Mir ist schlecht.«

»Oh nein, ernsthaft?«, antwortet sie besorgt und prustet im selben Moment schon wieder los. Ich stehe auf, zittrig und unsicher, und bahne mir einen Weg in die Richtung, in der ich die Damentoilette vermute. Ich brauche sofort eine Toilette! Ich registriere keine Blicke, keine Gesichter, nur noch verdunkelte Bewegungen, ich muss so hässlich aussehen, aber sogar das ist jetzt egal. Überleben ist alles ...

Ida soll kommen. Ich stehe alleine in einer dunklen Ecke und warte auf sie. Ich sterbe. Es fühlt sich an wie mindestens eine Stunde, bis Ida mir ein Glas in die Hand drückt und mich beschwört, es zu trinken. Das Wasser schmeckt flockig und rau. Da muss was drin sein, irgendwie so was wie Aspirin. Oder sonst was für Drogen. Niemals klares Leitungswasser. Ist es aber, sagt Ida und zwingt mir noch einen Schluck in den Rachen.

Ich sitze auf der Bordsteinkante draußen, in meinem Rücken das Cookies. Hätte ich einen Wunsch frei, ich würde auf der Straße übernachten wollen. Was Gemütlicheres als die Straße kann ich mir einfach nicht vorstellen. Schlafen, schwarz, einfach nur schlafen.

»Süße«, sagt eine Stimme neben mir, eine Männerstimme, »komm, steh auf, du gehst jetzt nach Hause.«

Die Stimme gehört einem Freund von Madita und neben ihm steht Madita und redet beschwichtigend auf mich ein. Ich höre nichts als das Grinsen auf ihrem Gesicht, und als Zeichen dafür, dass ich verstanden habe, grinse ich auch. Aber wo ist Ida?

Madita bugsiert mich ins Taxi. Plötzlich taucht Ida neben mir auf, sie setzt sich mit mir auf die Rückbank und ich lege meinen Kopf auf ihren Schoß.

*

Ein turtelndes Paar wie dahingegossen, im Gras zwischen Stadtlandschaften, sein Rücken in ihren Armen und eng gehaltene Bewegungen. Und ich purer Neid.

Wenn es irgendwo so etwas wie einen Gott gibt, meint er nicht, dass es langsam mal wieder Zeit wird, mir eine Liebesgeschichte zu schenken, die nicht auch tragisch und nichtssagend im Sand verläuft?

Neben den ganzen wichtigen Sachen, die es zu erledigen gibt, kann es doch nicht so schwer sein, ein kleines Mädchen noch glücklicher zu machen, als es sowieso schon ist.

Ich weiß, ich bin noch jung, aber ich bin nun mal ungeduldig. Wer weiß, vielleicht geht die Welt morgen unter, weil Gott keine Lust mehr hat – und dann soll ich nie die Liebe als solches erlebt haben? Also die Liebe meine ich, die größte Form der Liebe.

*

Blinkende Lichter. Austernschokolade. Nilpferde. Rhabarberkuchen mit Eischnee. Schokogoldtaler. Lionqueen. Magnolie, Frangipani, Zierkirschen. Zierkirschen mit rosa fransigen Blüten, fein gelben Pollen wie Perlen, Partikel, goldbronzene grünliche Blätter, wie Herbst. Blumenwald. Geringschätzung. Skurril und Charaktere.

Sie sehnte sich nach einem // der sich mit ihr verband // doch hielt sie es mit keinem // bis auch der Mond hoch oben stand.

Es ist ein Spiel von schmutzigen Straßen mit blühenden Apfelbäumen.

Ich glaube, die haben was.

*

Nervös knete ich meine Hände. Sobald ich sie ruhig halte, fangen sie an zu zittern. Das sieht nicht schön aus. Nicht stark und selbstbewusst genug, und stark und selbstbewusst will ich wirken. Nichts kann mich angreifen. Ich gebe nicht auf. Jeder Fall wird mit Aufstehen beantwortet. So weit bin ich schon.

Jedes Mal, wenn ich aufgeben will, weg von dem ganzen Castingscheiß, weg von der Oberflächlichkeit, in die ich noch nicht mal richtig reinpasse, vom Typ schon her meine ich, dann plötzlich kommt irgendetwas, überraschenderweise. Aber das sagte ich ja bereits. Deswegen werde ich auch diesmal meinen Text aufsagen, so zuckersüß lächeln, wie ich es in dem angespannten Zustand nur schaffe.

Ich weiß genau, dass ich mich auch diesmal ärgern werde, dass es mir nicht gelungen ist, alles zu geben. Alle Energie, alles Einfühlungsvermögen, was ich für diese flache Rolle aufbringen kann. Das gelingt mir nie. Trotzdem kommt ab und zu etwas. Trotzdem habe ich es schon irgendwohin gebracht. Nur durch meinen tollen Willen, yeah. Mir ist kalt. Meine Hände auch, und feucht sind meine Hände, kalt und glibschig.

Claudia Michelsen musste mich einmal bei einem Casting bei der Hand nehmen. Danach hat sie ihre an ihrem schönen Kleid abgewischt. Das habe ich genau gesehen. Ich stand ja drüber, schießlich kann ich zu meiner Nervosität stehen, auch selbstbewusste Frauen sind manchmal nervös.

Die blonde Assistentin kommt lächelnd in den Raum hinein.

»Raquel?«, sagt sie und schaut mich mit einem aufgesetzten Grinsen an.

Sie führt mich in einen hell beleuchteten Raum, der ganz weiß ist, nur an der hintersten Wand ist ein schwarzer Vorhang aufgezogen.

*

Normalerweise bin ich bei Studentenfilmcastings weniger aufgeregt als sonst. Das liegt wahrscheinlich daran, dass alle so entspannt sind und sich Zeit füreinander nehmen; hach, das hört sich schön an. Ich kann mir nicht erklären, warum das heute anders war.

Der Regisseur hat mir dann auch gleich gesagt, dass er sich mich für die Hauptrolle in diesem Diplomfilm nicht vorstellen könne, aber eventuell sei ich für eine kleinere Rolle interessant. Immerhin.

Ich würde sehr gerne mitmachen, mit Studenten statt verspießten Produktionsfirmen, das wäre das erste Mal, jedenfalls, abwarten. Bleibt mir ja nichts anderes übrig. Genau deswegen will ich nicht Schauspielerin werden. Dieses ganze Abwarten. Leck mich doch am Arsch.

Winter

Ruhig, ruhig, der Abend ist viel länger, als du glaubst. An wie vielen Tagen würde ich mich liebend gerne in mein Bett verkriechen, unter den hellblauen Schleier von Himmelbett, zwischen die vier Kissen mit Seidenbezügen, in die Daunendecke, deren Bezug ausgeblichen ist vor schon so langer Zeit, die Blumen- und Feenmuster aus Kindertagen nur noch pastellige Märchenschattenträume.

Decke übern Kopf, Gehirn weg, Beine ausgestreckt. Liegen bleiben. Für immer oder so lange, bis ich wieder Energie habe für das Leben. Die guten Sachen erst mal.

Nee, erst mal doch liegen bleiben, genau das.

Vielleicht ist das eine äußerst starke Abschwächung von Selbstmordgedanken, Vorstufe oder so. Viel gesünder allerdings als Selbstmordgedanken. Die habe ich ja nicht, bloß nicht, schon bei dem Gedanken kriege ich Zuckungen in der linken Hüfte.

Jedenfalls habe ich grad so eine Vorstufenlaune. Gleich ist irgendwas. Ich will nicht. Nicht aufstehen. In mein Bett. Liegen bleiben.

Wie mutig wir doch alle sind, jeden Tag rauszugehen, uns aufs Neue den Gefahren des Alltags zu stellen, unglückliche Momente zu akzeptieren, über gute Sachen zu lächeln; dabei könnte man einfach liegen bleiben. Schön.

Ida und ich haben uns das zum Lebensmotto gemacht: Die große Liebe findet man nicht im Wohnzimmer. Klappt trotzdem nicht mit den Typen. Immer wieder aufstehen, nicht wahr; es ist zum Kotzen.

*

Das war nicht meine Idee, dass ich jetzt tanze und Stefan dicht hinter mir; ab und an streifen sich unsere Hände oder er streift meine Hände, Arme, Schultern, ich bin doch viel zu stolz.

Wenn er wirklich keinen Gedanken daran verschwenden sollte, wie es wäre, mich zu küssen, bin ich ein lila Schaf.

Wir haben uns das Bier und zwei Gin-Tonic geteilt. Seine Freunde tanzen neben uns, was müssen die eigentlich denken. Wahrscheinlich, dass ich ihn anmache, und um diesen Gedankengang zu unterstützen, wirft er ihnen ab und zu bedeutende Blicke zu. Kann ja sein, ich seh sein Gesicht nicht.

Außer Aljoscha und Howdidouuu sind alle weg, meene Atzen! Ich laufe Richtung Ausgang und Stefan kommt mir hinterher, okay, vielleicht ziehe ich ein ganz kleines bisschen an seiner Hand.

*

Klar schäme ich mich irgendwie, tut man doch immer für solch blöde Aktionen, bei deren Ende der Typ nur noch genervt war. Aber was wäre, wenn.

Hätte er nicht so mit mir getanzt, mich so berührt und mir solche Dinge ins Ohr geflüstert, dann, schwöre ich, wäre es mir nie im Leben eingefallen, ihn zu bedrängen, er hat doch seine Freundin – und sie ist sehr hübsch. So modelhübsch.

Aber seine Unentschlossenheit hat mich provoziert, das gute Aussehen, die Arroganz, alles musste mir etwas beweisen. Ich finde, den Umständen entsprechend habe ich es auf gar nicht so schlechte Art weit gebracht, vielleicht ist das gut.

Bald werde ich berüchtigt sein für die unbezähmbare Beharrlichkeit, die ich bei Männen im angetrunkenen Zustand an den Tag legen kann. Jungs, die so eine Nummer mit mir abziehen, sind amüsanterweise immer gleich: aufgrund ihrer Beliebtheit bei Mädchen sehr arrogant, aber leider wahnsinnig uncool, und das ist jetzt keine Projektion, ehrlich. Tatsache.

Haha! Jetzt habe ich schon zwei Typen wahnsinnig bedrängt und genervt. Ich glaube, ich sollte Strichlisten machen, irgendwie kann man darüber ja auch lachen.

Ich laufe in Schlangenlinien durch den Park, der Morgen taucht die vermüllten Grünflächen in goldgelbes Licht, eine Joggerin im rosa Anorak läuft die fünfte Runde um die Kuhle, ein Hund bellt, die Vögel zwitschern. Oft habe ich das Gefühl, die Vögel zwitschern mein ganzes Leben lang, egal zu welcher Jahres- und Tageszeit – das ist wie Frühling immerzu.

Ich mache Fotos mit meinem Handy, um den Frühling immerzu festzuhalten.

*

Wenn ich ein Mann wäre, würde ich so lässig sein, so wahnsinnig lässig. Ich glaube, ich wäre ein guter Mann. Zumindest, was Mädchen betrifft. Hat doch auch jeder eine männliche und eine weibliche Seite, unterschiedlich stark ausgeprägt. Oder? Ich finde mich manchmal selbst sehr männlich …

Dinge, die ich tun würde, wenn ich einen Tag lang ein Mann sein könnte: Natürlich auf jeden Fall gegen einen Baum pinkeln, ohne mir danach die Hände zu waschen. Mehrere Mädchen verführen!!! (entweder so rothaarige mit Sommersprossen oder orientalisch aussehende), aber so richtig, also ich weiß ja dann, was Mädchen wollen und so.

Mir einen runterholen, um zu gucken, ob ein männlicher Orgasmus wirklich so krass ist, wie ich es mir vorstelle, und überhaupt die ganzen sexuellen Sachen aus männlicher Perspektive.

Fußballspielen, Komasaufen, den ganzen Tag Bier trinken, stylische Klamotten kaufen (ich wüsste so genau, was ich als Junge anziehen würde: stylisches T-Shirt, Kapuzenpulli, lässige Jeans, die weder zu weit noch zu eng sind, so Levis oder so, geschmackvolle Skaterschuhe – insgesamt normal, aber stilvoll, yeah …), Skateboarden lernen, surfen, sprühen, Pornoposter ins Zimmer hängen – äh, was gibt's sonst noch für Klischees?

Grimassen schneiden und dumme Sprüche raushauen. Kriminell sein, wenigstens einmal ein bisschen kriminell sein und nicht nur einen Nagellack bei Kaufhof klauen.

Singen!

Das Problem ist, dass ich gar nicht so toll sein würde, wäre ich wirklich und ernsthaft ein Typ, weder vom Äußerlichen noch von der Art. Ich hätte ein völlig weiches Babygesicht und wäre mehr von der stillen Sorte, wie diese ganzen depressiven Romanhelden, die sich immer als Außenseiter sehen und es damit auch sind: Gedichte schreiben, keine lustigen Witze machen, träumen, sensibel und romantisch und schüchtern und aahh, furchtbar. Gott sei Dank bin ich kein Typ. (Dieses Gott sei Dank ist außerdem eine schlechte Angewohnheit, weil ich gar nicht an Gott glaube, beziehungsweise ich habe mich noch nie ernsthaft mit Religion auseinandergesetzt.)

*

»Leck mich doch am Arsch, du Hurensohn, Schlampeeee!!!!«, kann einem auch nur am Hermannplatz passieren, wenn man beim Straßenüberqueren einem irren Autofahrer den Stinkefinger zeigt.

Wenn ich so ein Erlebnis habe, ärgere ich mich jedes Mal schwarz über meine fehlende Schlagfertigkeit. Ich sag dann so was wie »selber manno, ey, scheiße, leck mich doch selber am Arsch«, was natürlich total unstylisch kommt, weil ich vor allem nicht so das prächtigste Stimmorgan habe. Aber wenigstens lacht sich Toshij dann kringelig über mich und ich lache auch und das ist doch was Schönes, wenn man über sich selber lachen kann. Und außerdem hat man dann einen Running Gag, schagidischag.

Aber eigentlich bin ich vollkommen verwirrt, von letzter Nacht und von Stefan. Dünnhäutig bin ich geworden. Sag noch einmal Schlampe zu mir und ich breche in Tränen aus, auch wenn ich dir lieber in die Fresse schlagen würde. Aber dazu bin ich nicht der Typ.

22

Toshij und ich: ruinieren systematisch unseren Ruf.

Toshij ist jetzt glücklich, glaub ich, obwohl, wissen kann man das bei ihr eigentlich nie so genau. Mama und Papa sagen ungefähr dreimal die Woche, dass sie ja so wenig von sich erzählen würde. Ob sie sich denn nun Sorgen machen sollten.

Fast regelmäßig entdeckt Mama bei ihr große blaue Flecken an Beinen und Armen oder aufgeschlagene Knie, die sie dann misstrauisch beäugt, um sie eigentlich nur noch selten darauf anzusprechen. Dass sie sich schon wieder an der Tür gestoßen habe, glaubt sie ihr schon lange nicht mehr. Bei dem verstauchten Fuß und dem Brandfleck oberhalb ihrer Lippe hat sie nur noch geseufzt und das Thema auf sich beruhen lassen.

Ich glaub, das liegt schlichtweg an dem schwachen Gewebe oder so. Ich schaffe es schließlich auch nach ein paar Drinks nicht, wie misshandelt auszusehen. Toshij muss es halt immer ein bisschen übertreiben.

*

I rather live a little life, actually ... Ida sagt, sie würde sich auf jeden Fall darauf einlassen, den Schulstoff zuhause zu machen, wenn sie nicht in die Schule gehen müsste. Abi at home. Wenn wir an unserer Schulbank lehnen und unsere Köpfe immer mehr Richtung Tischplatte sinken, sitzen wir eigentlich auch nur unsere Zeit ab.

Sieben Stunden Unterricht könnte man problemlos in eine Stunde intensive Lernzeit komprimieren. Das nervt so doll. Noch ein Lied singen, obwohl niemand mitsingt, ewig lange Monologe von Lehrern anhören, zum einen Ohr rein und zum anderen wieder raus. Wann bitte brauche ich Differenzialrechnung in meinem Leben später mal? Meine Nerven liegen blank und alles, was ich mir wünsche, ist, endlich reinzupurzeln ins Leben. Vielleicht stelle ich mir das leichter vor, als es wirklich ist.

Abitur in der zehnten Klasse – da war ich zumindest noch motiviert. Mittlerweile liegt mein Notendurchschnitt bei 2,5. Abi mit 3,7 ist immer noch ein Abi, versuche ich mir zu sagen, um mich ein wenig von dem Druck zu entlasten, und weiß gleichzeitig ganz genau, dass es mich unzufrieden machen würde. Ein Jahr Horrorlernen.

Wenn manche meiner Freunde davon reden, dass sie im Abi so wahnsinnig viel gelernt hätten, bemühe ich mich, das in mein Gehirn einzutrichtern und mich auch so auf die intensive Lernzeit von Sommer bis Sommer zu freuen.

Ich könnte abgehen, aber das wäre dann nicht das Gleiche, das wäre, als hätte ich die Schule nicht richtig abgeschlossen, und da wäre viel weniger Befriedigung, wenn man das letzte Mal aus dem Schulgebäude tritt.

»Ich hätte ja, aber ich wollte nicht.« Das ist doch unglaubwürdig, anderen und mir selbst gegenüber. Motivation, erwache.

Das Leben lockt mich mit Zuckerschnecken in den Händen und ich muss meinen Kopf abwenden davon, meine Gedanken versinken lassen in Geschichtsbüchern und Vokabellisten, aber sie prallen ab und schweifen aus in verwunschene Märchenländer aus Acrylfarbe und Walzertänzen und fremden Kulturen. Zum Beispiel braucht man sich nur anzuschauen, wie schön die Spanier/Italiener im Gegensatz zu den deutschen Mannsbildern sind. Viel feiner und irgendwie markanter. Die filigranen Hände. Der honigfarbene Hautton, fernab von Weißbrotverschnitten. Das breite herzliche Lächeln. Die weichen sonnengeküssten Haare. Die durchtrainierten Körper. Der höfliche Tonfall. Die behutsamen Manieren. Es wäre ja so schön.

*

Sie sollen nicht immer so tun, als wüsste und verstände und ahnte ich nichts. Meine Naivität ist oft eine gewählte Form der Umgangsweise mit Dingen und Umständen.

Er liegt auf dem frisch bezogenen Bett seiner Eltern, blütenweiße Wäsche und draußen blütenweiß der frisch gefallene Schnee in den ersten Stunden der Morgensonne.

Früher hab ich ganz gerne die Young Miss gelesen, vor allem die ganz alten Hefte, die hat mir damals immer die Schwester von einem Typen aus meiner Klasse geschenkt. Und dann die ganzen Sextipps, obwohl ich noch nie Sex hatte.

Was für ein Arschloch. Er ist, meinte ich.

Ich würde ihm gern die Verantwortung geben, aber schließlich sind wir es ja beide, die wissen, dass es nicht hätte sein sollen. Weil wir uns morgen in der Schule und jeden anderen Tag auch sehen werden. Nicht recht wissen, was wir uns eigentlich dabei gedacht haben. Bis sich die Zeit im Sand verläuft.

*

Heute hat Mama mir gesagt, dass Oma Rosalinde gestorben ist, friedlich sei sie eingeschlafen auf ihrem Doppelbett in der

Schweiz. Somit habe ich den ersten Menschen verloren, der mir wirklich etwas bedeutet hat, und die Gefühle, die damit verbunden sind, sind ganz anders als erwartet.

Weder weine ich sehr viel, noch werde ich in der Schule schlechter. Ich fühle merkwürdigerweise nur zahlreiche Gewissensbisse, dass ich sie nicht besucht habe, und traurig bin ich darüber, dass sie noch so viel vorhatte, Oma Rosalinde, nicht über den Tod an sich.

An meiner Beerdigung möchte ich auch vom Grab aus keine schwarzen Klamotten sehen, sondern bunt bedruckte Sommerkleider und rosa Hemden für die Herren, und die Lieder, die gesungen werden, sollen fröhlich sein und hoffnungsvoll. Sie sollen das Leben feiern, das ich geführt habe.

*

Yippieh yippieh yeah, Zusage! Ich habe mich so gefreut über dieses Angebot. Jetzt sitzen wir hier in der Pampa, Bewaldung im Berliner Umland, trinken Filterkaffee aus Plastikbechern, rauchen natürlich, was sonst, eingewickelt in zehnfache Deckenschichten, um wenigstens nicht ganz so krank zu werden. Die Wochen, in denen die Welt nicht mehr funktioniert hat, nachdem Rosalinde gestorben ist, sind einem zärtlichen Gefühl von Erinnerung gewichen.

Und ich war selten so glücklich. Wie jetzt.

Auf der anderen Seite des Sees fällt die nächste Klappe, Bild 4, da bin ich nicht drin.

Es dämmert, Dunstschleier ziehen über das Wasser und verfangen sich in den knorrigen Eichenbäumen. Sind das überhaupt Eichenbäume?

Es sind zwar nur vier Tage, die ich hier bin. Aber ich umarme diese kostbaren Minuten wie einen Liebhaber, der mich für immer verlassen wird, morgen wahrscheinlich schon.

Die Regisseurin, Annika, ist wirklich nett. Sie hat sehr klare Vorstellungen von dem, was sie macht. Und irgendwie beginne ich, unbewusst erst einmal, in ihr ein Vorbild zu sehen. Einen Gegenentwurf zur Kreuzberger Szenerie.

Einen Tag lang ist ein Fotograf am Set. Er heißt Ben und sieht schon fast zu gut aus. Und so benimmt er sich, also einfach krass arrogant oder ignorant oder welche Wörter man dafür auch immer benutzen möchte.

Welche Frauen wohl solche Typen abbekommen? Werde ich irgendwann zu diesen Frauen gehören? Will ich wahrscheinlich überhaupt nicht, man hat nur das Gefühl, man müsste das wollen.

*

Annika hat mich zu einer Premiere in Mitte eingeladen, ein Diplomfilm, irgendein befreundeter Student. Ich bin viel zu früh da, weil ich gleich nach der Schule hingefahren bin, weil es sich nicht mehr gelohnt hätte, nach Hause zu fahren, jedenfalls sitze ich jetzt in einem Café und trinke Tee, Kamillentee.

Ben kommt durch die Tür (ausgerechnet Ben), sieht mich, setzt sich neben mich und stellt seine Kamera auf den Tisch. Mein Tee schwappt gefährlich nah am Tassenrand entlang.

»Hey«, sagt er.

Ich lächle ihn an, versuche, ganz cool zu sein, schließlich muss ich stolz und eigenständig und trotzdem nett wirken, damit er mich, sagen wir, respektiert.

Von Männern Mitte zwanzig möchte ich respektiert werden. Ist mir ja auch schon ein paar Mal gelungen, das in den Sand zu setzen, das mit dem Respekt, weil ich zu viel von mir gezeigt habe – scheiß Ich-mach-einen-auf-cool-und-desinteressiert-Prinzipien. Egal.

Ich versuche, ein geeignetes Thema zu finden, auf das ich ihn ansprechen kann, um die richtige Dosis Interesse-Desinteresse zu erhalten. Wie war dein Tag – nein, Wetter – nein, Studium – vielleicht, eigentlich nicht. Studium muss trotzdem erst mal reichen.

»Wie läuft dein Studium?«

Ben studiert Visuelle Kommunikation.

»Oh, ganz gut«, entgegnet er, »ich bin gerade dabei, meine Bachelor-Arbeit fertigzustellen, willste mal sehen?« Er kramt in seiner Tasche und holt eine schwarze Mappe hervor. Genial, Raquel, genau ins Schwarze getroffen. Für die Zeitspanne, die es braucht, einen Kamillentee zu trinken.

*

Keine zehn Minuten später kommt Zora angetanzt, das ist also seine Verabredung. Glückwunsch. Zora mag ich nicht so besonders gerne, sie hat bei der Maske ausgeholfen und mich immer wie ein Kleinkind behandelt, da kriege ich Zustände. Sie muss auch so um die 26 sein.

Sie ist furchtbar oberflächlich nett zu mir, das strengt mich unglaublich an, weil ich ganz genau weiß, dass sie es auch anstrengt, und ach, es ist ein unnötiger Teufelskreis, eine typische Alltagsverstrickung wahrscheinlich.

Zora setzt sich zu uns an den Tisch, obwohl ich meine, schon aus ihrer Körpersprache ihre Missgunst herauslesen zu können, darüber, dass sie sich ihr Date mit Ben jetzt mit mir teilen muss.

Ein bisschen schadenfroh bin ich.

Wäre mir eigentlich völlig gleichgültig, ob ich hier sitze oder nicht, aber dann bin ich halt jetzt mal schadenfroh, dass ich ihr den Tag versaut habe. Hab ich's doch gewusst, dass sie auf ihn steht, hat man an ihrer Körpersprache eindeutig gesehen.

Auf gar keinen Fall steht Ben auf solche Frauen! Umöglich! Der hat außerdem eine Freundin, oder nicht? Hatte vielleicht vielmehr.

Zora bestellt sich einen Kaffee, nachdem sie vergeblich versucht hat, Ben in ein anderes Café zu locken, weil es da irgendwie schöner sei oder so. Sie startet einen zweiten Versuch, nachdem sie hier nichts zu essen bekommen kann – »aber ich hab so Hunger, och bitte, Ben, lass uns doch woanders hingehen« –, mittlerweile würde ich ihr einfach gerne in die Fresse hauen, sollen sie doch gehen, ist mir verdammt egal. Hauptsache, ich bewahre meinen Stolz.

Also gucke ich penetrant weg und höre nicht zu. Ben ist aber cool, er nimmt sie nicht so ernst, weist sie höflich zurück, indem er einfach sitzen bleibt, und zeigt ihr dann seine Bachelor-Arbeit. Er ist wirklich sehr sympathisch, finde ich.

*

Nach der Vorstellung habe ich mich noch kurz mit Annika unterhalten, sie sagt, der Film wird toll werden, wenn er denn mal fertig wird, im nächsten Sommer voraussichtlich.

Ben habe ich gar nicht mehr gesehen, wir hätten zusammen Bus fahren können, er wohnt ja bei mir um die Ecke, hat er mir mal erzählt.

Ich gehe die vorderen Treppen im Bus hinunter, dort an der letzten Tür sehe ich Ben, er schaut zu mir herüber, tut so, als ob er mich nicht sieht, bestimmt sieht er mich. So unscheinbar bin ich nun auch wieder nicht, dass jemand, der mich kennt, mich übersehen könnte. Blödmann. Als wir ausgestiegen sind, gehe ich geradewegs auf ihn zu.

»So sieht man sich wieder«, sage ich und schaue ihn provozierend an.

Keine Ahnung, wie man sich besser verhalten sollte, wäre ich bloß nicht so verdammt schüchtern, aber egal, geht ja auch so.

Meine wahnsinnig mutige Aktion hat die Konsequenz, dass wir zusammen die Wiener Straße hinunterlaufen, bis wir zwangsläufig an seiner Haustür vorbeikommen, wie ich jetzt feststellen muss. Will. Kann. Er hat so eine Art, die man entweder als etwas schüchtern oder krass desinteressiert deuten könnte. Wahrscheinlich weder noch, wahrscheinlich ist er einfach nett und weiß nicht so ganz genau, wie er mit mir umgehen soll oder so.

Ich hoffe sehr, er hat damals nicht gedacht, dass ich ihn anflirte, als er Fotos gemacht hat von mir – beim Lesen, in einer Drehpause. Ben bleibt stehen, seinen Schlüssel in der Hand, und schaut mich mit einem schüchtern-desinteressiert-netten Blick an.

»Okay«, sage ich betont sicher. »Dann bis zum nächsten Mal.« Ich will ihn umarmen, dass er nicht reagiert, verunsichert mich enorm.

»Willst du noch einen Tee bei mir trinken?«

Ich bin mehr als perplex. Ben will mit mir einen Tee trinken? Sexyhexy-Ben? Natürlich nicke ich. Wie gerne ich mit ihm einen Tee trinken würde! Schon allein, wie gerne ich mit so einem Mitte-zwanzig-Typ zusammen bin, das macht mir krass Freude, wenn man das so sagen kann.

Ich versuche, nicht daran zu denken, dass eventuell vielleicht mehr passieren wird, dass in seinem Kopf irgendein anderes Motiv existieren könnte, das über das bloße Teetrinken hinausgeht. Ich finde, Teetrinken hört sich extrem verdächtig nach einem Codewort an. Komm, Schätzchen, lass uns Tee trinken.

Aber, wie gesagt, ich versuche, meine Hoffnungen in keinster Weise in eine Position zu bringen, die mich im Endeffekt enttäuschen wird. Das ist eine Eigenschaft von mir (das Adjektiv gut oder schlecht wäre eine sinnlose Selbsteinschätzung), dass ich meine Hoffnungen stets versuche, so niedrig wie möglich zu halten.

Wie beim Abitur. Und wenn's ein 3,9er Schnitt ist, es ist Abi.

Ben wohnt im vierten Stock. In einer Dreizimmerwohnung. Eindeutig zu zweit. Ich tippe auf seine Freundin, aber ich frage nicht nach, wozu auch. Die Wohnung ist trotz der drei Zimmer nicht besonders groß, aber ganz schön. Und geschmackvoll eingerichtet. Ich frage mich, ob seine Freundin auch was mit Kunst oder Design studiert.

Ben zieht seine Lacoste-Stoffschuhe aus und läuft bis zum Ende des Flurs, zur Küche. Ich folge ihm mit einem gewissen Zeitabstand, um mir so etwas wie einen Überblick verschaffen zu können. Im Flur hängen ein paar ausgewählte Fotos im A4-Format, in schlichten schwarzen Rahmen. Zwei der Zimmer liegen zur Straße hinaus, die Fenster schauen auf den Görlitzer Park und den Kinderbauernhof.

In der Küche steht Ben am Wasserkocher mit dem Rücken zur Tür. »Schwarz oder Kräuter?«, fragt er, ohne sich umzudrehen.

Ich überlege, ob die Situation merkwürdig ist. Ich glaube schon, aber vielleicht nur, weil mir das nicht so oft passiert. Es ist ja auch noch recht früh am Abend und keiner von uns beiden hat bisher Alkohol getrunken, glaube ich.

Ich überlege, ob er merkwürdig ist. Könnte schon sein, ich meine, warum hat er mich mit nach oben genommen, es gibt doch wirklich keinen Grund außer Sex. Ich kann mir beim besten Willen nicht vorstellen, was er sonst möchte. Vielleicht hat er sich von seiner Freundin getrennt oder sich zumindest gestritten, das wäre eine plausible Antwort.

Die Antwort werde ich nie erfahren, nicht in nächster Zeit, aber mein Gespür wird bestätigt. Wir tun es noch in der Küche, ich auf der Arbeitsfläche, er stehend vor mir, seine Boxershorts hängen irgendwo da unten zwischen seinen Füßen, mein rosaroter Slip liegt daneben, das heiße Wasser entlockt den Pfefferminzteebeuteln in den weißen Tassen ihr intensives Aroma.

Das Licht ist weder gedämpft noch grell, oben herum sind wir beide angezogen. Deswegen mache ich mir eigentlich keine Gedanken über meine Figur beziehungsweise fühle ich mich nicht schutzlos, wie ich mich so oft fühle, wenn ich nackt mit einem wenig vertrauten Mann schlafe. Ich kann es sogar einigermaßen genießen, trotz Unverbindlichkeit, trotz Ausnutzfaktor. Ich finde ihn in einem solchen Maß attraktiv, dass mich seine bloße Präsenz schon erregt.

Danach setzen wir uns noch auf seinen Balkon, der relativ schmal und dicht bepflanzt ist. Wir trinken ein Glas Rotwein, und durch den Park laufe ich nach Hause, zehn Minuten höchstens.

Ein paar Wochen später sehe ich ihn wieder, auf der anderen Straßenseite läuft er Hand in Hand mit einem Mädchen, das sehr leicht seine Freundin sein könnte.

*

Wenn es etwas Geileres gibt, als den Typen zu bekommen, auf den man den ganzen Abend ein Auge geworfen hat, ist es definitiv, mit den Mädels bis ans Ende der Stadt zu fahren, um auf einer Geburtstagsparty in einem Prollclub, in dem sich kein einziger Typ über 16 aufhält, abzuhotten.

Danach die Strecke Uhlandstraße bis Schlesisches Tor mit der U1, mindestens eine halbe Stunde lang die müden Beine massieren, einen Drink in der Bar um die Ecke vom Besitzer spendieren lassen und Nacktfotos auf dem Balkon bei Sonnenaufgang machen.

Das ist eine Definition von Lebendigkeit, die kein Mensch auf dieser Welt jemals so intensiv gefühlt haben kann wie wir.

*

Einmal habe ich Noa zum Geburtstag ein Strippokerkartenspiel geschenkt, mit mir als Pin-up-Model.

Wahnsinnig peinlich.

Aber auch wahnsinnig viel Arbeit. Ida und ich haben Wochen gebraucht, um einigermaßen erotische Unterwäsche zusammenzukramen; dann die Fotos und die Karten und die Fotos auf die Karten drucken und so weiter. Um ganz ehrlich zu sein: Ida hat damals genau das Gleiche für ihren Loverpoverschnover gebastelt, mit ihr als Pin-up-Model natürlich.

Zu unserem Glück hatten die beiden kaum was miteinander zu tun, also Noa und Laszlo. Das wäre noch peinlicher gewesen, aber so dumm sind wir dann auch wieder nicht, wenn ich es mir recht überlege. Noa war zu der Zeit im Krankenhaus, Pfingstferien auf der Station 29. Er hatte einen Rollerunfall gehabt und irgendwas war mit der linken Kniescheibe, soweit ich mich erinnere, vielleicht war es auch die rechte.

Jedenfalls hat er dann die Karten auf dem Beistelltischchen liegen lassen, so verplant, wie er halt ist; als ich ihn besucht hab und das Dilemma entdeckte, war es schon zu spät; die Krankenschwester, die ich von Anfang an als blöde Ziege eingestuft hatte, grinste mich dämlich an. Ich ging ihn nicht mehr besuchen, das hatte er davon. Hatte ich davon.

Ida hatte es noch einen Zacken schärfer – Laszlo (der sich nach zwei Monaten sowieso als Wichser entpuppte) brachte das Kartenspiel bei seinen Freunden in Umlauf. Ich meine, ohne Frage ist Ida ein Superhottie, aber trotzdem. Dann hat sie sich ja auch bald von ihm getrennt. Wenn sie seine Freunde heute zufällig trifft, ist sie immer noch die Pin-up-Queen.

Ich grüble wirklich intensiv darüber nach, ob ich Leon was zu Weihnachten schenken soll. Wahrscheinlich eher nicht. Aber andererseits wäre es mir unangenehm, wenn er mir was schenken sollte, verstehste, wa. Vielleicht was Kleines. Ein Mixtape eventuell, wie in den good old days.

*

Es gibt Situationen im Leben, da möchte ich am liebsten im Boden versinken. Nein, eigentlich nur weinen und zaubern können, peinlich ist es ja nicht, nur anstrengend.

Gestern zum Beispiel war ich einkaufen und sowieso angepisst, weil alles so teuer war: die eine Tüte Tomatensoße und Obst und ein paar andere Kleinigkeiten, Joghurt und so.

Da ist die Tüte gerissen, mitten auf der Kreuzung, also nicht direkt auf der Kreuzung natürlich, schon auf dem Fußweg.

Mindestens drei Minuten stand ich nur so da und habe auf die Tomatensoße, die sich über die vereiste Skalitzer Straße verbreitet hat, geschaut. Ich konnte echt nicht denken, irgendwie.

Und gerade, als ich angefangen hatte zu denken, kam diese Frau und hat mir zwei Tüten von der Tankstelle besorgt. Gott war ich froh und dankbar; den Tag gerettet hat sie mir, nicht wegen der Tüten, sondern weil sie einfach so der Beweis war für das Gute, das hört sich jetzt abgedroschen an. Aber es war wirklich so ein Gefühl.

23

Und dann ist er plötzlich wieder da. Wo ich gerade noch hoffte, mit ihm abgeschlossen zu haben.

Zuckrige Schneeflocken fallen lautlos auf sein von der Kälte gerötetes Gesicht.

»Du kannst mich doch nicht einfach so hier stehen lassen«, sagt Leon.

Ich denke daran, wie viele Stunden ich weinend am Küchentisch verbracht habe, weil er mich vergessen hatte – oder vielleicht hatte er mich noch nicht einmal vergessen, sondern mich einfach stehen gelassen, genau das.

Rache schmeckt süß, nach Liebesäpfeln und Zimtsternen und gebrannten Mandeln, deren Duft von den dicht an dicht stehenden Verkaufsständen herüberströmt.

Ich schaue ihn an, traurig und mitleidig und entschlossen zugleich, denn mein Beschluss ist gefasst und nie wieder werde ich meine Entscheidungen für ihn über Bord werfen, das verspreche ich mir so hoch und heilig, wie es eben geht.

Dann drehe ich mich um und gehe, um ihn für immer und ewig – das schwöre ich – stehen zu lassen.

»Raquel«, sagt er scharf und packt mich am Arm.

Ich reiße mich von ihm los und gebe mein Bestes, ihn sehr wütend anzufunkeln, aber er packt mich nur noch fester, jetzt an beiden Schultern, und dann küsst er mich.

*

Das war, glaube ich, gar nicht so gemeint. Glaube ich. Das habe ich doch selber gar nicht mehr wirklich mitbekommnen. Ich wollte nicht so sein, aber jetzt sitze ich ganz schön in der Scheiße. Immer wieder muss man alles gutmachen. Nie alles so lassen, wie man es eigentlich auch gemeint hat: Man muss bereuen, man muss sich nette Worte ausdenken, die versöhnen, Wunden heilen und Tränen trocknen. Eine Schokolade schenken, einen Brief mit tausend Liebeswörtern hinterlassen, einen Kuchen backen, leise hin und her schaukeln, Haare zurückstreichen, als hätte ein anderer den Schaden angerichtet. Jemanden von sich selber trösten.

Alles auf sich nehmen, obwohl es doch aus dem Inneren kam, ein Ausbruch, der nicht so gemeint war, sage ich.

*

Unfreiwillig betrete ich die Erwachsenenwelt, beobachte mich wie von außen, während mein Ich sich irgendwie verändert, selbstständig, wie meine Umwelt um mich herum auch.

Ich habe, glaube ich, nie jemanden gehasst. Ich habe so was wie Hassgefühle, wenn jemand meiner Schwester etwas zuleide tut, aber vielleicht sind das auch nur Beschützerinstinkte. Ich hasse manche meiner Lehrer, aber im Endeffekt sind sie mir nur gleichgültig. Und außerdem verfliegt bei mir das Gefühl von Hass sowieso ziemlich schnell, ich bin nicht nachtragend, nicht weil ich ein Gutmensch bin, sondern weil ich einfach vergesse, warum ich sauer war.

Ich hasse bestimmte Sachen an Menschen vielleicht. Zum Beispiel kann ich es gar nicht mit ansehen, wenn richtig fette Leute richtig fettes Essen essen. Andererseits habe ich dann sofort ein schlechtes Gewissen, weil solche grausamen Gedanken in meinem Kopf existieren.

Und dann habe ich gelernt, was Hass bedeutet.

Mama saß weinend auf dem Balkon und hat Kette geraucht. Das letzte Mal habe ich sie rauchend gesehen, als die Papa-und-Jette-Geschichte ihr Leben ein Stück zertrampelt hat. Aber Papa ist mein Papa.

Jetzt hat Martin sie betrogen. Wie ein Déjà-vu. Mama rotzt ihr Taschentuch voll. Während Toshij und ich uns bemühen, sie zu trösten, fühle ich Hass in mir aufsteigen. Es ist ein furchtbares Gefühl. Und trotz aller Paradoxie muss ich denken, dass jung sein auch so schön ist, weil man die Palette der möglichen Emotionen gerade erst erforscht.

Damit ich nicht vor Mama weine, weil ich so wütend bin, muss ich sie alleine lassen und im winterlichen Park so lange rennen, bis sämtliche Energie aus mir verschwunden ist. Am liebsten würde ich Gift in Martins nächste verlogene Piña Colada mischen. Aber leider bin ich ja schon fast erwachsen, und dann macht man das nicht mehr.

Wenn Mama und Papa nicht so gut befreundet wären, vielleicht würde ich mich aus lauter Verwirrung an Papa rächen wollen. Aber er ist Mamas einzige Stütze, die ihr wirklich hilft. Wahrscheinlich hat sie nie aufgehört, Papa zu lieben. Aber das kapiere ich erst jetzt, in diesem Moment, und ich verdränge den Gedanken, um nicht noch wütender zu werden. Keine genaue Definition, auf was die Wut gerichtet sein sollte. Nur Wut.

Und morgen Wochenende. Ich sollte zuhause bleiben und sie trösten. Aber ich kann das nicht, wenn ich den Ausblick auf eine Zigarette und ein Bier und auf laute Musik habe.

*

Henning hat mich angerufen, um zu fragen, ob wir uns treffen wollen. Er verbringt Weihnachten zuhause. So schließt sich also der Kreis, wenn auch verspätet.

Ob wir uns noch mal küssen werden? Ich denke mal schon.

Wir haben uns für Sonntag im Café verabredet, er ruft mich dann an. Ich werde einfach versuchen, nicht darauf zu warten.

*

Es ist ein Uhr, Kilian und ich sind die Einzigen bisher. Die Tanzfläche ist bis auf einen Typen mit Dreadlocks leer. Holger hat uns Stempel besorgt, drei Euro, die wir nicht zahlen mussten und die wir jetzt in ein Bier investiert haben.

Holger hilft bis zwei an der Kasse.

Wir stehen hier bestimmt schon eine Viertelstunde. Die laute Musik macht es schwer, sich vernünftig zu unterhalten. Die Wand, an der wir lehnen, ist mit schwarzweißen Postern beklebt. Darauf ist ein Babyfoto abgebildet, ein Typ aus der Klasse zwei Jahre über mir, glaube ich.

Hunderte identische weiße Babys auf schwarzem Hintergrund.

Die gegenüberliegende Wand ist mit großflächigen Graffitischriftzügen bemalt. Die bunten Lichter flackern über Kilians Gesicht. Der DJ wechselt die Platte. Immer mehr Leute kommen die Wendeltreppe hoch in den Raum.

Die Bar ist zwischen der Tanzfläche und einem anderen Raum aufgebaut, in dessen Ecke abgewrackte Sofas stehen; daneben eine Steinplatte auf Ziegelsteinen als Beistelltisch. Die Steinplatte ist eigentlich ein Spiel, Backgammon oder so. Wie auf meinem alten Schulhof. Dort standen ganz viele dieser Steinplattenspiele auf hässlichen Betonklötzen herum. Jedenfalls setzen wir uns auf diesen Beistelltisch und trinken weiter unser Bier.

Auf einem Sofa sitzt Kathi mit ein paar Mädels. Und Kilians Exfreundin ist auch dabei. Wir begrüßen uns mit Küsschen.

»Wollen wir mal nach Holger schauen?«, schreit Kilian schließlich in mein Ohr.

Ich nicke. Die Tanzfläche ist nun relativ voll. Ich kenne jedes zweite Gesicht. Gleiche Partys, gleiche Leute. Das langweilt. Wir laufen die enge Wendeltreppe hinunter. Kilian trifft jemanden und bleibt stehen. Henning kommt mir mit einem Mädchen entgegen.

»Hey«, sage ich und bin tatsächlich überrascht.

Er auch, sichtbar. »Das ist ja lustig. Hätte ich mir ja fast denken können. Ich wollte dich vorhin schon fragen, ob du auch kommst.«

Ich lache, statt zu antworten. »Wir müssen nur kurz mal nach Holger gucken, der arbeitet noch an der Kasse. Aber wir reden später noch mal, ja?«

Ich zerre Kilian von seinem Gesprächspartner weg. Wir gehen durch den großen, schummrig beleuchteten Raum, eine weitere Wendeltreppe runter. Freddie und ein paar von seinen Atzen beschmieren die Wände mit Edding. An der Kasse schlägt uns das gleißende Parkplatzneonlicht entgegen. Holger diskutiert gerade geschäftig mit einer Handvoll türkischer Prolls. Er drückt mir einen Kuss auf die Wange.

Die Schlange ist um mindestens zehn Meter geschrumpft. Nachdem wir uns eine Weile mit Holger unterhalten haben, gehen Kilian und ich zurück nach oben. Wir tanzen in unseren Winterjacken, Kilian fragt mich zum fünften Mal, ob es hier keine Garderobe gäbe.

Zwei Meter neben uns tanzen Henning und das Mädchen, mit dem er gekommen ist. Ich überlege, ob ich hingehen soll. Noch nicht jetzt vielleicht. Ich hole mir das zweite Bier. In der Sofaecke entdecke ich Anouk mit ein paar Leuten.

»Henning ist da.«

»Hä, wer?«, sagt Anouk. Ich glaube, sie hat zu viel getrunken.

»Henning! Der Kumpel von Cosima. Mann, du weißt schon.«

Sie antwortet: »Der gutaussehende große Typ da?« und zeigt zur Bar, wo sich Henning grad ein Bier bestellt. Ich nicke. Dann gehe ich zurück zur Tanzfläche.

»Ich muss noch mal zu ihm hin«, sage ich zu Kilian.

Er grinst und nickt.

»Dann geh«, sagt er.

Ich zweifle immer noch. Warum, weiß ich nicht so genau. Weil ich selber nicht weiß, was ich von ihm will. Mit ihm schlafen, um das zu Ende zu bringen, was im Sommer begonnen hat? Wir tanzen wieder bei den beiden in der Nähe. Holger kommt auf die Tanzfläche, Dienst fertig.

Ich drehe mich zu Henning, lächle, stelle mich auf die Zehenspitzen und schreie in sein Ohr: »Wollen wir uns kurz hinsetzen?«

Wir drängen uns durch den mittlerweile voll gepackten Raum zu den Sofas und quetschen uns neben ein Pärchen, das sich gerade unterhält.

»Schön, dich wiederzusehen«, sagt Henning. »Echt schön.«

Ich lächle.

Dann küssen wir uns. Er schmeckt nach dem letzten Sommer. Er erzählt mir von seinem Zivildienst in Norwegen. Ich schlage meine Beine über seine. Anouk geht vorbei und zwinkert mir zu.

Um drei kommt die Polizei. In ihren grünen, mit reflektierenden Leuchtstreifen versehenen Uniformen sehen sie aus wie Ampelmännchen. Sie schicken die Leute nach draußen, nach Hause. Menschen quetschen sich die Wendeltreppe hinunter. Auch auf der zweiten Wendeltreppe ist Stau. Wir laufen durch die neonbeleuchtete Parkgarage, riesig und leer. Beim Ausgang ist wieder Stau.

Wenn man durch die Tür nach draußen geht, muss man erst ein paar provisorisch aufeinander gestapelte Bierkästen – so etwas wie eine Treppe – hinunterklettern. Deshalb dauert es so lange, bis alle draußen sind.

Kalte, klare Winterluft. Schemenhafte Umrisse rauchender Menschen. Henning geht pissen. Ich suche Holger und Kilian. Sie sind auf dem Sprung Richtung Kreuzberg. Holger hat es besonders eilig, weg von der Polizei. Er ist schließlich erst letztens bei einer Gerichtsverhandlung mit einem blauen Auge davongekommen, hatte eine Plastikflasche nach einem Bullen geworfen.

*

Ich schließe die Wohnungstür auf und wir betreten das Dunkel, in dem der Kuss, den er mir gibt, erotisch und aufregend ist; nur leider muss ich das Licht anknipsen, um meinen Mantel aufzuhängen, und augenblicklich sind wir wieder in zwei Menschen verwandelt, die nicht so recht wissen, was sie voneinander wollen.

Ich biete ihm ein Glas Wasser an, was natürlich albern wirkt, weil er mir immer nur Bier trinkend begegnet ist. Auch heute lehnt er das Wasser höflich ab, lächelt mich an mit seinem schiefen Mund. Es ist ja relativ klar, warum wir hier sind, obwohl er nicht mitkommen wollte zuerst. Vielleicht aus Unsicherheit. Vielleicht aber auch, weil er einfach verplant ist.

Ein bisschen verloren stehen wir da, in der Küchentür, am Schreibtisch, neben der Pinnwand, belanglos unsere Unterhaltung. Immerhin habe ich ihn abgehalten, noch weiter Party zu machen, also kann ich ihn genauso gut küssen und auf mein Bett ziehen, um dann mit ihm zu schlafen.

Während wir miteinander schlafen, fällt es gar nicht auf, dass die Chemie zwischen uns nicht stimmt, dass er nicht der Mann ist, mit dem ich zusammen sein möchte. Das fällt erst wieder auf, als ich warm auf seiner Brust liege, gleichmäßig schnell atmend, obwohl ich nicht gekommen bin, und meine übliche Neugierde mich überfällt. Ich ihn frage, wann er das erste Mal mit einem Mädchen geschlafen hat, ob er irgendwann eine feste Freundin hatte.

Er antwortet mir zart lächelnd, aber nur so viel wie nötig. Geht nicht auf meine intime Befragung ein.

Also atmen wir weiter, bis er sagt, dass es schön war, dass er noch mitgekommen ist.

Im Morgengrauen verlässt er mich, wie romantisch, schließlich fährt er bald wieder nach Norwegen. Überübermorgen, glaube ich.

*

Ich wäre so gerne wieder einmal verliebt. Ewig ist es her, dass ich verliebt war, so kommt es mir vor. Verliebtsein ist schön; auch unerwidert hat sie eine ganz wunderbare zerbrechliche Schönheit, die Verliebtheit. Wenn ich nur wüsste, was das eigentlich bedeutet, verliebt sein. Die Tage ziehen an mir vorbei, begleitet von diesem blöden dringlichen Wunsch nach Verliebtheit.

Meine Hände berühren mechanisch die Körperstellen, die ein Sexualkundebuch als erogene Zonen bezeichnen würde. Mein Kopf ist ganz weit weg. Oder ist mein Körper weit weg und mein Kopf nah bei mir, ich weiß nicht so genau. Oder ist mein Kopf ganz weit weg und mein Körper ganz weit weg. Ich zwinge mich, zurück in den Raum zu kommen, das merkt er sonst, dass ich nicht bei der Sache bin. Ich mag es doch auch nicht, wenn mein Gegenüber nicht anwesend ist, wenn ich gegen eine Dornenhecke rede oder eine kalte Marmorplatte berühre. Aber ich kann auch nichts dagegen tun, das hat mit diesem Fallenlassending zu tun, ich weiß, ich weiß. Oder mit dem Sex an sich. Oder-oder. Mit Gefühlen, glaub ich nicht. Mit Leon ist es schließlich auch sehr schön, ohne die Gefühle. Okay, das war jetzt eventuell ein bisschen gelogen, aber nur vielleicht eventuell.

*

Du bist doch auch nur ein Lehrerwesen, eine verschrumpelte Frau in deinen Wechseljahren, die es nie geschafft hat. Was dir jetzt übrig bleibt, ist, vor mir politische Fantasiewesen zu schaffen, und du tust so, als ob nie etwas anderes hätte kommen sollen in deinem und in meinem Leben, und da höre ich auf, dir Glauben zu schenken.

Ich habe meine Schultasche gepackt, den Reißverschluss zugezogen, mir die Jacke übergeworfen und bin schnurstracks aus dem Klassenzimmer raus. Frau Lehr hat sich verwundert nach mir umgedreht, aber bevor sie reagieren konnte, bin ich schon um mein Leben gerannt. Ich war so sauer und wütend und aggressiv. Gegen alle. Und Ida war nicht da, aber dafür habe ich Eva draußen getroffen und sie hat mich aufgefangen und hat mit mir die Schule geschwänzt. Wir lagen stundenlang am Kanal, in unseren Winterjacken, das Wasser hat eine feine Eiskruste bedeckt, haben Chips gegessen, die Gala gelesen, gefroren, geraucht und danach ging es mir wieder besser.

Manchmal halte ich Lehrer für Helden. Aber an meiner Schule sind die Spider- und Supermen rar geworden mit den Jahren.

Es liegt bestimmt auch an mir.

*

Sprünge auf einem Trampolin – bis in den Himmel hinauf springen; federn, fliegen; Haare und Zöpfe und Pferdeschwänze fliegen – der Wind peitscht gegen meine blasse Winterhaut, peitscht das müde gewordene Blut in meine Wangen zurück, so dass sie leuchten wie polierte Äpfel für den Weihnachtsbaumschmuck.

*

Nach den Weihnachtsfeiertagen fahren Ida und ich mit dem Wochenendticket nach München. Wo ich schon dabei bin, kann ich genauso gut Aaron fragen, ob wir uns auf einen Kaffee treffen wollen, denke ich und rufe ihn am nächsten Tag an.

Aaron kommt mit seinem Motorrad angebraust und zusammen gehen wir zu einem kleinen szenigen Vietnamesen, trinken Rotwein, rauchen Luckys und unterhalten uns zivilisiert.

Nur eine knappe Stunde, bis wir beide wieder gehen müssen. Er ins Kino mit seiner Freundin, ich mit Ida und Lorenz zum Eislaufen. Mein Schlüssel fällt mir aus der Tasche, als ich ihn umarme, ich bemerke es nicht, und das heißt, wir werden uns noch mal sehen.

*

Ich stehe am Rand der Eisfläche und beobachte das Treiben. Mit einem Slush-Eis in der Hand. Slushyblau. Grausige Farbe. Ich hasse Eislaufen. Es erinnert mich an Klassengemeinschaftsdinger, und außerdem habe ich bei den ganzen Freaks immer so furchtbare Panik, dass ich mich hinpacken könnte und dass mir dann jemand einen Finger abfährt. Ritsch, ratsch.

Auf einem zugefrorenen See ist das was anderes. Obwohl man da einbrechen könnte. Aber da bin ich viel risikofreudiger.

*

Silvester Countdown. Munich City. 2007/2008. Die Terrasse von Lorenz' Eltern. München, draußen, das ist fast nicht mehr München. Schneebedeckte Tannen, Straßen, Dunkelheit, verfrühte Feuerwerke im Nachbarsgarten. Zigaretten, Glühwein, Fotos.
Ida liegt mit Mario auf dem Sofa. Zehn Jungs und zwei Mädchen. Ich küsse Lennart in Lorenz' Zimmer. Ich weiß, er hat jetzt eine Freundin; ich weiß sogar, im Sommer hätte ich nicht mit ihm schlafen, ihn küssen sollen – ein letztes Mal, denke ich.

Dunkelheit, fast Mitternacht, wir rennen los, die leeren vereisten Bürgersteige entlang. Ida, Mario, Uffie, Lorenz, Lennart und ich; rennen in die falsche Richtung, schlagen uns durch fremde Gärten, Sträucher, über drahtige Zäune, über die verschneiten Gleise.

Wo sind die anderen?

Mitternacht. Wir in der S-Bahn. Böller.

Kurz nach zwölf. Ich hüpfe auf der Reichenberger Brücke umher, Gott sei Dank sind wir nicht in Berlin geblieben. Erdbeersekt. Verrauchte Luft. Kalt.

Weiter zur Muffathalle. S-Bahn. Wir singen und tanzen im Kreis. Shantel. Wir tanzen.

Ida und Uffie jetzt. Mario eingeschnappt. Schlechte Laune. Coca-Cola. Die Bartussi bedient mich nicht. Apfelschorle. Tanzen. *I wanna dance with you, I wanna hold you tight, I wanna be with you tonight* ... Ich tanze, tanze. Verschicke Neujahrs-SMS.

*

Und schließlich auf irgendeinem Dach gelandet, bei Moritz in Schwabingen. Das Dach ist verschneit, der Blick über die Stadt überwältigend, die Sicherheitsmaßnahmen sind nicht existent.

Sangria und Sekt fließen über unsere offenen Hände. Und mit solch einer Wärme im Bauch formen wir die kalten Kristalle zu Schneebällen und veranstalten eine Schlacht, jenseits jeglicher Vernunft; ohne Rücksicht auf die Zwölf-Meter-Tiefe in den Hinterhof hinab, heißa hussa, an den Schornsteinen vorbei und über Giebel jagen.

*

Er heißt Konstantin. Er ist der schönste Mann im ganzen Club und trägt das schönste T-Shirt im ganzen Club. Er drückt mich gegen die Wand – es ist kalt – und küsst mich. Er ist Halbgrieche, ein schöner Halbgrieche. Komm küss, Konstantin, kalt, mir ist so kalt. Komm küss, Konstantin, küss mich, weil du mich küsst, wie ich geküsst werden will.

Er wohnt in der Nähe von München, irgendein Kaff auf dem Land, und feiert nur den Geburtstag seines Freundes hier.

Man feiert nur noch. Sogar nach Silvester hat man nicht ausgefeiert. Und ewig die gleiche Melodei.

Er fragt mich, wo ich schlafe. Er würde bei mir schlafen und nicht nach Hause fahren, wenn es die Möglichkeit gäbe.

»Schade«, murmelt er, weil es die Möglichkeit nicht gibt.

Er lässt sich meine Handynummer geben, »vielleicht ruf ich dich an, wenn ich im Frühjahr nach Berlin komme, um meinen Zivildienst zu machen«, sagt mir, ich sähe älter aus als 17, und ist im nächsten Moment auch schon weg.

Schade, murmle ich, schade, weil ich Konstantin gern noch weiter geküsst hätte, so ungeküsst fühle ich mich, die ganze Nacht hätte ich ihn küssen können.

*

Und dann das Rauchverbot ab dem 1. Januar 2008. Ich sitze bei Aaron in seiner Münchner Küche. Wir reden über Politik, über Autos und Bioessen. Er erzählt, dass er noch zwei Filme gedreht hat und mit einer befreundeten Band auf Tour war.

Absurderweise führen wir irgendwann eine ausschweifende Diskussion über Schwangerschaft, Verantwortung, Abtreibung: Keine Ahnung, wie wir darauf gekommen sind. Aaron findet, Abtreibung ist gleich Mord.

»Und wenn deine Freundin schwanger werden würde?«, frage ich ihn.

»Ach komm. Ich will es zwar nicht drauf anlegen – aber immerhin sind wir beide fast dreißig, natürlich würde ich das Kind behalten wollen.«

Stimmt, er ist ja auch schon fast dreißig. Kein Ding. Hab ich vergessen. Jedenfalls bringt er mich zum Nachdenken mit seinen Ansichten.

Ich habe seinen Wollpulli an, mir ist so kalt. Die Küche steht voller Retro-Möbel. Er legt eine Schallplatte nach der anderen auf. Inzwischen sind wir beide rotweinbetrunken und öffnen den Weißwein. Gleich gehe ich ins Atomic Café.

Patrick, sein Mitbewohner, kommt nach Hause. Noch nicht einmal er weiß von mir (dabei ist er einer seiner besten Freunde), niemand weiß von unserer Affäre, das muss ich wohl endlich begreifen.

»Gute Nacht, Schatzis«, sagt Patrick, nachdem er ein paar Minuten im Türrahmen gestanden hat, um mit Aaron Smalltalk zu halten. Ob ich die Cousine wäre, hat er gefragt, das hat Aaron aber verneint. »Das ist die Schauschi«, hat er gesagt, ich glaube, übersetzt heißt das Schauspielerin. Wir sind wieder allein.

Seiner Freundin ist er nicht noch einmal fremdgegangen. Ich wollte eigentlich gar nicht fragen, es ist mir einfach rausgerutscht. Aber wenn wir schon dabei sind, ein bisschen freut es mich ja.

»Hat es sich nicht ergeben oder hast du deine Einstellung geändert?«

»Es hat sich nicht ergeben.«

Ich nicke. Bei mir hat es sich auch oft nicht ergeben. Als ich noch mit Noa zusammen war, wäre ich bestimmt fremdgegangen, hätte es sich ergeben.

»Willst du mich noch mal ficken?«, sagt er dann so plötzlich, dass es mich fast schon überrumpelt. Dann lacht er leise in sich hinein. Vielleicht wegen meines Gesichtsausdrucks, der bestimmt ein wenig perplex aussieht bei so viel Direktheit. Vielleicht bin ich nicht alt und reif genug, um eine solche Dosis davon ohne die geringste Verzerrung meiner Mimik zu verkraften.

»Warum?«, frage ich.

»Weil ich Lust dazu habe«, antwortet er. Bei genauerer Analyse dieser Antwort kann man viel über die Art unserer Beziehung und die Machtverhältnisse erkennen.

Egal, ich kann ja nicht leugnen, dass ich darüber nachgedacht habe, ob wir noch mal miteinander schlafen, und zwar, bevor ich überhaupt hierher gekommen bin.

In diese Küche. *Das Küchenphänomen.* So könnte ein Film heißen ... äh, nicht so wichtig.

*

Ich rolle mich zur Seite.

»Blas mir einen«, sagt Aaron.

Er ist nackt, ich trage noch seinen Pulli. Ich nehme seinen Schwanz in den Mund, er drückt mich runter, ich drehe mich wieder weg.

»Nein, ich weiß nicht, deine Freundin und Patrick.« Er ist geil, er holt sich selber einen runter, während ich rede, versucht mich wieder runterzudrücken.

»Hast du ein Gummi?«

»Nein«, sage ich und denke an die Kondome, die wir heute zusammen mit dem Schwangerschaftstest für Ida in der Apotheke am Marienplatz gekauft haben. Dass der Mann hinter der Theke nicht lachen musste.

»Willst du ohne Gummi gefickt werden?«

»Fick mich«, sage ich.

Ich bin weder geil noch nicht geil, ich bin wieder das kleine Mädchen, ich spiele irgendein bekloppptes Spiel.

»Ich fick dich nicht ohne Gummi.«

»Fick mich, fick mich, fick mich, fick mich ...« Mir ist sowieso alles egal, ich spiele *fick mich*.

Ich spüre, wie er kurz zögert, dann sagt er wieder: »Ich fick dich nicht ohne Gummi« und: »Also blas mir einen oder in den Arsch.«

»Ich wurde noch nie in den Arsch gefickt«, antworte ich.

»Warst du heute schon richtig kacken?«

»Was?«

»Blas mir einen, ich bin geil.«

Ich kann nicht, ich bin rotweinbetrunken und spiele. Sein Handy klingelt zum fünften Mal, seine Freundin. Was will sie von ihm um zwei Uhr nachts? Gefickt werden? Aaron kommt, sein Sperma klebt an seiner Brust, ich will zu ihm, aber er stößt mich von sich, steht auf, nackt, schaut auf sein Handydisplay.

»Du bist komisch«, sagt er zu mir. »In Dresden musstest du es den anderen verklickern, dass wir was haben, und jetzt willst du ohne Gummi gefickt werden. Was ist denn los mit dir?«

Ich bin verwirrt, gekränkt, betrunken, gleichgültig, schutzbedürftig, alles auf einmal.

»Mann, du musst es doch nicht gleich auf deine ganze Person beziehen. Aber die zwei Sachen sind komisch.«

»Bleib kurz hier«, sage ich nur, halte ihn fest und schließe die Augen. Alles dreht sich.

»Geschmust wird jetzt nicht, ich muss meine Freundin anrufen.«

Ich ziehe meine Spitzenunterhose an, meine Jeans, klaube das aus den Taschen gefallene Kleingeld auf. Zwei Euro hab ich verloren.

»Ich hab zwei Euro verloren.« Murmle ich mehr zu mir selbst. Er kramt in seiner Hose und gibt mir zwei Euro.

»Soll ich dich nicht mehr anrufen, wenn ich wieder nach München komme?«, frage ich. Ich bin zu betrunken, um seine Reaktion zu registrieren.

»Meld dich dann«, sagt er, »ich muss jetzt meine Freundin anrufen.« Er drückt mir einen Zehner für das Taxi in die Hand: »Gib's mir irgendwann zurück.«

»Fick dich«, sage ich.

»Fick dich«, sagt er.

Ich küsse ihn auf den Mund und gehe. In meiner Faust ein zerknüllter Zehn-Euro-Schein und eine Zwei-Euro-Münze. Als ob er mich bezahlt hätte.

*

Am nächsten Abend in der Ersten Liga. Aaron hat mir nicht auf meine SMS geantwortet, dabei schulde ich ihm zwölf Euro.

Ich bin nüchtern, vielleicht bin ich deswegen so gelangweilt. Lauter stylische Leute, der Boden leuchtet in verschiedenen Farben. Lieber würde ich nach Hause gehen.

Ich sehe Patrick an der Bar. Komisch ist das Leben. Ich weiß nicht, warum ich nervös bin, als ich ihm hallo sage. Smalltalk, dann boxe ich ihm leicht in den Bauch und verpisse mich, bevor er mich stehen lässt. Scheißzufälle, ein wenig freut es mich aber. Ich sehe gut aus: Stiefel und Minirock und Idas Pulli.

»Wollen wir gehen?«, frage ich Lorenz und wir beschließen, ein Taxi zu prellen. Auf der Fahrt schlafen wir alle drei, also Ida, Lorenz und ich, beinahe ein. Der Fahrer ist nett. Als Lorenz sagt, er müsse noch schnell Geld holen, ist das kein Problem. Ich kenne das Verfahren vom letzten Mal. Lorenz tut so, als versuche er die Haustür aufzuschließen, geht scheinbar zu einer anderen Tür, und wenn er »jetzt« sagt, rennen wir um die Ecke in den Waldweg hinein. Ida hat Gewissensbisse.

»Jetzt«, sagt Lorenz und wir rennen um unser Leben.

Ich rutsche aus, stehe auf und renne weiter, mein Husten verwandelt meinen Atem in ein astmathisches Rasseln, wir rennen, während wir hören, wie das Taxi den Motor startet und hinter uns herfährt. Natürlich hat er keine Chance.

Später sagt Ida, sie hätte einfach gezahlt, wenn er uns eingeholt hätte. Komisch, ich dachte in dem Moment eher daran, ihm fest in die Eier zu treten. Drei gegen einen.

*

Ich habe dann auf der Rückfahrt beschlossen, mich nicht mehr bei Aaron zu melden. Also auch in Zukunft nicht. Es würde ja doch nichts bringen. Außerdem ist mein Stolz schon zur Genüge angekratzt. Die Vergangenheit, die wir miteinander haben, ist eine abgeschlossene Zeitform. Präteritum oder so.

Fast wie die Weihnachtsferien. Zwei Tage sind übrig. Aber die kommen immerhin wieder. Zumindest noch einmal. Aber das ist dann ein Abiturweihnachten. Nicht das Gleiche.

*

Man hat mir erzählt, der Winter nach Weihnachten sei die trübseligste Zeit im Jahr.

Ich stehe an der Hochbahn am Kotti und warte auf die U1. Ich trage Stiefel und einen kurzen Rock.

Ich bemerke den Blick eines Mädchens, um die zwanzig. Sie ist nicht sehr hübsch, sieht fertig aus. Sie lebt nicht tagsüber, das sieht man ihr an. Unter ihrer Fake-Lederjacke von H&M trägt sie einen lila Kapuzenpulli, ihre Jogginghose ist in dem gleichen Ton gehalten.

Ich erwische mich bei dem Gedanken, dass ihr Arsch darin ziemlich fett aussieht. Reflexartig beiße ich mir auf die Lippen. Ich möchte lieber nicht wissen, was anderen Leuten für gemeine Gedanken durch den Kopf gehen, wenn ich mit meinem Entengang durch die Berliner Landschaft stakse. Ich bin wirklich nicht arrogant, eher unsicher.

Psychologisch analysiert, muss ich gemeine Gedanken über Fremde haben, um mein mangelndes Selbstbewusstsein auszugleichen. Die Vorstellung gefällt mir nicht, deshalb lenke ich schnell meine Konzentration auf den bevorstehenden Restabend, auf meine Russischhausaufgaben, die ich nur zur Hälfte fertig machen werde.

Dann fällt mir ein, woher ich das Mädchen kenne. Sie heißt Felia, sie ist eine von so einer Kreuzberger Partyclique. Ziemlich gut mit Ella befreundet, soweit ich weiß. Ella kenne ich auch nur so halb, weil sie früher mal bei uns getanzt hat.

Sanne sagt, Felia sei oberflächlich.

Eigentlich ist es gruselig, überlege ich weiter, dass ich ihren Namen kenne und sie keinen blassen Schimmer hat, wer ich bin. Das ist auch nicht besonders toll für mein Selbstbewusstsein. Ich kenne viel zu viele Namen von Menschen, die mich niemals erkennen würden, geschweige denn zuordnen könnten.

Felia wirft mir einen Seitenblick zu, den ich als abfällig interpretieren würde. Allerdings kann es auch sein, dass sie meine Stiefel einfach schön findet.

Ich gucke schließlich unabsichtlich immer so böse in der Gegend herum, als wäre gestern die Beerdigung meiner Schwester gewesen. Um mich zu schützen oder so, durch ein arrogantes Erscheinungsbild. Hat man mir gesagt. Meistens denke ich nur, wow, die Frau hat ja richtig schöne Stiefel.

*

Meine Füße sind heiß. Über mir fliegt eine Elster. Ein italienischer Western und die Zeilen von CocoRosie haben mir die Inspiration geschenkt, ein Bild zu malen. Mit Öl auf Leinwand.

Flüchtige Punkte in Pink und erdfarbene Figuren beim Reigentanzen auf den Dächern Berlins. Wie ich damals. Eine fluoreszierende Großstadt und von der Sonne vertrocknetes Gras.

Ich habe es Anouk zum Geburtstag geschenkt. Sie hat sich sehr gefreut.

24

Blicke von Männern für mein blaues Kleid, Zigaretten von Männern für meinen Minirock, Sex von Männern für meine Initiative, je nachdem.

Wer es auch immer will – Zufall oder Schicksal, meine ich –, jedenfalls gibt mir zwei Wochen später Till von Felias Leuten auf einem Geburtstag, wo die halt auch sind, seine Nummer.

Ich finde ihn erst nicht so besonders attraktiv, wahrscheinlich interessiert er sich überhaupt nur deswegen für mich, weil ich so wahnsinnig kühl wirke. Dann schreibe ich ihm doch, aber er meldet sich nicht mehr. Juchhe Arschlochsyndrom.

Drei Wochen später auf einer Party sehe ich ihn wieder. Till umarmt mich kurz und zeigt den ganzen Abend kein Interesse. Es ist ein bisschen blöd, wenn ich es mir verhaue, weil ich ihn definitiv wiedersehen werde, aber was soll's. Gleich gehe ich sowieso.

Till unterhält sich grad mit einem Rothaarigen. Schließlich gehe ich zu ihm hin und ziehe ihn an der Hand ins Treppenhaus. In solchen Momenten musst du dich selber überrumpeln. Du musst schneller sein als du selbst.

»Würdest du mich küssen?«

Till nickt.

Draußen, um die Ecke, in der ersten Blüte des Tages, schiebt er mein Hemd hoch und sagt: »Ich will dich«, genau dreimal.

Es ist schön zu hören. Ich spüre mich endlich wieder, und keine Sekunde werde ich die lange Nacht bereuen, in der ich mit allen Vorsätzen gebrochen habe, in der Hoffnung, ihn zu bekommen. Hab ihn. Und jetzt will er mich. Meinen Körper vielleicht auch (nur). Zu ihm in der Samstags-U-Bahn. Die roten Ziffern des Weckers begleiten meine schlaflose Ruhe; nachher.

*

Alles riecht nach Sex, der ganze Raum ist erfüllt von dem Nachhall heiß geriebener Körper, von Körperflüssigkeiten und pulsierendem Blut. Auf Tills Schreibtisch steht eine schwarze Vase mit Pfingstrosen. Fast Symbolcharakter.

Er sitzt auf mir und sagt: »Du tust immer nur das, was ich will, und nicht, was du willst«, und plötzlich bin ich endlich angekommen in der Erkenntnis meiner selbst, und die Schuppen, die von den Augen fallen, fallen auch mir von den Augen und machen klirrende Geräusche, als sie auf den Laminatboden knallen.

Seit Noa und ich nicht mehr zusammen sind, hat sich mein Sexualleben auf schleichendem Wege zu einer kuriosen Routine hin entwickelt. Mit jedem Mann und jedem Mal mehr werde ich, zumindest auf die reine Aktion bezogen, selbstloser, unterwürfiger. Irgendwie komisch halt. Meine eigene Lust schließe ich von vornherein aus (das heißt, ab dann, wenn wir beide nackt nebeneinander auf dem Bett liegen).

Und nur manchmal wird mir das wieder bewusst, was, als der Abend noch jünger war und der Mund noch fremd, selbstverständliche Reflexe meiner Hormone bedeutete. Zum Beispiel, wenn ich schon beinahe eingeschlafen bin und Tills Hände plötzlich wieder zwischen meinen Beinen sind. Oder wie jetzt gerade eben, wenn ich mich auf ihn setze, ihn zum ersten Mal in mir genieße und darüber ganz vergesse, dass wir kein Kondom benutzen. Dann schnell wieder aufhören. Seinen Schwanz in den Mund nehmen, bis er kommt.

Den Morgen nur wie durch einen Filter wahrnehmen, in ein paar Stunden wird die Erinnerung trüb und unwirklich erscheinen. Jede seiner Gesten und seine Mimik, die jetzt noch wie Fotografien im Kurzzeitgedächtnis eingeprägt sind, werden zu vereinzelten Momentaufnahmen; den ganzen Tag im Kopf herumschwirrend. Traurig sein darüber, dass er dich nicht nach Hause bringt, als du ihn zum Abschied küsst.

Trotz Leon. Leon ist mir sowieso schon wieder fremd geworden, so lange habe ich nicht mehr mit ihm geschlafen. Es wäre eigentlich Zeit, nein zu sagen. Aber das ist schwerer, als ich es mir vorgestellt habe.

Till ist hier. Außerdem ist er 24. Außerdem ist er cool.

Aber da er das gerade gesagt hat, habe ich es sowieso schon verkackt. Wer will schon ein Mädchen, das nicht an sich selbst interessiert ist.

*

Wenn ich verknallt bin, übermannt mich ganz schnell ein Verfolgungswahn oder wie das heißt. Jeder Mann, den ich sehe, hat auf einmal Ähnlichkeit mit Till. Die Nase oder der Farbton seiner Haare, das T-Shirt oder die Art, wie er geht.

Vielleicht bin ich auch nur verknallt, um Leons ausbleibende Anrufe zu verdrängen.

Ich riskiere einen zweiten Blick, während mein Adrenalinspiegel von null auf hundert steigt, nur um gleich darauf festzustellen, dass ich mich mal wieder getäuscht habe. Macht ja nix. Die Straße, in der er wohnt, jeden Morgen auf dem Weg zur Schule ein Spießrutenlauf. Was, wenn er gleich aus der Tür tritt und ich, völlig unvorbereitet und ungeschminkt, ihm in die Arme laufe – Kreuzberg zur No-Go-Zone. Gilt auch für Partys, auf denen man uns beide kennt.

Wie viele wissen wohl, dass wir miteinander geschlafen haben?

Lieber nicht sagen. Ohren zuhalten.

Dort gegenüber auf der anderen Straßenseite, das ist er ganz bestimmt. Nein, doch nicht.

Entschuldigung, ich habe Sie verwechselt.

*

Ich habe heute ein Buch gelesen, drei Stunden lang lag ich auf dem Sofa, ich hatte so lange nicht mehr gelesen.

Als Kind habe ich teilweise fünf Bücher am Tag gelesen, im Garten liegend, dann bin ich nur zum Essen aufgestanden oder wenn Mama wollte, dass ich abwasche oder die Wäsche aufhänge, aber sobald ich wieder frei war, bin ich sofort zurück zu den Helden der Fiktionalität gestürzt.

Ich wollte nicht mit den anderen Brettspiele oder Volleyball spielen, wenn überhaupt, dann vielleicht spazieren gehen, aber hinter den anderen her. Und während sie begeistert im Wald nach Pfifferlingen suchten, habe ich von Gnomen und Elfen und Jungs geträumt, habe meine Gedanken mit den Wolken fliegen lassen, ohne viel nachzudenken. Das lag mir noch nie, das Nachdenken über das Leben oder über die Politik oder über irgendwas anderes. Genauso wie ich immer vergesse, darüber nachzudenken, welchen Musikgeschmack ich eigentlich und wirklich habe oder was ich morgen in die Schule anziehe.

*

Beatrice und ich waren heute Sushi essen. Sie hat mir erzählt, dass sie eine Hauptrolle in einem Kinofilm angeboten bekommen hat. Die Casterin hat sie bei einer ihrer Theateraufführungen entdeckt.

Ich habe mich wirklich sehr gefreut, obwohl natürlich immer das bisschen Konkurrenzverhalten mitschwingt. Aber Beatrice meint es ernst mit der Schauspielerei, und die Zeit ist schon lange reif für ein Wunder, das ihre harten Bemühungen belohnt. Vielleicht hört sie jetzt endlich auf mit ihren bescheuerten Komplexen. Nicht mehr lange und unsere Freundschaft wäre daran zerbrochen.

Und wer hätte gedacht, dass es Wunder tatsächlich gibt.

*

»Manchmal muss man halt aufpassen, dass das, was nicht werden soll, nicht zu etwas wird.« – Diesen Satz werde ich nie vergessen.

Till hat ihn gesagt, nachdem wir das zweite Mal miteinander geschlafen hatten. Während er meinte, ich tue nicht das, was ich wolle, hat er mir eine Stunde lang seinen Schwanz in den Mund gesteckt. Und geküsst hat er mich, als würde er mich lieben. Und so.

Na ja, und dann mach's gut, und hey, wir haben doch Spaß, du auch, nicht wahr?

Aber hey, wenn wir doch Spaß haben, warum fragst du dann nicht nach meiner Nummer?

*

Und dann habe ich Till irgendwann eine Nachricht bei MySpace geschickt, ob wir uns auf einen Kaffee treffen wollen. Bei Tageslicht, das war mein Gedanke dabei.

Am nächsten Tag antwortet er mir: *Weiß einfach nicht, ob ich dich wiedersehen will. Und morgen habe ich sowieso keine Zeit. Sorry.*

Bang, bang, puff. Ein blaues Auge oder zwei.

Zwei Tage später – ich sitze in der S-Bahn – bekomme ich eine SMS, die ich, bevor ich sehe, wer überhaupt der Verfasser ist, schon gelöscht habe. Aus Versehen, versteht sich. Ich ertappe mich dabei, wie ich hoffe, dass es Till war, um sich für alles zu entschuldigen, für jedes einzelne verfickte Wort. Oh wie schön es ist, noch träumen zu dürfen.

Oder auch: Hinfallen und Aufstehen.

Und am gleichen Abend mich mit Leon in einer Bar getroffen und mich so heftig mit ihm gestritten, dass ich heulend nach

Hause gegangen bin. Die Leute in der U-Bahn haben mich angeglotzt wie Karpfen in einem Goldfischaquarium. Ob jemals etwas da war, irgendein Keim, der zu einer Beziehung hätte führen können?

Ich wusste von Anfang an, dass es ein Scheißtag werden würde.

*

Es ist einer dieser krassen Momente, in denen sich mein Gehirn ausschaltet, als hätte jemand im Fast-Forward-Modus eine Schallmauer um mich herum gebaut, durch die nichts dringt außer das Wesentlichste: die eigentliche Aussage.

Auf den Millimeter genau eingezeichnet in mein Gedächtnis. Haarscharf und glasklar. Jeder Ausdruck in seinen Augen, der in den entscheidenden Sekunden dreißig Mal wechselt. Worte nur vergleichbar mit Messerstichen.

Nie mehr werde ich glücklich sein. So fühlt sich das an.

*

Mama flüstert: »Ist es so, dass. wenn die Männer mit dir schlafen wollen, du dann oft mehr willst, aber sie nicht?« Wir liegen auf dem Sofa, mein Kopf in ihrem Schoß, meine Wangen verschmiert von Wimperntusche. Ich sage nichts.

»Aber Raquel, ich weiß, es hört sich nach einem altmodischen Rat an, aber vielleicht ist es besser, nicht sofort mit einem Mann ins Bett zu gehen; um dich zu schützen«, und nach einer Pause: »Passiert das öfter?«

Ich kann nicht erklären warum, aber ich habe das dringende Bedürfnis, mein Gesicht zu waschen und meine Zimmertür hinter mir zu schließen. Eigentlich ist es ja so, dass *ich* mit den Männern schlafen will und manchmal mehr will, aber die Männer halt nicht. Ich weiß nicht, ob Mama das verstehen würde.

*

Wie es mich nervt, immer cool sein zu müssen und zu wollen, sich immer zu vergleichen mit den anderen und ihren Leben. Mir egal, ob das menschlich ist, ich will trotzdem so lässig selbstbewusst sein, dass es mir scheißegal ist, was die anderen denken.

Weiß bloß nicht wie. Irgendetwas an irgendjemandem hätte ich dann doch gerne, die Partyconnections, die Kunstfreunde, das Stilgefühl.

Ich weiß nicht, wo ich mich einordnen soll – ist das ein Zeichen von Erwachsenwerden? Papa meint schon.

Möglich, dass ich nicht so *cool* bin wie die anderen, in dem Sinne. Obwohl Ida immer meint, ich würde mich falsch einschätzen, also ich würde die Meinung anderer Leute über mich falsch einschätzen. Weiß doch auch nicht, was man glauben soll.

Es ist nur so, dass ich meine Wahrnehmung eigentlich für ganz gut halte. Was ich zum Beispiel sofort sehe, ist, wenn jemand auf jemanden steht. Kannste nicht verstecken. Das spüre ich einfach, keine besondere Gabe, aber es hat sich selten nicht bewahrheitet.

Und wenn ich ganz ehrlich bin, kann ich immer noch nicht ganz davon loslassen, dass Julian irgendwie selber nicht so wusste, was er wollte. Warum, verdammt, schlafen die Männer nicht einfach mit mir? In welchem Zeitalter leben wir denn? Oder mangelt es mir wirklich so arg an Attraktivität und Charme?

Und dann habe ich mit Till geschlafen, und auf einmal war ich kurz Teil einer Welt, die ganz Kreuzberg für cool hält. Und wenn man davon hörte, hieß es vielleicht, Raquel hat mit Till geschlafen, und alle wüssten, um wen es sich handelt. Und dann hat Till sich einfach nicht mehr gemeldet.

Leider macht ihn das noch ein bisschen cooler, auch wenn ich versuche, mich gegen diese Ansicht zu wehren. Genau deswegen muss ich endlich raus aus Berlin. Die Welt ist zu klein in dieser Vier-Millionen-Stadt. Ein langes Jahr noch.

Aber ihr seid nicht cool, verdammt! Eigentlich seid ihr nur ein Haufen Versager, die nichts auf die Reihe bekommen, außer in den Tag hineinzuleben!

Ich verstehe nicht, warum man sich nicht davon lösen kann. Eigentlich habe ich ja kapiert, worum es geht: Man selber muss cool sein, also selbstbewusst. Zu den anderen gehören wollen, bringt nix. Es ist aber nicht so einfach.

Ich versuche, darauf zu vertrauen, dass ich mit zunehmendem Alter mir und meinem Leben mehr Akzeptanz entgegenbringen werde. Im Grunde ist das wahrscheinlich die einzige wirkliche Veränderung, die ich nötig habe.

*

Der verhallende Klang eines Echos in der Dunkelheit. Sturm kommt auf und wirft die ziehenden Vögel aus ihrer Bahn. Riesige Bäume, groß wie Häuser und fest verankert im Erdboden, kippen um wie aufgereihte Dominosteine. Der See wie das Meer, kräuselnde, schaumig geschlagene Wellen, die wippenden Bojen umspülend, welche neonorangeleuchtend das Schwarz durchbrechen.

*

Ich bin die schlechteste Schwester der Welt. Kaum ist Toshij für ein paar Tage weg, ficke ich schon ihren Typen. Das ist nicht korrekt. Und irgendwo macht das den Kick aus. Ich frage mich, ob ich überhaupt mit ihm schlafen würde, wenn er nicht mit ihr zusammen wäre. Er ist eigentlich das Gegenteil von meinem Typ: blond, klein, schmal. Ein Junge. So alt wie ich. Aber jetzt bin ich plötzlich die Frau.

Er schließt die Wohnungstür, so nüchtern habe ich ihn die letzten zwei Wochen nicht erlebt. Er ist nervös, ich finde ihn süß. Er kommt zielstrebig auf mich zu, legt seine Hände auf meine Hüften und küsst mich. Ich kann nicht anders als zu lächeln.

Ich bin wütend auf Leon. Ich fühle mich seinen bescheuerten Spielereien ausgesetzt und jetzt muss ich mir meine Macht zurückerobern.

Ich räche mich an den Falschen. Aber komplett. Meine Gehirnspeicherplatte ist blank. Irgendwo in der hintersten Ecke ekele ich mich vor mir selbst. Ich nutze gerade die Krise aus, die Richie und Toshij miteinander haben, weil Toshij an Silvester im betrunkenen Zustand Tom geküsst hat.

Anstandshalber rauchen wir noch eine Zigarette am Fenster, aber eigentlich wissen wir beide, warum er hier ist. Ich hab ihn angerufen, und er hat zugesagt. Und kein Vorwand dieser Welt hätte uns vor uns selber beschützen können. Wir sind zwei verletzte Menschen und gehen unseren Bedürfnissen nach, während wir uns bewusst schuldig machen.

Wir schlafen viermal miteinander, als die Sonne wieder aufgeht, sind wir noch immer wach. Das erste Mal komme ich sogar, ich genieße ihn, auch wenn seine Jungenhaftigkeit ungewohnt ist. Noch nicht mal Lennart war so jungenhaft, vom Körperlichen her sowieso nicht.

Es ist mehr Spiel als Sex. Ich beiße und kratze ihn. Er hält mich fest und lässt mich wieder los und hält mich wieder fest. Es reicht mir nicht. Ich will, dass er mich noch gröber anfasst, ich will hilfloser sein, will mich mehr wehren, also schraubt er seinen Griff noch fester, stößt mich noch einen Tick brutaler gegen die Wand, auf den Boden.

Ich frage mich, warum es mir immer noch nicht reicht, woher dieses Verlangen stammt, dominiert zu werden. Wo meine Grenzen liegen. Ich bin neugierig.

Aber für heute ist es auch so gut. Nein, ist es nicht. Mein schlechtes Gewissen frisst mich auf. Nie, nie, niemals werde ich mir das verzeihen können, das weiß ich. Und trotzdem tue ich es. Ich bin das größte Arschloch auf Erden.

Richie und ich haben nie wieder ein Wort darüber verloren. Noch nicht mal Ida habe ich davon erzählt. Und Toshij weiß es bis heute nicht.

Es ist, als wäre es nie geschehen.

*

Eine Jugend, die mit dem Leben spielt.

Sanne und ich versuchen mit Patricks altem Kinderfahrrad (meins wurde ja schließlich geklaut) die Wiener Straße entlangzufahren, aber es gelingt nicht so ganz, das blöde Fahrrad hat dauernd einen Platten und außerdem ist es derart niedrig, dass Sanne die ganze Zeit mit ihren Füßen auf der Straße entlangschrappt.

Wir müssen sehr viel lachen darüber, aber eigentlich haben wir krass Hunger, was soll's, ich muss sowieso noch zur Bank und Geld holen.

»Ach scheiß drauf, lass uns doch laufen«, sagt Sanne, und dann laufen wir eben.

Ist ja auch schönes Wetter, so halbwegs zumindest, irgendwas zwischen winterschwül und sonnig und kühl.

Eine etwas ältere Dame kommt aus einem Hauseingang mit einem roten Fahrrad und bleibt stehen, als sie uns sieht. Sie beobachtet uns, bis wir zwei Meter voneinander entfernt sind, ein bisschen unfreundlich sieht sie aus oder vielleicht auch nur schüchtern.

»Wollt ihr ein Fahrrad kaufen?«, fährt sie uns ein wenig herb an.

Sanne und ich bleiben perplex stehen.

»Wie bitte?«, frage ich verwundert.

»Na ja, ihr seht so aus, als bräuchtet ihr noch ein Fahrrad, oder nicht? Ich hab hier eins zu verkaufen.«

Ich bin ein bisschen misstrauisch, komisch, ich bin prinzipiell misstrauisch fremden Leuten gegenüber, fällt mir auf, schade eigentlich.

»Und wo ist der Haken?«

»Da gibt's keinen Haken. Der Haken ist der restliche Monat. So ist das bei Hartz IV – das ist mein Fahrrad, aber jeder Cent zählt. Ich hab auch noch ein anderes Klapprad bei mir stehen.«

Allmählich gewöhne ich mich an die Situation. Sanne und ich gucken uns an.

»35 Euro«, sagt die Frau, sie muss so Ende fünfzig sein. Sie sieht sehr nett aus eigentlich. »Können Sie gerne Probe fahren.«

Ich nicke.

»Ich würde das auf der Stelle nehmen«, nicke ich wiederholt, wie eine Bestätigungsentschuldigung, »ich hab bloß kein Geld bei mir, ich muss schnell welches holen gehen.«

»Kein Problem.«

Im Düsenjettempo fahre ich die fünf Minuten zur Bank auf Partricks Kinderfahrrad. Ich schwitze wie ein Schwein und stinke wie ein Pferd, hat mal so ein ekliger Typ in der U-Bahn gesagt, und so ähnlich fühle ich mich, nachdem ich wieder bei Sanne und der Frau angelangt bin.

Später erzählt mir Sanne, dass die Kinder der Frau im Ausland leben und sie zu alt ist, um noch durchs Arbeitsamt vermittelt zu werden. Furchtbar traurig macht es mich; ich weiß auch gar nicht so recht, wie ich damit umgehen soll.

Jedenfalls nehme ich das Fahrrad und kann den ganzen Tag nicht entscheiden, ob das mit meinem Gewissen vereinbar ist und so weiter und so fort.

Vielleicht sollte ich einfach endlich aufhören zu jammern.

*

Wie naiv ich bin einerseits, und wie viel ich schon erlebt habe andererseits. Hin und her gerissen zwischen Kindsein und Selbstständigkeit. Mit 17 Kokain nehmen und ficken wie eine 25-Jährige, nicht daran glauben, dass es Sex nur in Verbindung mit Liebe gibt.

Irgendwo und was dazwischen.

Am liebsten bin ich weit weg von alldem, versuche mich neu zu erfinden und muss erkennen, dass ich wieder die Gleiche bin und weiterhin auf dem schmalen Grat der Wirkung auf andere balanciere.

Manchmal wünschte ich, ich wäre eine Libelle. Die Welt aus einer anderen Perspektive sehen. Den Menschen aus Zellen als Bestandteile. Manchmal hört sich ein Satz gut an, aber er bedeutet nichts. Sag ihn trotzdem. Noch bist du jung genug, dass niemand auf dich hört, wenn du es nicht möchtest.

*

Er zuckt mit den Schultern und schmeißt sich die Pille hinter, spült sie mit einem Schluck Bier runter und geht zurück zur Tanzfläche.

Ich habe schon darüber nachgedacht, härtere Drogen zu nehmen, und ich werde das auch mal in meinem Leben machen, ich will es mal machen, meine ich. Bis jetzt war aber noch nicht der richtige Zeitpunkt dafür. Und der ist es auch jetzt nicht.

Und ich stehe auch dazu, dass ich nicht einen auf die Absturzschiene mache, Ecstasy und ein One-Night-Stand nach dem anderen, so sehe ich mich nicht. Angst davor habe ich eigentlich nicht, so wie Madita, die glaubt, sie stirbt, wenn sie was nimmt, aber gut, sie ist auch sehr empfindlich in Sachen Drogenkonsum.

Sanne nimmt ab und an mal was, aber sie kann damit ganz gut umgehen, glaube ich, und Philipp halt mit seinem Speedscheiß. In der Neunten ist ein Mädchen aus unserer Klasse heroinabhängig geworden, aber die war sowieso ziemlich krank drauf, Schwangerschaft und regelmäßige Polizeibesuche waren eher noch die harmloseren Sachen, mit denen sie in ihrem Alltag klarkommen musste. Ich weiß gar nicht, wo sie jetzt ist und was sie macht, fällt mir auf.

Ich gehe zur Bar und bestelle mir Wodka Red-Bull. Langsam habe ich keine Lust mehr, vielleicht gehe ich gleich nach Hause. Er befindet sich immer noch auf der Tanzfläche, jetzt gerade mit einem Mädchen mit kurzen blonden Haaren. 3:24 Uhr. Die S-Bahn fährt erst wieder um fünf.

*

Sanne geht in Richtung der Tankstelle.

»Komm!«, ruft sie und winkt. Sie lacht.

Ich lächle gequält zurück und rufe »gleich«, meine Stimme klingt schwach und gebrochen, wie das bisschen Anstrengung mich schon auslaugt (wie eine Greisin ...) – ich setze einen Fuß vor den anderen, mein Rücken ist gebückt, mein Rock hochgerutscht bis unter den Po.

Dort hinten, Sanne, tanzend und lachend, ist mein Ziel, aber dieses Ziel verschwimmt gerade mit den milden Lichtquellen der Nacht. Meine Augen sind so trüb, dass es schmerzt.

Lass mich schlafen, bitte.

Ich öffne sie wieder, meine Augen, Gott sei Dank sieht mich hier keiner, die Straße ist menschenleer, »keine Menschenseele befand sich auf der nächtlichen Straße« würde vielleicht in einem Buch stehen, einem Buch über Einsamkeit und Depression. Mit meinem Blick wandere ich die Mülltonnenreihen entlang, vorbei an Holzzäunen, Holundergebüsch und Löwenzahn, Pusteblume ... Weiter über Dächergiebel, graue Betonklötze, Asphalt, Schokoriegelverpackungsmüll und halbvolle Bierflaschen.

Sanne ist verschwunden, oh nee. Ich schwöre mir hoch und heilig, nie wieder Alkohol zu trinken! Haha.

»Sa-aa-n-ne!«, rufe ich leise und muss über mich selber lachen, wie jämmerlich, wie kläglich und jetzt wie trostlos, auch noch darüber zu lachen. Probier's mal mit Gemütlichkeit ... Sanne, verdammt. Gleich werde ich die gesamte nächtliche Straße bespucken mit meiner Kotze. Ich will nur mein Bett und ein Kissen und ein Klo.

Ich wollte morgen doch mein Deutschreferat vorbereiten, verfickt, wie ich mich kenne, werde ich komatös auf dem Balkon rumliegen und in kleinen Schlucken heißes Wasser trinken. Eine Zigarette anzünden und sie nach zwei Zügen angeekelt wegwerfen. Vielleicht träumen, vielleicht noch einmal einschlafen.

»Alles okay?«, fragt Sannes besorgte Stimme über mir. Sie streicht mir die Haare aus der Stirn und bindet sie zu einem Knoten im Nacken, dann nimmt sie mich sanft am Arm, und mit ihrer Hilfe schaffe ich es, vorsichtig aufzustehen. Aber sobald ich stehe, klappen meine Beine unter mir schon wieder weg. Scheiße. Ich lache leise und verzweifelt. Wie aus der Ferne höre ich Sanne »okay ... okay, okay ...« murmeln, sie denkt wohl darüber nach, was sie jetzt am besten macht, und ärgert sich bestimmt ein bisschen über den versauten Abend. Zu meinem Bedauern kann ich aber absolut kein Mitgefühl aufbringen.

»Okay, Baby«, sagt Sanne nach einer Weile. »Taxi!«

Bäh, Taxi. Aber Taxi – nach Hause – Bett – schlafen.

Sanne diskutiert mit einem Taxifahrer, der mich nicht mitnehmen will.

»Ist ihr schlecht? Schlecht? Sie kotzen?«

Sanne schüttelt den Kopf mit Nachdruck und redet auf ihn ein, bis er endlich einwilligt. Ich liebe sie! Dann schlafe ich ein und wache erst auf, als Sanne mich die Treppe hochschleppt, mir meine Schuhe auszieht und mich ins Bett legt – ich habe überlebt.

*

Ich weiß auch nicht, wie es dazu kam, dass ich dann doch eine Pille genommen habe. Dass es nicht der richtige Zeitpunkt war, hat sich bestätigt. Der Alkohol und die laute Musik und der Qualm und der mangelnde Sauerstoff, das war alles zu viel anscheinend.

Jedenfalls fühle ich mich jetzt so schlecht wie noch nie in meinem Leben. Wenn ich irgendwas hätte, was dagegen helfen könnte, ich würde es ohne Nachdenken auf der Stelle nehmen. Ich bin so fertig. Und es war noch nicht mal schön, mein erstes Mal – wie sich das anhört, aber ist doch so. Und überhaupt stürze ich zu viel ab in letzter Zeit, finde ich. Nichts in Relation zu anderen. Aber viel in Relation zu früher. Zu mir.

25

Metallstiftemappen stoßen gegen billiges Sperrholz. Stabilo Point 88 fine 0,4 rollen und Ini malt mit Filzstift einen Elefanten auf die Bank. Draußen regnet der Januar am Fenster vorbei. Die Heizung brummt gleichmäßig.

Ich könnte jetzt auch am Strand liegen. In einer Hängematte mit einem Corona in der linken Hand. Wie Michel, der im Südpazifik auf silberbunten Luftmatratzen sein Leben von der Das-Ende-der-Welt-Perspektive betrachtet.

»Raquel, möchtest du dazu etwas beitragen?«, reißt mich Herr Lange aus meinen Gedanken.

»Tschuldigung, hab grad nicht zugehört«, murmle ich.

Dieser Satz ist mir zur Routine geworden. Bedauernswerterweise. Herr Lange lächelt sein ekelhaftes Besserwisserlächeln und wendet sich Olga zu, die ein viertelstündiges Referat als Antwort auf die Keine-Ahnung-was-für-eine-Frage hält.

Es geht jedenfalls um die Evolution des Menschen. Ich spucke meinen Kaugummi aus und klebe ihn unter meinem Stuhl fest. Olga hat ihren Vortrag beendet und grinst selbstgefällig. Blöde Kuh. Es gab mal eine Zeit, in der hatte ich auch nur Einsen. Das muss in der Steinzeit gewesen sein.

*

Eigentlich hasse ich ja Valentinstage. Eine Kommerzialisierung der Liebe. Aber es macht trotzdem »piek«, wenn jede Zeitschrift und jeder Blumenladen verspricht – verspricht halt.

Und dann kann es doch nur besser werden. Es muss einfach.

Oft bin ich auch glücklich. Mit meinen Mädels zum Beispiel. Wenn es sie nicht gäbe und ihre Probleme, ein Gegengewicht zu meinen; alles wird zu einem und irgendwie zieht man sich da wieder raus.

Und ohne sie wäre es einfach nicht so einfach, auch wenn kaum etwas einfach erscheint zur Zeit.

Aber Ida und ich, wir sind glücklich! Immer noch.

*

Ida hat mich auf ein Jugendtheaterfestival mitgeschleppt. Eine moderne »Romeo und Julia«-Adaption, weiß nicht, was ich davon erwarte, aber na gut.

Wir sitzen auf einer Bierbank unter einem Bierzelt und tunken Weißbrot in unser Bier, während wir darauf warten, dass die Vorstellung anfängt. Überall tummeln sich Jugendliche mit neongrünen Schlüsselbändern um den Hals. Ich gähne. Es ist verdammt kalt.

Morgen zur ersten Stunde Englisch, und ich hab die Grammatikhausaufgaben noch nicht gemacht. Aber wir tun ja so, als hätten wir Dauerferien, damit die Schule leichter erträglich ist. Also.

Ida nippt den Schaum von ihrem Plastikbecherbier ab. Eine Bank weiter liegt ein Junge, sein Kopf aufgestützt auf dem Schoß eines Mädchens, und liest das Programmheft. Den kenne ich von irgendwoher. Scheiße, das ist Caspar – der, der im Kindergarten in mich verliebt war. Und der dann nach Freiburg gezogen ist. Aber wenn nicht? Ist auch nicht wirklich peinlich, aber ...

Ich unterhalte mich weiter mit Ida und lasse absichtlich deutlich das Wort Caspar fallen. Nur so zum Test. Er guckt tatsächlich zu mir rüber. Aus dem Moment heraus frage ich (wenn man schüchtern ist, kann man sich immer nur selbst überrumpeln): »Du heißt nicht zufällig Caspar?«

Der Junge, der aussieht wie Caspar, nickt.

»Krass«, sage ich. »Aber ... du warst nicht zufällig mal im Kindergarten Funnybunnys?«

Man kann förmlich sehen, wie sich in Caspars Gesicht die Puzzlestücke aneinanderfügen. »Doch«, sagt er, »du bist – warte – Raquel!!«

Wir grinsen beide über das ganze Gesicht wie Honigkuchenpferde, lautes Heyyyyheyyhejhejdihei-Gerufe und Umarmen. Ich bin fassungslos. Ich habe ihn ungelogene zwölf Jahre nicht mehr gesehen. Für uns ist das eine lange Zeit.

Er ist so erwachsen, nicht besonders hübsch oder schön, er sieht aus wie ein Dreißigjähriger, aber vom Gesicht her wie 19. Er müsste eigentlich 19 sein, zwei Jahre älter als ich. Er hat auch fast eine Figur wie ein Dreißigjähriger, etwas gesetzt oder stämmig, ich kann das nicht beschreiben, also nicht pummelig, aber merkwürdig. Er ist stylisch, so verrückt stylisch und trotzdem irgendwie prollig. Und er hat eine Brille. Aber er ist auf eine Art und Weise attraktiv, sehr reif.

Das ist ja echt lustig. Wer hätte das gedacht. Ich bin immer noch fassungslos. Wir unterhalten uns ein bisschen, aber dann müssen wir rein. »Bleibst du später noch? Dann können wir uns unterhalten«, fragt er.

*

Nach der Vorstellung holt Caspar Ida und mir ein Bier von der Bar, weil er das umsonst bekommt, und damit setzen wir uns auf eine Bank im Theaterfoyer. Ich mache mir ein bisschen Sorgen, dass es Ida langweilig werden könnte, aber glücklicherweise gesellt sich ein Freund von Caspar zu uns, der sehr gut aussieht, männlich und muskulös.

Wir versuchen, so gut es geht, die zwölfjährige Lücke aufzuholen, aber es ist nicht so leicht. Man weiß gar nicht, wo man anfangen soll. Es ist sehr lustig, es verschafft mir Ablenkung, auch wegen Leon letzte Woche. Arschloch, der mit seinen bescheuerten Warmhalt-Methoden, der lässt mich sofort fallen, wenn eine Bessere antanzt. Das weiß ich ja auch, aber in seiner Nähe lasse ich mich eben immer wieder einlullen und weichmachen und so ein Quatsch.

Jedenfalls, Caspar verspricht, Freikarten für uns zu besorgen, morgen hat seine Gruppe Aufführung. An diesem Abend gehe ich ein wenig verwirrt ins Bett, ich habe keinen blassen Schimmer, wie ich das einschätzen soll, aber ich freue mich sehr auf morgen.

*

Show me, baby, what is hidden in your heart. Love me, baby, cause I don't know where to start – cause loving you ain't easy at all.

Nur wir vier und DJ Altee im Garderobenfoyer. Die anderen Teilnehmer hocken draußen und saufen sich die Seele aus dem Leib. Caspars Freund Salomon und Ida tanzen eng umschlungen und küssen sich, ging aber schnell; und Caspar und ich hotten ab zu *Wir Sind Helden* und ihrer Reklamation. Sehr lustig. Caspar zeigt mir die ultimativen Moves, yeah man. Seine pinkfarbene Sonnenbrille vom Kiosk habe ich mir in die Haare geschoben und meine Haut klebt unter dem Make-up. Caspar schwitzt auch. Er ist alles andere als perfekt.

Mein Bauch flüstert mir allerdings eine andere Geschichte.

Und dann kommt plötzlich dieser eine Moment, der zwar klar auf der Hand liegt, aber sich trotzdem bis jetzt nicht entwickelt hat. Es ist nur ein Blick, eine zu intime Berührung vielleicht, wodurch dieser Kuss ausgelöst wird. Zeitlupe. Wie lässig er ist und wie lässig er jetzt mit seinen Händen meinen Kopf festhält.

Freiburg, Raquel, er wohnt in Freiburg.

Und danach durch die Straßen gewandert, weil die S-Bahn zurück zu ihrem Hostel nicht mehr fährt, im Schein der Straßenlaternen ein Taxi gerufen, den ägyptischen Taxifahrer bis nach Kreuzberg 36 belabert und sich bei Papa auf dem Sofa ausgebreitet. Sich unbequem nebeneinander arrangiert, ein paar Mal noch geküsst und dann in Löffelchenstellung eingeschlafen.

Am nächsten Tag die Schule geschwänzt und noch einmal verabredet, bevor sie am Abend abfahren.

*

Es gibt nichts Schlimmeres als den Moment, wenn er dir den letzten Kuss auf die Lippen presst und dann zurück zu seinem Auto geht, weg von dir. Spätestens beim Zuschlagen der Tür wachst du auf, mit einem Herz, das sich anfühlt, als wäre es von einer großen mächtigen Hand so fest gedrückt worden, wie er dich vorhin gedrückt hat, als ihr noch umschlungen am spärlich beleuchteten Straßenrand standet und du seinen warmen Atem an deinem Hals spüren konntest.

Komm, lass uns unsere Herzen gegenseitig trösten, bis die Risse darin nur als blasse Erinnerungen unserer Jugend verbleiben, komm, lass uns ein Pflaster über die vielen anderen Pflaster kleben, aber bitte lass es diesmal ein besonders schönes Pflaster sein, versprichst du mir das?

Mit Ida und mir ist es wie verhext. Bald werden wir in jeder verdammten Stadt Typen kennen, manche sogar, die das Potenzial zu idealen festen Freunden hätten, nur in Berlin haben wir sie immer noch nicht gefunden. Was sollen wir denn mit unseren Prinzen, wenn sie in Freiburg gerade ihre Abschlussprüfungen schreiben?

Unsere wehenden Haare bei runtergekurbelten Fenstern – viel zu schnell durch die Stadt gefahren – als Erinnerung, die, wie alle Erinnerungen, verblassen wird.

Ich bin verliebt, verliebt, verliebt.

*

Lecka lieben, bis die Balken biegen. So genau weiß ich nicht, warum es gerade Caspar trifft, warum gerade er es ist, den ich um alles auf der Welt bei mir wissen will. Ich habe ihn sogar Julian gegenübergestellt, und wenn ich die Wahl hätte, ich glaube, ich würde mich für Caspar entscheiden, und das soll schon was heißen, lieber Caspar.

Wie ich schon sagte, sein Aussehen ist es nicht; er ist so ganz und gar nicht mein Typ, dunkelblond und breit und Stylerprolet und seine Stimme ist das Gegenteil von tief und rau und so weiter. Auf jedem Foto, was ich bis jetzt von ihm gesehen habe, zieht er eine Grimasse, ob gewollt oder ungewollt, und wenn er mich küsst, macht er sich eigentlich die ganze Zeit über mich lustig.

Er hat Humor. Er gehört zu den wenigen Menschen, über deren Witze ich tatsächlich lachen muss. Auch wenn er vielleicht manchmal ungewollt lustig ist. Möglicherweise ist es sein Selbstbewusstsein, in das ich mich verliebt habe. Die Sicherheit, mit der er mich berührt, obwohl er mich nie an einer intimen Stelle berührt hat. Dabei wäre es das Klügste, ihn sofort zu vergessen, anstatt von Hochzeiten und grimassenziehenden Kindern zu träumen.

*

Ich bin zu intellektuell für Liebeskummer. Sagte Schiller, nicht ich. Was ich weiß, ist, dass ich noch nie so verliebt war in meinem Leben, und das auf einer Basis, die nicht mehr als ein paar Handvoll Stunden hergibt. Ich muss sehr aufpassen mit mir, monatelang, so scheint es, bekomme ich ihn nun nicht aus meinem Kopf. Ich mache alberne Fehler: zum Beispiel sein Profil bei MySpace aufrufen und mir seine Bilder angucken. Kein Wunder, wenn ich ihn dann nicht vergessen kann.

*

Philline kommt nach dem Unterricht zu mir. Ich verstaue gerade meine verschwitzten Trainingsklamotten in meiner hellblauen Tasche mit dem aufgenähten Filzschmetterling.

»Was ist los, Raquel?«

Ich schüttle den Kopf. Ich will jetzt wirklich nicht weinen. Sie streicht mir über das Haar. Eigentlich ist sie mehr als nur meine Tanzlehrerin. Sie ist sieben Jahre älter als ich, und je älter ich werde, desto mehr wird sie zu einer Freundin. Zu einer älteren Schwester. Aber weinen würde ich jetzt trotzdem ungern. Sie denkt sonst noch, ich sei zu instabil, und am Ende entscheidet sie sich, mich doch nicht mit zu dem Auftritt im Cassiopeia zu nehmen. Obwohl ich das unbedingt möchte. Sie hat auch gesagt, ich dürfe den Flyer designen.

Ich bin irgendwie wütend auf mich, dass ich nicht alles unter einen Hut bekomme. So viel ist es doch gar nicht. Andere schaffen es auch.

Zum Beispiel Beatrice, die mit G. zusammen ist, in zwei Theatergruppen spielt, Gitarrenunterricht nimmt, gut in der Schule ist und jeden Samstag zum Yoga geht. Und viel mehr. Und noch viele andere, die es schaffen. Nur ich irgendwie nicht. Ein paar Stunden Tanzen die Woche, ein unregelmäßiges Sexleben, gelegentliche Familienverpflichtungen, halb gemachte Hausaufgaben, ein sich in die Länge ziehender Führerschein; und zwischendurch etwas in mein Moleskinenotizbuch skizzieren. Aber das zählt nicht.

Ich sage zu Philline: »Es ist nur eine Langzeitarbeit in Geschichte über die Weiße Rose. Freitag ist Abgabe, dann geht's wieder besser.« Ich lächle tapfer. »Versprochen!«

Philline schenkt mir einen bekümmerten Blick. Aber dann wird sie von den anderen abgelenkt, die etwas von ihr wollen wegen dem Ausfall nächster Woche bei Chayenne. Ich schenke ihr eine Kusshand im Gegenzug und fahre, mit Belle and Sebastian im Ohr, mit dem Fahrrad nach Hause.

*

Ida und ich sind zu der Erkenntnis gekommen, dass Männer beziehungsweise Jungs auf hübsche, langweilige, schüchterne Mädchen stehen, weil sie unsicher sind, zu unsicher, um Verrücktheit und Exzentrik zu ertragen. Sie brauchen, ohne abwertend sein zu wollen, ein Vorzeigeweibchen. Eines, wo kein Kumpel den Kopf schüttelt oder die Nase rümpft. Wofür sie viele Komplimente bekommen. Irgendwie scheint es, als müssten sie damit ihre Coolness sicherstellen. Ich könnte jedenfalls eine ganze Reihe Beispiele aufzählen.

Weitere Erkenntnis: Selbstbewusste Männer wie Florian und Caspar sind rare Ware; die muss gesucht und gefunden werden. Wir haben es halt nur so im Gefühl, dass sie es sein könnten, unsere idealen Top Two. Immerhin sind sie erst 19, in dem Alter ist Selbstbewusstsein selten, schau dich doch mal um, Mädel. Wir müssen erst reinwachsen in das Alter, in dem auch das Selbstbewusstsein bei Männern keine rare Ware mehr ist. Wie gesagt, das blöde Zwischenalter ist wahrscheinlich schuld, 25 müsste man sein.

*

Man denkt, so schlimm sollte es nicht sein, nicht wahr. All die armen Menschen auf dieser Erde, die so viel unglücklicher sind als man selbst, all die Nöte, Dramen und Katastrophen. Und trotzdem wird man das Gefühl nicht los, einen ärmeren Menschen als einen selbst kann es in diesem Moment gar nicht geben. Selbst der sonnigste Frühlingstag scheint einem seltsam verwischt und trüb, trüber als Apfelsaft in seiner ursprünglichsten Form.

Ich bin erstaunt, dass ich sogar so etwas wie Appetitlosigkeit verspüre, obwohl ich sonst immer diejenige bin, die auch bei Mord und Totschlag noch Lust auf Rinderbraten und Rosmarinkartoffeln hat.

*

Heute habe ich mich zum ersten Mal seit Langem in der Schule konzentrieren können. Ich konnte mir fast vorstellen, dass ich mein Abi mache.

Vielleicht lag es daran, dass ich einen Pfirsich gegessen hatte oder dass der Himmel blau war oder dass Lester mir bei Mathe geholfen hatte. Oder es waren die drei Tassen Kaffee und der Ausblick aufs Wochenende.

Ich bin nach Hause gekommen und habe die Küche aufgeräumt, und am Abend hatte ich immer noch gute Laune. Dabei gab es keinen richtigen Grund dafür, oder vielleicht gerade deswegen.

Um elf bin ich ins Bett gegangen, weil ich keinen Bock auf Partymarty hatte, und ich habe gut geschlafen und nichts Verstörendes oder Anstrengendes geträumt, wie sonst so oft in letzter Zeit. Das macht mich dann immer ganz matschig, weil ich so viel darüber nachdenken muss. Wenn es jeden Tag so sein könnte – der Alltag wäre viel erträglicher.

Aber so ist das Leben nicht, stelle ich fest. Und habe am nächsten Morgen trotzdem noch gute Laune. Oder wieder. Heißa hussa, der Frühling, der Sommer, der Herbst ist da.

Und nächsten Sonntag fahren wir nach Paris auf Kunstfahrt …

*

Ein Leben in Vielleicht-Form. Wenn es nur zwei Arten von Mädchen gäbe, und zwar die, auf die alle Typen stehen, und dann die, in die sich Vereinzelte sehr verlieben, dann bin ich vielleicht die zweite Variante. Ein schöner Gedanke.

*

Montmartre, Paris, Paris, mon amour, Paris ... Ida und ich zwischen Rues und Avenues und der Seine. Und Paris. Mendel – seit sieben Jahren Gymnasium – ein erster Kuss. Karusselle und Sehenswürdigkeiten. Ufer der Seine. Straßenorchester. Montmartre pleasure. Obststände und der Geruch von Baguettes und Schokoladensplitterbrötchen. Friedhöfe. Eiffelturmschlüsselanhänger. Moulin Rouge und das Café, in dem schon Simone de Beauvoir ihre Seiten beschrieb. Schöne Afrikanerinnen. *Night on Earth* im Millennium. Louvre. Digitalkameras mit ihren Japanern und nicht andersrum. Pusteblumen auf der Parkwiese. Sich einmal wie in *La Boum* fühlen oder wie Amélie. Filmgeschichte aufgerollt auf einer Rolle Küchenpapier.

Widersprüche und Inkonsequenzen. Komplimente in der Metro und gurrende Tauben. Straßenporträtmaler zwischen Postkartenständern. Sexshop neben Sexshop. Winterkollektion für zweitausendneun schon, Schau getragen an zierlichen rehäugigen Französinnen. Und nach vier Tagen verführender Verheißung wieder am Flughafen.

Als wir durch die Zollkontrolle gehen, stinkt es im ganzen Raum unglaublich nach Schweiß. Nackte, pure Angst. Schwarze, schwitzende Männer, die ihre Koffer unter dem Blick eines Zollbeamten auseinandernehmen. Es ist ein beklemmender Eindruck, einer, der Dinge näher kommen lässt, die im Alltag so weit entfernt von mir sind, mit denen ich kaum in Berührung komme. Dinge, die mich sonst nur durch Nachrichten erreichen – aber sie erreichen mich nicht wirklich. Ein schneller Atemzug. Morgen schon nur noch ein Funken Schuldbewusstsein, irgendwo verborgen.

Frühling

26

Seine warmen Hände gleiten über meinen Körper, der völlig weich ist unter seinen Berührungen. Ich schließe die Augen und atme den Geruch frisch gefallenen Schnees ein. Die grauen Fichten wiegen sich sanft im eisigen Wind. Die Luft riecht schon nach Schnee, mein Geliebter ...

Er bringt Schmetterlinge ins Haus, goldenes Licht fällt auf die Veranda. Er legt seine Hand in die meine. Ich fahre ihm durchs Haar, unsere Küsse verschmelzen wie Zuckerwatte, und dort, am Waldrand, blüht der erste Krokus.

Und die Wolken, sie werden immer wiederkommen. Wie der Regen, der Schnee, der Hagel, die Sonne, der Frühling, der Herbst und der Winter und dann wieder der Frühling.

Es ist wieder Frühling.

An manchen Tagen habe ich das Gefühl, alles auf einmal zu erleben. Ich streiche durch seine blonden Haare. Wie viel Glück ich in meinem Leben habe. So durchschnittlich ist mein Leben gar nicht, so viel Glück passt doch gar nicht in ein durchschnittliches Leben.

*

Der Abspann läuft wie die sentimentale Träne über meine Wange.

»Ich muss zum Training«, sage ich zu Toshij und stehe vom Sofa auf. Darum verstreut liegen die leeren Chipspackungen, Schokoladenpapiere und eine ausgetrunkene Flasche Bio-Zisch mit Rosenblütengeschmack. Eigentlich macht man das ja nicht, am Nachmittag unter der Woche einen Film gucken.

Ich drücke die Tür zu Mamas und Papas Schlafzimmer auf und gehe zum Schreibtisch, um mir ein paar Euros einzustecken, nehme den Schlüssel vom Haken und stolpere die Treppen runter, aber leider steht mein Fahrrad nicht vor der Haustür. Es steht auch nicht im Hof oder auf der anderen Straßenseite oder überhaupt irgendwo. Ich hatte es ja heute Morgen noch. Und Papa und Mama, die gerade am Flughafen vorm Check-in stehen, haben keine Ahnung. Ich rede mit Toshij durch die Sprechanlage und die hat es auch nicht gesehen.

Deswegen freue ich mich jetzt so wie ein Keks und springe in die Luft vor lauter Eifer und Lust am Leben.

Ich schätze, daran sollte man sich nach 18 Jahren Kreuzberg gewöhnt haben. Das ist ja nur ein ganz kleiner Teil von Kreuzberg, der fällt kaum ins Gewicht.

*

Als Ida und ich aus der Tür treten, sehe ich ihn auf der anderen Straßenseite. Die Luft ist eiskalt, klar und sonnig. Schnell wende ich meinen Blick ab. Ausgerechnet jetzt. Wie oft habe ich Julian schon in Ausgerechnet-jetzt-Momenten gesehen. Immer, eigentlich.

Er hat uns gesehen und pfeift. Auf uns kommt ein Mann zugesteuert, der überraschenderweise sehr klein und schmal wirkt. Sogar sein Gesicht scheint mir etwas eingefallen und seine Augen sind viel zu groß, treten aus den Augenhöhlen hervor wie …

»Hey«, sagt er, »wie geht's dir?« Wann hat er das letzte Mal gefragt, wie es mir geht?

»Hey«, sage ich. Ich glaube, ich wirke sehr kühl.

»Hallo«, sagt Ida.

»Ganz gut.« Ich frage nicht zurück, wie es ihm geht. Nicht mit Absicht, nicht bewusst. Vielleicht weil ich weiß, dass er wieder nur von sich erzählen wird.

»Hast du die Sache gut überstanden?«

»Welche Sache?«

»Na ja, das mit dem Fahrrad.«

»Ach so, das, ja.«

»Und, hat sich die Polizei bei euch gemeldet? Irgendwelche Erkenntnisse?«

Bemüht er sich um ein Gespräch oder bilde ich mir das ein?

»Nee, gar nicht.«

»Find ich schon krass. Die klauen uns hier die Fahrräder vor der Nase weg und nix passiert.«

Stimmt, er hat mir ja letztens auch von einem geklauten Fahrrad berichtet, welches er dann irgendwo in Mitte in einem Hinterhof wiederentdeckt hat.

»Mhm«, murmle ich und starre auf die graue Straße, auf der der morgendliche Schnee durch die Sonne schon fast gänzlich verschwunden ist, ein Wettlauf zwischen Winter und Frühling. »Warst du bei dem Nachbartreffen am Sonntag?«

»Nee. Das habe ich gar nicht mitbekommen. Lotte und Hannes meinten gestern: Ist das Treffen nicht heute?« Er lächelt. »Na ja, und dann war's schon Sonntag gewesen ...«

»Ich war auch nicht da, ich hab nur mitgekriegt, dass die Haustür von innen verschlossen war. Ich dachte, das wäre vielleicht irgendeine Maßnahme, die getroffen wurde.«

»Ja, das kann sein.« Er lacht.

Mittlerweile sind wir an der Kreuzung angelangt.

»Musst du da lang?« Ich deute in Richtung U-Bahn.

»Ja, ich muss noch mal kurz zur Uni. Meine Hausarbeit abgeben.« Er steht gefährlich nahe bei mir.

Ich nicke. Vielleicht würde er weitererzählen, wenn ich ihn lassen würde. Vielleicht würde er mich umarmen, so nah, wie er steht. Er ist wieder so nett – so bedeutungslos nett, wie ich weiß, ich kluges Mädchen.

»Schönen Tag dir noch«, sage ich stattdessen und er nickt und wünscht uns auch einen schönen Tag – viel zu nett, blöde bedeutungslose Nettigkeit.

*

Als sich unsere Wege getrennt haben, sagt Ida: »Der sah aber sehr schmal und klein aus.«

»Ja«, antworte ich lachend. »Das stimmt allerdings.«

Dann kommt die Nervosität.

»Ich sehe scheiße aus!«, fluche ich und Ida schüttelt den Kopf.

»Nein, siehst du nicht.«

Ich kaufe Zigaretten und Schokolade beim Griechen. Den ganzen Spaziergang durch den Görli kann ich Julian nicht aus meinen Gedanken löschen, und noch vom Copyshop bis zu meiner Wohnungstür holt mich der vergangene Sommer in aller Wucht ein.

»Julian oder Caspar?«, fragt Ida.

»Caspar!«, sage ich wie aus der Pistole geschossen. »Aber Julian würde ich auch ohne Probleme immer noch nehmen, selbst wenn er nicht so cool ist, wie er tut, auch wenn er klein ist und schmal und verplant und …« Und außerdem ist er näher dran, denke ich.

»Ich meine, wenn du die Wahl hättest.«

Ich wiege meinen Kopf hin und her.

»Caspar. Wegen des Charakters. Nichts geht über Caspars Humor oder über seine Art.«

»Wow.«

»Ja, nicht? Das denke ich auch immer. Wenn Caspar nur wüsste!«

»Das ist wirklich nicht schlecht. Scheiße, Raquel, lass uns verdammt noch mal eine Deutschlandtour starten!«

Ida hakt sich bei mir unter, und wenn ich wirklich in jemanden verliebt bin, dann ist das sie.

*

Es ist so ungesund, ihn wiederzusehen. Sofort mache ich mir Gedanken darüber, ob ich sein Café-Versprechen einfordern soll. Und wenn er dann wieder nicht reagiert, wird mein Stolz in den Regenrinnen der Stadt zerfließen.

*

Club der Visionäre an einem Montagabend. *I love Raquel* – auf die Toilettenwände gekritzelt. Ein Jahr muss es ungefähr her sein, als Ida das gemacht hat, und es ist immer noch lesbar.

Auf dem Steg lassen sich die Menschen treiben, obwohl die Woche gerade erst angefangen hat, trinken Bier und rauchen einen Joint nach dem anderen.

Das Publikum ist ganz angenehm, sympathisch und nicht zu pseudocool. Wahrscheinlich, weil der Altersdurchschnitt bei etwas über dreißig liegt.

Von der Brücke schauen Menschen mit Fahrrädern auf uns herunter. Es ist ja auch wahnsinnig idyllisch – der Freischwimmer gegenüber, das grüne Wasser, auf dem die Lindenblüten mit dem Strom mitschwimmen …

*

Ich träume. Wir sitzen geknickt im Club. Caspar hat gesagt, sie können nicht kommen.

*

Es gibt Dinge im Leben, die sind schier so unerklärlich wie das Leben selbst. Manchmal bricht einfach alles aus mir heraus, und die ganze Tapferkeit, zu der ich mich verpflichtet fühle, ist nur noch ein Haufen glitzernder Scherben an einem sonnengetränkten Tag.

Wenn die Hoffnung zuletzt stirbt, was alles muss davor sterben?

Das einzige Stück Hoffnung, an das ich mich klammere, ist, dass Caspar sich an meinem Geburtstag melden wird. Und vielleicht auch die Möglichkeit, ihn zu besuchen, auch wenn das nur einen winzigen Splitter meiner Hoffnung ausmacht.

*

Er hat geschrieben, tatsächlich. Inzwischen hatte ich mir schon eingeredet, er wäre eben ein Arschloch, das musste natürlich sofort widerlegt werden. Mit einer SMS, so zuckersüß und doch so unverbindlich, dass ich nichts weiter als ein Fluss sein kann, hey Mississippi, oder doch die Donau, Fräulein Fluss.

*

Wenn ich mit mir selbst Sex habe, konzentriere ich meine Gedanken auf ihn, manchmal gelingt es mir, manchmal auch nicht, aber wenn, und wenn ich gekommen bin und ich dann meine Augen öffne und den Raum realisiere, in dem ich mich befinde, und der Raum mich realisiert, kann ich oft nicht anders, als zu weinen. Ich werde so hilflos, ich kann es gar nicht beschreiben, dieses leere Gefühl, so alleine und doch so froh, in diesen Momenten alleine zu sein und niemandem meine Tränen erklären zu müssen.

*

Wir Bonbonbabys. Wir laufen durch die Straßen, es ist angenehm frisch, eine leichte Brise, bitte einmal für drei Euro fünfzig Taxi-Kurzstrecke in die nächste Bar, Mojito und Maracujaschorle, menschenleer, weil es ein Dienstag ist.

Wir vier Mädchen wieder mal.

Bonbonbabys.

Die Männer blicken unseren geblümten Röcken nach, und wir lachen in vier verschiedenen Oktaven. Der Frühling tanzt mit uns, und wir sind glücklich.

Morgen in der Schule werden wir die mündliche Deutschprüfung nicht ernst genug nehmen können und trotzdem werden wir glücklich sein. Weil wir uns sagen werden, dass das, was wir auf den nächtlichen Straßen mitten im Leben erfahren, viel nachhaltiger wirkt als ein analysiertes Gedicht von Joseph Eichendorff.

Ich mag es sowieso nicht, Gedichte zu analysieren. Ich kann mir einfach nicht vorstellen, dass man, wenn man schreibt, sich so wahnsinnig viel Botschaft hinter den Versen denkt. Dann bin ich eins zu einer Million.

Und egal was Eichendorff mir sagen will, ich werde auch ohne ihn überleben und glücklich sein.

27

Es war einmal an einem Donnerstagabend auf einer halb privaten Party an der Grenze zu Neukölln.

Er heißt Shane.

Er küsst wahnsinnig schön.

Er speichert meine Nummer unter »Raquel süß«.

(Wenn ich es mir aussuchen könnte, würde ich die Nummern nach Orten speichern: Moritz – Rolltreppe, Frederik – Supermarkt, Peter – U1, Hajo – Kiki Blofeld; und so weiter eben.)

Er sagt, ich solle mich entscheiden, also ob er mitkommen soll oder nicht. Aber ich entscheide mich erst sehr spät, er ist zu betrunken, um sauer deswegen zu sein.

Er greift mir auf der Parkbank unter den Rock. So viele Mädchen.

Auf der Straße sagt er, »ich will dich ficken«, und dann kommt Tills bester Freund vorbeigefahren.

Ich lasse ihn stehen, obwohl ich nichts lieber hätte als diese Nacht mit ihm.

*

Der nächste Abend ein Freitag. Shane steht neben dem Kiosk am Görlitzer Bahnhof und unterhält sich mit einem weiß gekleideten Mädchen, während seine Freundin Bonbons kauft. Meine Sex-and-the-City-Stöckelschuhe klackern auf dem Bordstein. Ich habe rote Lippen. Sie sind von der Anstrengung wund und ein wenig aufgeplatzt und sie schreien danach, einen Mund zu berühren. Und einen Körper.

Sechs Meter, bevor ich an ihm vorbeilaufe: Er dreht sich um und sieht mich und winkt mir dann, so ein Wir-wissen-schon-Winken, ein Einverständnis über irgendwas.

Ich winke zurück, lächle – wahrscheinlich ein wenig arrogant – und stöckle dann weiter die Skalitzer runter, vorbei an Menschenmassen vorm Café Vor Wien, mein Blick eisig, solange ich mich unter Beobachtung fühle. Ich wette, Till steht auch irgendwo da. Schnell weg.

*

In meinem Traum war ich nicht nur betrunken, ich war sturzbesoffen, aber ich wollte es mir nicht eingestehen. Das habe ich noch nie erlebt, das war wie echt. Ich hatte mich schlichtweg nicht mehr unter Kontrolle. Ich lag auf dem Boden, und Madita war über mich gebeugt und hat geschrien: »Du blutest!!« Shane hat sich mir zwischen die Beine geschoben, und Papa ist mir hinterhergelaufen, obwohl ich jetzt 18 bin.

Es war so heftig real, dass ich aufgewacht bin und mich neben Ida auf der Matratze hin und her gewälzt habe. Draußen hatte es zu hageln aufgehört, und das Mondlicht schien durch die offenen Fenster auf den Schlafzimmerboden und überflutete eine große Fläche Parkettboden mit kühlem Weiß. Statt mystischer Waldgeräusche und dem Wind in den Baumkronen der Kiefern hat es in der Ferne nur penetrant gepiept. Auf der Oberbaumbrücke ist eine U-Bahn gefahren. Ich habe an die ganzen schönen Männer in meinem Leben gedacht und mich gewundert, warum gerade Shane mich beschäftigt (offensichtlich).

*

Lieber Caspar,
was jetzt kommt, ist ein bestimmt außerordentlich jämmerlicher Versuch, altbacken wird es klingen und naiv, vielleicht sogar komisch, pathetisch, geschwollen, albern, gefährlich … Aber ich werde versuchen, mich über all diese Dinge zu erheben und nicht peinlich zu sein. Ich meine es ja ernst und es ist mir irgendwie wichtig, dir etwas Schriftliches zu »schenken«, etwas, das dir bleiben wird von mir. (Wenn du bis jetzt noch nicht in Gelächter ausgebrochen bist, weiß ich auch nicht, aber egal.)

Verzeih, weil, das ist der erste Liebesbrief, den ich in meinem Leben verfasse …

Also, jetzt habe ich mich für alles im Voraus schon gerechtfertigt und werde hoffentlich den Rest schreiben können, ohne mich dabei zu entschuldigen.

Schon klar, du kennst mich nicht und ich kenne dich genauso wenig, und trotzdem bin ich felsenfest davon überzeugt, dass du es bist, was auch immer es ist.

Einerseits wünsche ich mir wenig mehr, als dich wiederzusehen, am besten jetzt sofort oder meinetwegen auch morgen. Andererseits habe ich fast das Gefühl, ich würde dich lieber erst in ein paar Jahren wiedersehen, weil, das ist jetzt blöd, aber ich möchte dieses Etwas beschützen, nicht der Jugend aussetzen sozusagen.

Ich will einen Ring, ein Kind, ein Leben mit dir.

Ich will einen Kuss, ein Haus, die Welt von dir.

Ich kann mein Herz leider nur sehr schlecht für mich behalten und folglich weiß inzwischen ganz Kreuzberg (und darüber hinaus) von meinem Glück/Leid, und was ich mir im Gegenzug anhören muss, ist zum Beispiel, dass die zwei Tage im Theater ein völlig illusionäres Verhältnis hergeben oder dass du doch gar nicht mein Typ seist, und sie haben natürlich auch irgendwo recht.

Nur, ich träume von dir. Nicht jede Nacht, zwei- oder dreimal, aber es ist so.

Die Welt, von der ich träume, hat die Farbe von Himbeergelee und duftet nach Zitronensorbet.

Die Welt, in der ich träume, legt einen dämmrigdiffusen Schleier auf meine Augen.

Die Welt, in der ich lebe, duftet manchmal nach Kokosmakronen und an anderen Tagen nach stehengelassener Milch.

Ich will es dir schenken, weil, egal was du darüber denkst, was du tust – keine Ahnung –, ich daran glaube, dass es dir etwas geben wird. Irgendwas. Vielleicht eine Erinnerung an einen ersten Liebesbrief oder so.

Komm her, bevor du ins Ausland gehst, küss mich, und wenn nicht, wer weiß, vielleicht kannst du dich in zehn Jahren doch noch entschließen, mir einen Heiratsantrag zu machen. Ruf mich dann einfach an.

Herzallerliebst, deine Raquel

*

Natürlich habe ich ihn nie abgeschickt. Aber er hat mir geholfen, mein Seelenwirrwarr zu identifizieren.

Wenn man einen Liebesbrief bekommt, heutzutage, könnte man damit umgehen? Ich wahrscheinlich nicht. Was für ein Horror und was für ein Softie, der irgendwelche schnulzigen Zeilen auf Pergamentpapier verewigt.

Andererseits, es kommt auf die Art des Briefes – und des Typs natürlich auch – an.

Hätte ich ihn abgeschickt, jetzt nur mal so rumgesponnen, vielleicht hätte ich wirklich nie wieder von ihm gehört. Aber andererseits hätte er die Erinnerung an mich irgendwie anders behalten? Irgendwie abgeschlossener? Wie ein in Seidenpapier gewickeltes Geschenk. Kann natürlich sein, dass es einem nicht gefällt, trotz des Seidenpapiers.

*

Papa guckt mich mit gerunzelter Stirn an und sagt, ich solle aufpassen. Weil, Männer würden halt nicht darauf stehen, wenn man ihnen hinterherrenne. Das sei ein Gesetz, gegen das auch ich nicht ankommen könne.

Ich weiß es ja auch. Nicht nur von ihm, sondern aus eigener Erfahrung. Ich will gar nicht daran denken, was ich zum Beispiel bei Julian alles falsch gemacht habe.

*

Wenn es einen Grund für mich gäbe, berühmt sein zu wollen, dann wäre es der: Damit Caspar mich in fünf Jahren auf einem Filmplakat sieht und sich an mich erinnert. Im Fernsehen verfolgt er, wie ich einen Preis nach dem anderen abräume, und merkt, was für eine tolle Frau er damals verpasst hat. Er liest ein Interview, in dem ich sage, dass es nur einen Mann auf der Welt gibt, den ich will, der aber leider in Freiburg verschollen ist – und kommt zu mir. Für immer.

Caspars Haltung erweckt in mir den Ehrgeiz, ein toller Mensch zu sein, in ein paar Jahren, reif, entwickelt, und der Fehler ist wahrscheinlich, dass ich das ein bisschen mit dem Bekanntsein in Verbindung bringe (denn wie soll er sonst davon erfahren, es ist definitiv der schnellste und direkteste Weg), damit er gar nicht widerstehen kann. Er soll mich heiraten. Dafür bin ich bereit zu warten, aber so was von.

*

Liebe Oma Rosalinde, jetzt ist schon wieder ein Monat vergangen und es ist trotzdem nicht wärmer geworden, keinen Millimeter auf dem Thermometer draußen im Garten. Du fehlst mir.

*

Umringt von vielen Leuten, drängt sich mir der Wunsch auf, alleine zu sein, um die stillen Tränen, die ich so unauffällig wie möglich vergieße, endlich loszulassen. Am allerliebsten würde ich einsam auf einem einsamen Feld herumtoben und so laut schreien, dass man mich auch noch in der Badewanne hört.

Die Sehnsucht begleitet mich überallhin, besonders schlimm ist es beim Autofahren. Oder wenn bestimmte Mimiken oder ein Augenzwinkern mich an ihn erinnern.

Was ist das, wenn jedes kleinste bisschen in mir eine augenblickliche Reaktion von Angegriffenheit erzeugt? Wenn ich mit meiner Familie nicht länger als eine halbe Stunde zusammen sein kann, bevor ich in Tränen ausbreche. Wenn mir alles wehtut, mein Kopf, meine Haut.

Ich warte vergeblich auf eine Nachricht von Caspar, dabei weiß ich ja, dass er schreibt, wenn er Zeit hat, bestimmt wird er schreiben.

Ich bin zu abwesend in der Schule und zu abwesend in meinem Leben außerhalb der Schule. Ich weiß, dass ich mich oft überfordere, aber was soll ich tun. Ich kann mich für nichts entscheiden, nicht für die Pasta mit Zitronensauce noch für die Rucolapizza.

Und trotzdem gibt es natürlich viele Momente, in denen ich mir beweisen kann, dass etwas zustande kommt, dass ich es schaffen kann. Mein Leben verläuft auf schlingernden Bahnen, und meine Stimmung wechselt wie das Wetter in diesen Tagen.

*

Die Cécile aus Françoise Sagans Roman *Bonjour Tristesse* ist ein schönes 17-jähriges Mädchen. Ich habe das Buch am heutigen Nachmittag gelesen, in Jettes Polstersessel zusammengekauert, ich habe Cécile gelebt und mich wegtragen lassen von einem französischen Sommer auf Segelschiffen.

Ich hätte natürlich lernen oder zum Tanzen gehen oder mich um die unzähligen kleinen Dinge kümmern sollen, die vollbracht werden wollen, aber ich habe mich entschieden zu flüchten. Daraus ergab sich eine kuriose Mischung aus Trägheit, Reue, Unzufriedenheit und weggetretener Ruhe. Weggetreten im Sinne von nicht da und trotzdem wieder zu mir gefunden.

*

Natürlich muss es heute sein, dass ich Julian wiedertreffe. Ich bin ja so wunderbar hübsch geschminkt und meine Klamotten sind ganz reizend und ich sehe auch nicht verweint oder krank aus oder so.

*

Julian sitzt unten auf seinem Balkon und arbeitet. Von hinten sieht er besonders schön aus. Wie ein Mann, den ich mal geliebt habe. Definitiv. Aber er ist schließlich ein Langweiler und erkennt das Potenzial nicht, welches ich als seine Freundin hätte.

Scheiße, wie kann man bitte fast ein Jahr, nachdem es vorbei war, immer noch so auf einen Typen stehen? Ist das der Stolz, der an einem nagt, oder doch irgendwas Tiefgründigeres?

Liebes Leben, das kann doch nicht alles sein. Mit Julian und mir, meine ich. Da muss noch was passieren. Ich kann nicht glauben, dass Dinge so wenig Abschluss finden, so wenig Konsequenzen haben. Finde ich Julian plötzlich wieder attraktiv, weil Caspar noch viel unerreichbarer ist als er oder andersrum?

Die blaue Stunde über Berlin. Ida und ich haben uns auf dem Balkon ein Bettenlager eingerichtet und hören Husky Rescue.

Husky Rescue erinnert allerdings an Caspar. Eine einzige Paradoxie: Ich erinnere mich an Caspar, während ich Julian auf seinem Balkon betrachte und überlege, ob jemals noch etwas passieren wird zwischen uns.

*

Jede Sekunde zu nutzen ist manchmal leichter gesagt als getan. In zwei Tagen werde ich erwachsen und noch habe ich nicht das Gefühl, ausreichend genug 17 gewesen zu sein. Was alles muss man mit 17 schon getan haben?

Das Leben ist leider kein Film.

Lass uns Freunde sein. Das Leben ist zu kurz, um wahr zu sein.

28

Ich erstelle Listen, ellenlange Listen, Listen gefüllt mit Wiesenblumen, Schokoladenhasen, Mohnkuchen, Anispastillen, Himbeersirupdrops und Apfelbaumblüten. Listen von Achterbahnfahrten, Schatzsuchen, Monopolyspielen, Karussellpferden und eisglatten Rodelpisten. Bücher mit glitzernden Einbänden und Plastikprinzessinnenkronen kommen darin vor, Maiglöckchenduft und Fliederkissen mit Daunen und Röcke, die mit Sternenpailletten bestickt sind.

Meine ganze Kindheit verpacke ich fein säuberlich in Listen, Detail an Detail gereiht, und die Kindheit zwischen Lindenbäumen und Regenpfützen ist himmelleicht, und die Verantwortung, die mit lautem Klingeln mir entgegenkommt, scheint unendlich grau und schwer.

*

Toshij, Eva und Ida haben meinen Geburtstag in den Bergen organisiert. Das habe ich mir als Geburtstagsgeschenk gewünscht. Ida und Pepe fahren uns mit den Autos unserer Eltern (die weit weniger begeistert waren, auch wegen der Schule und so, aber das musste halt sein). Tom, Kilian, Paulina, Michel und Coco. In München holen wir Erik, Mario und Uffie ab. Wir schlafen eine Nacht bei Lorenz in der WG und am nächsten Morgen wandern wir zur Hütte hoch und bleiben das Wochenende da.

Wird bestimmt lustig. Wir müssen das Bier mitschleppen und so, also eigentlich ist es absurd, zehn Leute mit zehn schweren Rucksäcken, voll beladen mit Bier.

Ich wünschte allerdings, Caspar wäre jetzt hier.

*

Auf den Gipfeln ist noch ein Rest Winter zu spüren. Trotzdem durchbrechen erste Enziane, Schneeglöckchen und Bergblumen die Kruste kristallenen Schnees. Ein Hauch sommerlichen Windes weht in unsere Gesichter. Eingemummelt in gefütterte Wetterjacken stapfen wir die harten Erdwege entlang. Uffie rutscht aus und schreit laut auf. Allgemeines Gelächter. Yogitee in Thermoskannen und Käsebrote.

Als wir endlich in der Berghütte angelangt sind, scheint der Mond schon lange über das Paradies frühlingshafter Schönheit und spiegelt sich in den weißen Inseln der fast vergangenen Jahreszeit wider. Meine Hände sind unter den dünnen Baumwollhandschuhen beinahe erfroren.

Das Feuer flackert im Wind, blau-orange-rot-gelb. Wir haben das Gepäck im Schlafsaal abgeladen, geduscht und einen Tee getrunken. Jetzt haben wir unsere Schlafsäcke nach draußen geholt und sitzen um den eigens markierten Lagerfeuerplatz. Wir sind die einzigen Gäste, Gott sei Dank, es hätte auch schlimm kommen können für uns und den Alkohol, wenn Bergsteigerfreunde auf ihrem Schönheitsschlaf bestanden hätten, wegen Lautstärke und überhaupt und so. Man kann ja nie wissen, wie die in bayerischen Landen so drauf sind.

Es ist sehr viel Glück. Und sehr viel Alkohol.

Und am nächsten Tag.

Am Rande des Brunnens wuchern die Brennnesseln.

Coco stolpert mir über die Schottersteine entgegen und ruft noch im Laufen: »I'm so sexy!« Dann fällt sie lachend neben mir zu Boden. Ich nehme einen weiteren Schluck aus der Wodkaflasche und setze mich neben sie. Unser Blick schweift über das satte Grün der Felder. Gefleckte Kühe, Sonnenstrahlen und ferne Landhäuser. Hier möchte ich leben, wenn ich groß bin. Vielleicht bin ich doch kein Stadtkind.

Und am nächsten Tag. Und schon wieder Tom und Toshij. Aber da halte ich mich definitiv raus, daran versuche ich erst gar nicht zu denken. Verdrängen oder so ähnlich.

Schade, dass die anderen nicht mitgekommen sind, dann wären wir zwar wirklich eine sehr große Gruppe gewesen, aber na und. Gut, Bayern ist eben nicht Brandenburg. Für mal eben so.

*

Drei Tage lang durchgesoffen, das habe ich lange nicht mehr gemacht, und am Ende des Tages fühlst du dich einen Tag älter. Irgendwie ist Trinken wie Geldabheben, wenn man das erste eigene Konto hat mit Geld drauf natürlich; mir rinnen die Fünfziger wie Sand durch die Finger und der Alkohol wird mit jedem Schluck süßer – vielleicht war das ein komischer Vergleich.

Die Autofahrt zurück ist furchtbar, alle verkatert und schlecht gelaunt, und dann auch noch eine Panne mitten auf der A37298 und ADAC; wie eine Fahrt zurück in die Hölle, obwohl man gerade erst angefangen hat, den Himmel zu schmecken.

*

Erneute Woche, Schulalltag überstanden. Tape Club. Elektronische Tanzmusik, flackernde Lichter, Wodkabiermischgetränke an der Tanke und Kusshände vorhin am Hauptbahnhof.

Der Alkohol in meinem Kopf bewegt sich auf einem Niedrig-genug-Level, dass ich nur alles verwischt sehe, Milchglas, wie in den Weißenseer Neubauwohnungs-Badezimmertüren.

Das Schöne ist, dass ich schön aussehe, seit einem halben Jahr habe ich nicht mehr so viel Zeit vor dem Spiegel verbracht.

Das weniger Schöne ist, dass ich sehr dringend mit jemandem schlafen muss, jetzt sofort, und es nicht geht, weil kein Typ da ist, mit dem ich wollen würde und der mit mir wollen würde. Auch wenn ich meine Ansprüche relativ niedrig halte.

Ich bin chronisch untervögelt und niemand will mich – was läuft da falsch? Suche ich zu sehr, strahle ich meine Willigkeit vielleicht aus und schrecke damit bestimmte Typen von Mann ab, nämlich die, die ich auch gut finde? Gut möglich, wahrscheinlich. Aber kein besonders tröstender Gedanke.

Anouks Augen fallen im Fünfminutentakt zu. Ich glaube, sie will gehen, ich glaube, ich muss auch gehen. Liebeskummer mit Vögelorgien zu betäuben hat auch bei Julian nicht besonders gut geklappt.

Später, als ich endlich in meinem heimeligen Treppenhaus angekommen bin, vier Uhr ist es mittlerweile, ertappe ich mich wieder bei dem Gedanken, dass mir Julian begegnen würde, um endlich mit mir zu schlafen. Ich würde sehr gerne wenigstens mit ihm schlafen, immer noch.

Eine traurige Gestalt bin ich, aufgestylt bis zum letzten Gehtnichtmehrstyler, hungrig nach Liebe, sehr traurig.

*

Es geht einfach nicht vorbei. Alles, was ich denken kann, ist Caspar, Caspar, Caspar. Ich bemühe mich ja, ihn mir unsympathischer zu machen, schließlich benimmt er sich wie ein Arschloch irgendwie, schreibt nicht, reagiert nicht, gar nichts.

Ich will seine Stylergeileraktionen schlechtmachen und kann sie ihm nicht übel nehmen, ich will sein Aussehen relativieren und muss feststellen, dass allein seine Präsenz ihn zum attraktivsten Mann der Welt macht und seine inneren Werte (ohne Scheiß!) den Rest übertünchen. Ich stelle mir vor, wie er ist, wenn er schlecht drauf ist, weniger blumig und lustig, und alles, was mir einfällt, ist, dass wir ja so gut zusammenpassen würden, und auch wenn wir uns häufig streiten, wäre das ein gutes Zusammenpassen.

*

Toshij und ich sitzen in der Luzia in der Oranienstraße und trinken Weißwein. Außer ein paar verlorenen Gestalten an der Bar, die mit einer Zigarette (trotz Rauchverbot) den Abend ausklingen lassen, ist das Café komplett leer, die Stühle hochgestellt wie verkehrt herum platzierte Giraffen.

Der süße Kellner trocknet mit einem grün-weiß gestreiften Geschirrtuch Biergläser ab und zieht dabei an seiner selbst gedrehten Zigarette. Manchmal treffen sich unsere Blicke, Blicke von der Sorte, die weder ein Lächeln noch eine Gleichgültigkeit beinhalten, eher eine Verheißung, die zu 98 Prozent unerfüllt bleiben wird. Dann wende ich schnell meinen Blick wieder ab und lache auffällig über Toshijs letzten Satz, ziehe an meiner Gauloises-Zigarette und schlage die Beine übereinander.

Der Plattenspieler spielt Indie-Rock-Pop-Liebeslieder: »When I come home, I am so lonely«, und die Barfrau mit dem roten Lackgürtel knipst die Lichter im hinteren Teil des Raumes aus, so dass nur noch ein rötlich schummriges Licht zurückbleibt.

Dann geht der süße Kellner zum Garderobenhaken und wickelt sich ein Palituch um den Hals, umarmt die Lackgürtelfrau, während sich ein Mädchen, das bis jetzt etwas träge rauchend an der

Bar gesessen hat, ihren Mantel anzieht, offensichtlich hat sie auf ihn gewartet.

Toshij sagt: »Das ist seine Freundin, wetten«, und ich schaue erschrocken auf und antworte: »Meinst du echt?«

Der süße Kellner gibt einem anderen Mann kumpelhaft die Hand, geht an unserem Tisch vorbei, schaut mich dabei an und sagt »ciao«, und ich antworte »tschüss« und lache schnell wieder in Toshijs Richtung.

Was hat diese Frau in der uncoolen Hose, das ich nicht habe, beziehungsweise warum war ich nicht zur Stelle, als er sie kennenlernte?

Die Welt scheint mir ein einziges großes Fragezeichen und die Routine, die mich die nächsten Wochen erwartet – morgens aufzuwachen und zu wissen, mit welchen Erfahrungen man abends wieder einmal das Bett begrüßen wird – drückt auf mir wie ein Lastwagen, gefüllt mit Erdbeerlollis, und zwar bis zum Anschlag.

*

Julian steht in der Haustür, sein Skateboard unter den Arm geklemmt, und reflexartig zucke ich zusammen.

»Hi«, sagt er und strahlt beinahe, »wie geht's?«

Als ich noch in Julian verliebt war, hat er mich nie gefragt, wie es mir geht. Die Frage stellt er seither jedes Mal in den Raum, wie eine Versicherung seiner selbst, dass er mit der Abfuhr damals im Sommer das arme 17-jährige Mädchen nicht kaputtgemacht hat.

Aber wahrscheinlich denkt er nichts dergleichen. »Wie geht's?«, ist schließlich wirklich nur eine Floskel.

»Gut«, erwidere ich und spüre die Nervosität von den rot angemalten Fußnägeln bis hoch zu meinem frisch gestutzten Pony hinaufkriechen, »ganz gut.«

»Ferien?«

»Ja, na ja, Tanzen. Wir haben bald Premiere.«

Ich tue das Schloss in meine Tasche und schiebe das Fahrrad neben mir her, und so laufen wir bis zur Kreuzung.

*

Er hat mir ein Bier ausgegeben, mich bei seinem Joint mitrauchen lassen und mir danach eine Zigarette geschenkt.

Des Lebens Unzulänglichkeit hat mir die Stirn geküsst und mir gesagt, dass die bestehende Diskrepanz zwischen uns zu groß ist. Eine Nummer zu groß für mich. Ich habe die Blütenblätter vom Stängel abgerupft und dabei »er liebt mich, er liebt mich nicht« geflüstert. Aber davon wurde es nicht besser.

Es hätte vieles besser gemacht werden können, wenn diese bleierne Monotonie endlich verschwunden wäre, ertrunken im kühlen Seewasser, umwachsen von hungrig schlängelnden Algen; denn nur die Zeit vergisst, das sagt man doch. Stattdessen Plastikmüll, nachdem die letzten Badegäste im Sonnenuntergang den Heimweg angetreten haben, vollgepisstes Wasser und ein einsamer Schwimmflügel, ein Antikörper der Natur, bescheiden treibend auf der schließlich geglätteten Wasseroberfläche.

Ein Bild wie in einem Arthouse-Film, die sie donnerstags im Arsenal Kino zeigen. Neben der Dunkin-Donuts-Filiale. Potsdamer Platz, Sony Center, Nationalgalerie und wieder die zwei zu betrachtenden Seiten einer Sache. Schwarz und Weiß sind hoffentlich dann aus meiner Gehirnkapazität gelöscht worden. Zuhause ist mein Kleiderschrank nur bunt. Wie mein Bikini, dessen helles Grau von der Nässe nun aber eine dunklere Farbe angenommen hat.

Ich fühle Glück. Noch so viele Tage, und nie wieder wird er sich wiederholen, dieser Moment. Deshalb muss ich ihn ausschöpfen und Dankbarkeit empfinden für alles, und das kann ich jetzt. Ich falle in ein Indianer-Geheul und laufe ins Wasser, wobei ich versuche, möglichst viel Wasser zu meinen Seiten aufspritzen zu lassen.

*

Ich sitze auf dem Sofa mit meinem Laptop auf dem Schoß, weil ich gerade gucken musste, wie es um die Verkehrsanbindung zum Casting später bestellt ist. Ich klappe den Laptop zu und überlege, was ich anziehen soll. In einer dreiviertel Stunde muss ich spätestens los.

Meine nassen Haare kitzeln im Nacken.

Ich klappe den Laptop wieder auf und checke doch noch mal meine E-Mails, nur falls Caspar geschrieben hat. Obwohl das sehr unwahrscheinlich ist, da ich ja gestern Nacht um drei und heute vor zwanzig Minuten schon geguckt habe. Aber man kann ja nie wissen.

Mein Handy vibriert neben mir. Kilian ist dran. Er ist grad in der Nähe und fragt, ob er mich auf ein Eis einladen darf. Ich sage, es täte mir leid, aber ich hätte keine Zeit.

»Komm«, sagt Kilian, »beweg deinen Arsch hier raus, Mädchen, vom Zuhausesitzen wird es auch nicht besser.«

Gruselig, wie er mich schon durchschaut, dieser Junge, obwohl wir uns doch erst seit ein paar Monaten kennen.

Eine dreiviertel Stunde habe ich immerhin noch. Ich schmeiße alles Zeug in meine Tasche, Turnschuhe, Kapuzenpulli, Tellerrock. Muss reichen. Treppenhaus, Straße, Ampel, Gesichter, Beschäftigung; und vorm Eisladen wartet Kilian schon.

Ich nehme Schwarze Johannisbeere und Kilian Keks. Er lacht und sagt, dass er vorhin schon drei Kugeln gegessen hat. Wir spazieren im Görli, schlecken unser Eis wie zwei Postkartenmodels und genießen die Sonne wie der Rest der Welt: So scheint es bei den Massen an Menschen, die auf der Wiese lesen, Frisbee spielen und ihre Grills zu entfachen versuchen.

Es tut mir gut, mit Kilian zu sein, abgelenkt bin ich und glücklich und vor lauter Lachen pruste ich Johannisbeeren über den Gehweg.

29

Und ich träume mein ganzes Leben: In einer Bar mit S., die nur schummrig beleuchtet ist, Verabredung mit Rocco und Sven, die gerade noch beschäftigt sind, zwei weniger attraktive Damen – die sich offensichtlich in sie verknallt haben – abzuwimmeln. Ecstasy in den Gläsern, in denen rotes Gebräu nach alkoholisierten wilden Nächten riecht, und S. redet mir gut zu, es sei ja doch nicht so gefährlich, diese Droge zu nehmen, die sich allmählich auflöst, also nehme ich einen Schluck und dann noch einen, aber eine Wirkung tritt nicht ein. Rocco und ich schlafen diesmal miteinander, auf den Sitzbänken eines Zuges.

*

Als die Casterin allerdings meinte, Rocco komme gleich, dann könnten wir zusammen spielen, ist mir der kalte Schweiß ausgebrochen. Meine Hände wurden noch kühler als sowieso schon, und die unattraktiven Schweißflecken auf meinem grauen Kapuzenpulli ließen sich auch kaum verstecken.

Wie kann es sein, dass ich in einer Woche von ihm träume, völlig ahnungslos, und in der nächsten treffe ich ihn wieder, nach einem Jahr, und muss zusammen mit ihm eine Szene spielen, in der ich völlig verrückt nach ihm bin.

Ich glaube, er hat mich erst gar nicht erkannt, nur am Ende fragte er dann, ob wir uns nicht von irgendwoher kennen.

»Ja«, habe ich geantwortet und bin weggegangen, um meine Sachen zu holen.

Und als wir uns verabschiedeten, habe ich gesagt: »Wir kennen uns von der Abschlussparty im letzten Frühling.«

Da bröckelte seine höfliche Fassade ein Stück weit. »Ach so, jetzt kommt's mir wieder« oder so was Ähnliches hat er gesagt, und ich habe lächelnd die Tür hinter mir geschlossen, voller Sorge, wie ich rübergekommen bin, was er wohl von mir denkt, der große arrogante Filmstar.

*

Wenn ich es zuhause nicht mehr aushalte wegen irgendwas, weil ich schlechte Laune produziere, der Schuldruck zu groß wird, ich nicht mehr einen zusammenhängenden Satz schreiben kann und alle zwei Minuten wie zwanghaft auf den Balkon rausgehe, einfach so, habe ich mittlerweile gelernt, spazieren zu gehen.

Leider ist bei uns kein Wald unmittelbar in der Nähe, der Plänterwald ist immerhin zwanzig Minuten Fahrradweg entfernt, das würde mich dann auch stressen, aber am Heckmannufer ist es schön. Da gibt es Trauerweiden, die tanzend über das Wasser schwingen, und Kindergelächter von der Lohmühle drüben, und Angler und Pissegeruch und Boote und Hunde und Autos. Dort hinten schwimmt ein Enterich, sein grüner Kopf glänzt in der Sonne.

Dann lese ich ein Buch über Teenager, die mit 13 Pillen schmeißen, und genieße es, alleine zu sein und trotzdem draußen und mittendrin.

Im Café zum Beispiel kann ich mich kaum entspannen. Hier schon. Und alle Lasten scheinen viel weniger schlimm – die

Deutscharbeit morgen, von der du keinen blassen Schimmer hast, und die Französischprüfung nächste Woche. Alles halb so wild. Eine Fünf auf dem Zeugnis bringt dich auch nicht um. Die Welt ist buntschillernd schön.

Bis sich ein alter Sack neben dich auf die Bank setzt, mit einem ranzigen Harley-Davidson-T-Shirt. Ein touristenbeladenes Rundfahrtschiff fährt vorbei. Spreeprinzessin.

Ich klappe mein Buch zu und laufe weiter das Ufer hinunter.

*

Wir sind auf einer Steglitzer Bonzenparty gelandet.

Vor lauter Staunen kriege ich den Mund gar nicht mehr zu. Anouk, Sanne und ich lachen über die Kerzen und Rosenblätter, die im Badezimmer verstreut sind, und pissen in die Badewanne. Das Wohnzimmer hat eine Fensterfront nach hinten raus. Auf dem Boden liegen echte Tierhäute als Teppich, die Schränke sehen aus wie Fünfzigtausend-Euro-Exemplare und in den Regalen stehen Flaschen über Flaschen kostbarer Schnäpse. Premiere auf dem Flachbildschirm, und die Kaffeemaschine summt unscheinbar vor sich hin.

Mein Kopf versinkt in einem Kissen persischer Kükenfedern, und draußen im Garten plätschern die Wasserkunstinstallationen.

*

Es hat eine gewisse erleichternde Wirkung, als wir uns küssen, und dass er schön küsst. Genauso sollte es sein mit meinem Freund, am Lagerfeuer eines Maiabendgeplänkels. So sollte er mich halten, mit beiden Armen, fest und sicher, seine Lippen an meinem Ohr, meinem Nacken, meinem Kinn. Vor allen anderen, obwohl ich eine Fremde bin.

Nur *er* sollte es nicht sein, nicht mein Freund, mein Liebster.

Bereit bin ich, jederzeit mit ihm zu schlafen, ihn in dem Moment zu lieben, aber ohne jegliche Verantwortung.

»Kommst du mit hoch?«, fragt Khalil mich.

Ich gebe Anouk und Sanne ein Zeichen, aber die sehen es sowieso nicht, weil sie über die Witze eines kleinen Rothaarigen mit Segelohren lachen.

Jedes Stockwerk mündet erst einmal in ein Wohnzimmer mit Anschluss an eine Bar. Sieht aus wie im Adlon. Perfekt aufgeräumt, Kunst an den Wänden, im Stil schlicht – und definitiv sehr reich.

Anscheinend gilt: je höher, desto bonziger. Ich will gar nicht wissen, wie die anderen Zimmer aussehen, will ich doch, aber Khalil will es mir nicht zeigen. Fast so, als wäre ihm das ganze Haus ein bisschen unangenehm. Ich kann aber nicht anders, als mit weit aufgerissenen Augen Stufe für Stufe hinaufzusteigen und alle Details zu bewundern, so beeindruckend finde ich diese obere Mittelschichtsgeschichte.

Papa zieht mich immer damit auf, mit dieser Neugier auf den wohlhabenderen Teil der Gesellschaft. Erfolg macht sexy, Geld macht sexy, das war schon immer so.

*

»Gleich«, sagt Khalil, »gleich.« Ich unterdrücke einen Würgreiz und mache weiter, meinen Kopf in seinen Schoß gepresst. Er sitzt da auf seinen Knien, hält meinen Kopf in seinen Händen und murmelt ab und zu etwas wie »schön«, und dann wieder »gleich«.

Gleich, denke ich, gleich kann ich gar nicht mehr, sonst übergebe ich mich noch. Mein Speichel ist noch sauer vom Schlafen und von den Bier- und Zigarettenresten des Abends.

Khalil kommt, ich löse meinen Kopf aus seinem Griff, kneife erschöpft meine Augen zusammen, zwei Tränen laufen über meine Wangen, eine über die linke, die andere über die rechte.

*

Ich habe versucht, am nächsten Morgen rauszukommen aus diesem Palast, aber die Tür war von innen verschlossen. Außerdem wollte ich die Alarmanlage nicht auslösen. Ich hab dann die Glastür zum Garten raus aufgemacht, und mit lautem, nach Aufmerksamkeit heischendem Geheul ist die Alarmanlage angesprungen und hat ihren Soundteppich über ganz Steglitz gebreitet. Das war's dann mit dem unauffälligen Rausschleichen nach dem One-Night-Stand. Ich bin vor Scham fast im Boden versunken.

Zum Glück waren seine Eltern nicht da, die hätten mir bestimmt die Ohren abgehackt. Leider wurde es auch nicht besser, nachdem ich mich von ihm verabschiedet hatte und er wieder im Bett lag, weil das vordere Tor abgeschlossen war.

Konnte der Atze denn nicht mitdenken!! Ich schmeiße einen Blumentopf um und vergewaltige eine Mülltonne bei dem Versuch, über den Zaun zu klettern. Und als der Nachbar vom angrenzenden Grundstück skeptisch zu mir rüberschaut, ziehe ich kurzerhand mein Shirt hoch und zeige ihm meine Titten. Wahrscheinlich habe ich noch Restalkohol im Blut, ich bin doch sonst nicht so mutig. Schließlich ist Khalil zerknautscht aus seinem Palast rausgekommen, hat das Tor aufgeschlossen und mich mit dem Auto den einen Kilometer bis zur S-Bahn-Station gefahren.

»Das war ein guter Start in den Sonntag«, hat er gesagt.

Irgendwie bin ich stumm geworden.

»Mach's gut« (dafür könnte ich ihn hauen), umarmt mich, ich gebe ihm noch einen halben Kuss auf den Mund, ich weiß schon, ich werde ihn nicht wiedersehen.

Auf der Straße mustern mich irgendwelche Segel- und Tennisfrutten, und Waldmädchen mit unrasierten Beinen unterhalten sich über Ferien auf dem Ponyhof. Ich merke, wie ich mich in eine Hülle aus Arroganz wickle, um einigermaßen sicher nach Hause zu gelangen. Man weiß ja nie, wer an einem Samstagmorgen auf die Idee kommt, mich zu dissen, nicht wahr. Schön selbstbewusst, Sonnenbrille über die Augenringe und mit dem Arsch wackeln.

*

Jetzt sitze ich in der S-Bahn zurück in die Zivilisation, an meinen Wimpern klebt Sperma.

Jedes Mal Sex ist eine neue Suche nach gutem Sex, hat Anouk vermutet, und sie hat wahrscheinlich recht. Kann mir das auch nicht erklären, warum die Erotik verschwunden ist, sobald ich mit jemandem auf der Matratze liege. Auch wenn wir davor eine erotische Spannung erzeugen konnten.

Aber dann liege ich da, ob das Bett weich oder hart ist, ob Musik läuft und das Licht brennt oder nicht, ob mir kalt oder warm ist oder ob ich ihn mehr mag oder weniger. Keine Spannung. Keine Entspannung. Das ist möglicherweise das Problem, sehr logisch.

Und dann habe ich andererseits festgestellt, dass mir einmal Sex, egal welcher Qualität, eine Woche über die Sehnsucht nach einem Freund hinweghilft.

*

Jetzt erst beginne ich, meine Taktiken zu verändern und irgendwie mich dabei zu verstellen. Julian begegne ich jedes Mal ein bisschen kühler, Shane habe ich abblitzen lassen und ich habe mir vorgenommen, nicht mehr mit Till zu schlafen, falls es sich auf die gleiche Weise wie letztes Mal wieder ergeben sollte. Der Verlockung, Caspar anzurufen, muss ich widerstehen, auch wenn ich einen Mojito zu viel getrunken habe.

Vielleicht hat es damit zu tun, dass ich mich langsam verschließe, aber das kaufe ich mir selbst eigentlich kaum ab.

Sterben, schlafen, schlafen, träumen, vielleicht, weil Sein oder Nichtsein, das ist die Frage.

*

Bonjour Tristesse auf der Sommerterrasse. Pepe seufzt und zeichnet mit dem Rauch seiner Zigarette Luftschlösser in die Luft, wie treffend. Luftschlösser aus dichtem weißen Rauch, die in den Lüften zerfließen wie Milch.

»Und dann«, sagt er, »will ich eine Sauna, ein Kino, einen Fitnessraum, ein Panorama-Wohnzimmer, drei Bäder, eine Dachterrasse …« Er überlegt kurz, wobei er die Stirn in eins, zwei, drei, vier, fünf Falten legt, »eine Wohnküche und einen Swimmingpool und vier Schlafzimmer …« Er lächelt zufrieden, zieht ein letztes Mal an der Zigarette und pustet dann den Rauch weg. »Also, das wäre die bescheidene Variante.«

Ich lasse mich von seinen Gedanken mitziehen, aber ich bin unsicher, ob ich mir das prinzipiell vorstellen könnte. Doch, prinzipiell schon. Aber wenn ich mir mein Traumhaus ausmale, sieht es so ganz anders aus. Viel ländlicher halt, English-Cottage-Stil und Garten und Meer, viel romantischer und einfacher, zwei Stockwerke, eine Küche, ein Bett, zwei Sofas, große Fenster, geblümte Teetassen, verwunschene Rosenhecken, na ja und so weiter.

Im realen Leben sitzen wir auf einer halbkaputten Bank im Hof des Neuköllner Hauses, in dem Pepe in einer winzigen Wohnung lebt. Aber das kann ja alles noch kommen. Studentenleben ist Studentenleben. Und irgendwen muss es auch in der neuen Generation geben, der sich von ganz unten bis nach ganz oben hochgearbeitet hat, weil ihm nicht alles von seinen Eltern in den Arsch geschoben wurde. Wie Khalil, ob der jemals schon für etwas gekämpft hat, mit Herz und Seele und Blut und so?

*

Ob ich mich in mich selbst verlieben würde als Junge? Wenn sie sagen, ach Raquel, wie traurig es doch ist, dass du mit ihm geschlafen hast, und so weiter – früher wäre es mir nicht in den Sinn gekommen, das als traurig zu bezeichnen.

Jetzt, wo es schon fast ein Jahr her ist, dass Noa sich von mir getrennt hat und ich mich von ihm, und die Sehnsucht nach einer festen Beziehung so unermesslich groß geworden ist, finde ich es auch ein bisschen traurig. Weniger der Sex mit den Männern als die Tatsache, dass sich keiner in mich verlieben will. Süß sein reicht nicht mehr.

Manchmal denke ich, ich wüsste, wie ich zu sein hätte, um einen Freund zu bekommen. Aber der würde nicht mich lieben, sondern nur die Maske der Taktik, die ich in diesem Fall aufgesetzt hätte. Und auch das reicht nicht mehr.

*

Letztens habe ich eine türkische Pizza gegessen, obwohl es erst elf Uhr nachts war, so fest ausgegangen bin ich davon, dass ich keinen mehr küssen werde an diesem Abend. Ich weiß, dass das eigentlich eine Fehleinstellung ist. Ich schlafe immer mit Typen, wenn ich ungeduscht, unrasiert, rauchig bin und fettige Haare habe. Grundregel number one.

Findet mich ein Junge jemals schön eigentlich? So wie ich manche Männer betrachte und denke, dass sie schön sind? Beobachtet jemand, wie ich meine Nase kräusele, meine Augen nach unten schlage und meine Lippen aneinanderreibe, wenn ich mich unbeobachtet fühle – und findet mich schön?

*

Meine Knie sind wie karamellisierte Schafgarbe in Buttersoße und mein Kopf ist ein Murmelhaus. Ich wünschte, ich könnte etwas sagen, das sehr intelligent und witzig ist, aber das klappt so eher im Gegenteil. Ich sage also nur »manno« und er verarscht mich natürlich sogleich.

»Manno«, sagt er, »ich will das nicht …«

Ich lache gequält und entzückt, also beides zusammen, und frage, wie es ihm geht. Caspar lässt es auch einfach nicht zu, dass ich ihn vergesse.

*

Eine halbe Stunde haben wir telefoniert, bevor er mit seinem Vater beim Chinesen verabredet war. Wie beiläufig hat er erwähnt, dass seine Mutter und Schwester in Berlin seien und er sich gern nach einem VW-Bus umgucken würde, weil er im Sommer mit einer Freundin nach Norwegen verreisen wollte; was jetzt aber doch nicht klappt.

Ob es ihm bewusst ist, dass es mich verletzt, wenn er von VW-Bussen träumt, von denen ich ein Leben lang einen besitzen wollte, um damit durch die Welt zu gondeln und das Leben zu erforschen? Wie seltsam weit entfernt diese Träume liegen und wie präsent seine Stimme in meinem Kopf ist.

Vielleicht wäre ich weniger arg verliebt, wenn, na ja … Es fühlt sich an wie ein Puzzlespiel – jedes Teil macht das Bild vollkommener und schöner, und gerade deshalb halte ich seine Präsenz nicht mehr aus. Wenn er mich nicht will, ist das so: Drei Wochen heulen, und die Scheiße ist vorbei oder nicht. Vielleicht nutzt er sie aus, meine Verliebtheit, meine ich, genießt sie und bewahrt sie sorgfältig auf in einer Schublade unter dem Kleiderschrank, holt sie bei Bedarf hervor und vergisst auch nicht, sie gelegentlich zu säubern und zu pflegen.

Dann nach zwei Stunden, in denen ich so fertig war, kurz gefasst, schreibe ich ihm, dass ich lieber keinen Kontakt mehr möchte.

In der gleichen Nacht träume ich wieder von ihm, er steht vor meiner Haustür und nimmt mich fest in den Arm.

Warum ich so traurig sei, fragt er mich, und ich denke, er müsse es doch wissen, schließlich habe ich ja geschrieben, dass ich *keinen* einem *halben Kontakt* vorziehe.

*

Das sieht schön aus, wenn der Wind durch die Kirschbäume fährt. Als ob die Bäume schneien würden. Rosa Schnee. Und dann, wenn sich die lose herumfliegenden Blütenblätter auf der Straße zur Ruhe gesetzt haben, scheinbar still, aber niemals unachtsam, kommt der nächste Schub und sie wirbeln auf, die tausendfachen Blütenblätter, in riesigen Schwärmen, wie rosa Bienen.

Und warum zwitschern die Vögel im Frühling auch nachts? Ist das nicht irritierend? Er explodiert, der Frühling, die Menschen wie Bienenschwärme auf der Straße, aus Weinflaschen billigen Wein trinkend, lachend und flirtend. Autos überholen mich auf der Schlesischen Straße. Im Luzia sitzen sie draußen, als ob sie die Wärme, die nur warm im Kontrast zum vergangenen Winter ist, auf ihrer Haut spüren müssen, um wirklich zu sein, wirklich in dieser Welt, in dieser Stadt.

Seltsames Gefühl, den Trenchcoat aufgeknöpft auf dem Fahrrad, so dass der Wind zart meinen Hals berührt wie ein erster Kuss. Küss mich, Frühling.

Ich wäre so gerne nicht kitschig. Sie haftet nur so stark an mir, die Kitschigkeit, sie haftet an jedem Moment, in dem die Stadt aufatmet wie eine große Luftmatratze.

*

»Hey!« Kuss, Kuss.

»Wie geht's?«

»Gut, und selbst?«

»Danke, auch ganz gut ... Und, was machst du zur Zeit?«

Und dann lange Monologe über Praktikanten/Studenten/Abiturientin/Nebenjob-Dasein. Und ich nicke derweil stets freundlich.

Bis später, bis später.

Immer das gleiche Muster.

Die Tanzfläche flimmert. R. steht an der Bar und schenkt mir einen Drink. Seine Freundin ist wirklich krass hübsch. Ein Typ, den ich nur vom Sehen kenne, schenkt mir Körperglitzergel. Raquel flimmert mit der Tanzfläche um die Wette.

Dass ich jetzt Teil von alldem bin, ist mir schon längst zu viel. Früher war der Abstand Schutz. Shane und die anderen sind nicht toll! Vor drei Jahren sind Ida und ich vor denen geflüchtet. Wortwörtlich.

Floskelgespräche. Zwischenmenschliche Verpflichtungen, die erfüllt werden müssen, aber unerfüllt bleiben.

Ich male eine Elfe mit Edding von innen auf die Kabinentür. Auf dem Boden klebt rollenweise nasses Toilettenpapier. Yeah, ich bin eine kreative Persönlichkeit, würde man sagen. Dann klappe ich den Deckel zu und setze mich, während ich meinen Rücken an die beschmierten Fliesen lehne. Meine Beine sind sehr müde. Gliederschmerzen. Ich würde gerne kiffen, aber leider kann ich nicht bauen.

Die Damen-WC-Tür schwingt auf und kichernde Stimmen nehmen den Raum vor meiner Kabine ein und dringen durch die schmale Ritze zu mir. Ich wollte eigentlich ganz alleine sein, mit mir und meiner unvorhandenen Verfassung, hier zu sein.

Bar 25.

Sonst ist es in der Bar 25 doch immer sehr schön.

*

Keine Ahnung, warum ich jetzt so wahnsinnig gerne Sex hätte, ist manchmal so. Anouk schaut mich belustigt und besorgt an (irre Kombi, finde ich eigentlich) und fragt: »Gibt es nicht irgendjemanden, den du anrufen könntest?«

Tatsächlich, so weit ist es schon gekommen. Gibt es nicht *irgendwen*, den ich anrufen könnte, in ganz schlimmen Situationen – und die Antwort ist einfach mal: nein. Nicht schlecht, Raquel. Es gab eine Zeit, da hätte ich vielleicht Henning angerufen. Ob der das jetzt noch so lustig fände, weiß ich nicht, aber er ist sowieso nicht da.

*

In Rosen wohnen Frösche. Wir sitzen auf Philipps schmalem Balkon auf Plastikhockern und essen Sushi, welches wir vom Lieferservice haben bringen lassen. Meine Beine, übersät von Mückenstichen, jucken wie wild. Aus der Wohnung klingen leise die Stimmen von Robyn und SoKo.

Because – you're the man, I'm the girl, we'll look good together.

SoKo trifft *es* ziemlich gut.

Philipp öffnet den Sekt, und feiner Sprudelnebel küsst die Luft. Übermorgen schreibe ich schon wieder Mathe. Vektoren oder so, ich sollte vielleicht aufhören zu trinken. Andererseits ist dieser Abend es wert.

Es ist einer der Abende, an die ich mich in besonders schlimmen Momenten erinnern werde. Dann, wenn ich an das Glück nur noch mit dem Kopf glaube und längst nicht mehr mit dem Bauch (daran erkenne ich, dass es ganz besonders schlimm ist).

Unten auf der Straße läuft eine Frau vorbei, die auf ihren Vier-Zentimeter-Absätzen nicht gehen kann.

Ich tunke mir noch ein Maki in die Sojasauce, anschließend in die giftgrüne Wasabipaste und stecke es mir zusammen mit einer eingelegten Ingwerscheibe in den Mund. Philipp erzählt mir von einem Mädchen, das er vorgestern mit nach Hause genommen hat.

»Und, seht ihr euch wieder?«, frage ich kauend.

Er guckt angewidert.

»Nee!«, nimmt dann noch einen Schluck aus seinem Wasser/Sekt-Glas und fügt hinzu: »Ich weiß nicht. Die wollte völlig misshandelt werden.« Er verstellt seine Stimme. »Schlag mich! Oh Philipp, ja, ja ... aber nicht mehr normal. Echt nicht.«

Ich muss lachen. Philipp verträgt ziemlich viel, aber ich kann mir vorstellen, dass die Frau etwas extrem drauf war, auch wenn wir nur zwei Sätze miteinander gewechselt haben. Ein bisschen tussig.

Das Wasabizeug steigt mir in die Nase, so dass meine Augen tränen. Ah, Hilfe. Ich blinzele und lache und Philipp guckt mich ein wenig besorgt an.

Ich sagte ja, »es ist einer der Abende, die es wert sind, die Mathearbeit übermorgen in den Sand zu setzen«, und dann trinke ich noch einen Schluck aus meinem Wasserglas.

Und SoKo sang: *You and I are meant to be – I'm the one for you, you're the one for me, you love me as much as I do.*

*

Philipp und ich haben auch über Holger und mich geredet. Es ist so, dass Holger und ich uns kennen, seit wir zwei Jahre alt sind oder so. Unsere Beziehung ist also eigentlich geschwisterlich. Und ich erzähle ihm sehr viel.

Vielleicht hatte es damit zu tun, dass wir auf einer Party waren und Holger zu viel getrunken hatte. Jedenfalls ging es mir nicht so gut, und ich habe zu Holger gesagt, dass ich ein bisschen Liebeskummer hätte. Und Holger meinte einfach nur, ich gehe ihm langsam echt auf den Sack mit meinen ganzen Liebesproblemen und Antistimmungen. Ich sei doch selber schuld. Und dann ist er weggegangen.

Ich hatte auch getrunken, aber gut, ich bin zu ihm hingegangen und habe ihn von seinen Leuten weggezerrt, von dem Sofa, auf dem er saß, und habe wütend erklärt, dass ich von einem Freund etwas mehr erwarte als nur so ein feiges Weglaufen. Unter Freunden könnte man sich wenigstens verständigen …

»Was denn, Freunde …«, hat Holger mir ins Gesicht gefaucht. »Wir sind doch nur ein Junge und ein Mädchen, die seit sechzehn Jahren im selben Sandkasten buddeln.«

Fast hätte ich geweint und stillschweigend und selbstmitleidig hingenommen, was er mir da vor allen anderen hingeworfen hat, ein zerbeultes Päckchen Freundschaft. Okay, habe ich gedacht, wir streiten uns oft wegen Kleinigkeiten wie Geld oder Zigaretten und wir sehen uns auch nicht so viel außerhalb der Schule, aber doch nur, weil wir wissen, dass wir füreinander da sind. Ein einziges Mal habe ich an unserer Freundschaft gezweifelt, als ich auf einer Party einen Absturz hatte und Holger mich nicht nach

Hause gebracht hat. Ich reiße mich zusammen und erwidere: »Für mich bist du der Junge, mit dem ich seit sechzehn Jahren meinen Sandkasten teile.«

Natürlich hätte ich schlagfertiger sein sollen, und ich weiß noch nicht mal, ob er verstanden hat, was ich sagen wollte, weil ich danach auf dem Absatz kehrtgemacht habe.

Jedenfalls haben Philipp und ich darüber geredet, weil es mich schon sehr beschäftigt und ich auch von Holger träume und so weiter. Es ist überhaupt schon verrückt, wie wenige Beziehungen Beständigkeit haben, sobald man nicht in einem gezwungenen Verhältnis miteinander lebt.

*

Langsam bekomme ich es mit der Angst zu tun, nämlich dann, wenn ich merke, dass ich mittlerweile schon Bewerbungen schreiben sollte, wenn ich will, dass es sofort losgeht nach dem Abitur, und das will ich auf jeden Fall, ohne Auslandsjahr und Freiwillige Sozialarbeit und so weiter und so fort. Nicht, dass ich das nicht total respektiere, aber ich glaube, es ist nicht mein Weg. Dafür bin ich zu ungeduldig, glaube ich, zu karrieregeil und überhaupt.

Das Problem ist echt, für was ich mich bewerben sollte, möchte, könnte. Ich würde ja so gerne tanzen, aber für eine richtige Ausbildung ist es längst zu spät. Die einzige Möglichkeit ist, etwas Alternatives zum Ballett-Grundlagen-Ausbildungsprogramm zu finden. Oder Kunst studieren, wenn überhaupt studieren.

Im Ausland vielleicht. Toronto soll schön sein. Oder Tasmanien. Kunst studieren in Tasmanien. Ist doch ein schöner Satz.

*

Trauerblumen für Zimmer 794. Ich habe von Julian geträumt, jetzt, wo es fast ein ganzes Jahr her ist. Eingerahmt war er von den Tanzaufführungen nächsten Monat, die komplett schiefgingen, von einem Selbstmordfall in der weiteren Familie, von den Kunstwettbewerbsergebnissen, und einer durchgemachten Nacht während der Schulzeit, von Ida und Eva und Toshij, von Popcornwurfmaschinen, Nagelscheren und Müllsäcken. Da war er, erst so wie ich ihn kenne, seit ich ihm das sagte mit der Verliebtheit, und irgendwann, nach unzähligen Fahrradrunden und Zigarettenstummeln und sehr kurzen Aufenthalten in Cafés, in denen wir doch nichts bestellten, hat er schließlich seine Hand auf meinen Po gelegt und so weiter.

Wir waren das Paar, an das ich niemals hätte glauben können, sogar im Traum habe ich es nicht geglaubt, nicht wirklich, ich war sehr glücklich und doch realistisch genug, um zu wissen, dass der Wecker bald klingeln würde.

Punkt halb sieben hat dann Toshijs Wecker tatsächlich geklingelt, sie hat ihr Kissen mit voller Wucht auf mein Gesicht geworfen, und ich war wach und das Erste, was ich getan habe, war zu weinen. Und danach erst habe ich sehr schlechte Laune bekommen, die auch jetzt noch anhält, geduscht und halb angezogen, vor dem Frühstück, das es nicht gibt, vor dem Schulweg, der grau ist, obwohl draußen Sommer ist.

*

Es hat genau zwei Tage gedauert, bis ich ihn wiedergetroffen habe. Genau wie damals, genau vor einem Jahr – im gleichen Monat, am gleichen Ort. Dabei glaube ich gar nicht so sehr an Schicksal. Nur, diesmal hatte er eine Frau dabei. Und ich Toshij. Wir sind die Treppe runtergekommen und da standen sie, er klein und schmächtig, sie größer, aber auf sie habe ich nicht geachtet. Schade eigentlich.

»Hallo«, habe ich gesagt.

»Hallo«, sagt er, sagt er jetzt.

»Wie geht's?«, frage ich, und er, was habe ich sonst anderes erwartet, sagt, dass es ihm gut geht, aber viel zu tun und blabla.

»Und dir?«

Ich sage, es geht mir gut, aber ich habe viel zu tun und blabla.

Vielleicht sage ich es einen Tick zu unfreundlich, keine Ahnung.

»Ich geh jetzt ins Theater«, füge ich hinzu.

»Ah, aber du tanzt nicht selber da, oder?«

»Nein, ausnahmsweise nicht.«

»Ausnahmsweise nicht«, wiederholt er.

Im Reden habe ich mich schon umgedreht, ich drehe mich auch nicht mehr um, nur so halb, um tschüss zu sagen und so, ich könnte heulen. Was muss er nur von mir denken.

*

»Spinnst du? Der Typ ist einen Meter fünfzig groß.« Toshij bringt mich immer zum Lachen, auch wenn gar nichts mehr geht eigentlich.

*

Ich sitze in der U-Bahn und bemühe mich, meine Tränen zurückzuhalten, aber es wären eher Tränen der Wut als der Trauer. Meine Gedanken durchzucken Blitze eines Satzes: »Ich werde es euch so krass zeigen!«

Ich hasse es, mich zu fühlen, als wäre ich pubertär.

Aber so ist es doch auch irgendwie, der Schmerz, die Wut, die schonungslose Übertreibung von Begebenheiten, über die Papa nur lächeln kann: Wenn du wüsstest, Kleines. Aber ich weiß es nun mal noch nicht.

*

Ida hat mich getröstet und gesagt, dass sie glaubt, ich könne nicht zwischen dem Traummann und ein bisschen Rummachen unterscheiden. »Meinst du nicht, du projizierst gerade in jeden Typen deinen vermeintlichen Traummann hinein?«

30

Ich mag den Mai sehr gerne, wenn er sich so verhält wie jetzt, warm und herzlich, blau, grün und gelb; rosa, lila und weiß.

Ich öffne die Wohnungstür und sehe Caspar vor mir stehen. Er grinst und umarmt mich überschwänglich, aber ich bin nicht in der Lage, irgendwie zu reagieren, ich reagiere schlichtweg gar nicht. Seine nackten Arme halten mich sekundenlang fest, bevor er mit seiner linken Hand mein Kinn hochhält und fragt: »Warum sagst du nichts?«

Ich sage nichts, weil ich noch immer stumm bin in meinem Herzen und eher glaube, dass es auf Hawaii Kobolde und Feen gibt, als dass Caspar vor mir steht, deswegen warte ich gewappnet auf die auf mich einprasselnden Stecknadeln, sobald ich aufgewacht bin.

Dass er immer noch dasteht und der Kuss so viel echter ist als jede Mathestunde an einem verregneten Montagmorgen, bedeutet den Anfang meiner allerersten Fernbeziehung.

Caspar legt seine Hand auf meine Schulter und zieht mich an sich, fast so wie im Film. Meine gesamte Traumlandschaft der letzten Wochen zieht an mir vorbei, wie zäher dickflüssiger Honig hinterlässt sie Spuren auf meinem Herzen und wickelt es allmählich ein in einen Mantel undurchdringlichen süßen Karamells.

Caspar küsst mich auf die Lippen, erst fragend, dann fordernder, bis ich ihm völlig ergeben bin. Er legt eine Hand sicher um meine Hüfte, während die andere abwechselnd mein Kinn hält oder durch meine zerzausten Haare streift.

*

Die zwei Tage, die er in Berlin ist, wegen des Vorbereitungswochenendes für seinen Zivildienst in Südamerika, erfüllen beide Stereotypen – zuckersüß und pechschwarz.

In meinem ganzen Leben habe ich noch nie so ein starkes Gefühl gehabt wie diese Verliebtheit in ihn. Es ist besser als im Film. Es ist eine Geschichte, die gar nicht möglich ist.

Er wohnt bei seiner Tante in Weißensee, und wenn seine Seminare vorbei sind, holt er mich von dort ab, wo ich gerade bin, und dann lernen wir uns kennen. Stundenlang in Gesprächen, aber meistens noch viel mehr, wenn wir nichts sagen.

Es hört sich vielleicht zu »pädagogisch wertvoll« an, aber das mit dem Sex steht gar nicht so sehr zur Debatte, weil es halt noch nicht so weit ist.

Ich hätte auch Angst, es könnte etwas zerstören. Und außerdem, und das ist noch abgedroschener, braucht Sex, glaube ich, seine Zeit.

Es ist nicht gut, als er geht. Aber es ist längst nicht so schlimm.

(Wir gehen jetzt miteinander.)

*

Es ist ein Dienstag, und der Tag erblüht mit mir und meiner Scheibe Toastbrot. Zur dritten Stunde schreiben wir Mathe, aber ich weiß noch nicht einmal, worum es geht.

Ich esse im Stehen. Gestern hat Caspar mich angerufen. Er hat gefragt, ob ich übernächstes Wochenende kommen möchte.

Ich muss unbedingt heute noch die Eltern von Antonia, bei der ich babysitte, anrufen, vielleicht können sie mich am Samstag gebrauchen; ich habe gerade überhaupt kein Geld für ein Zugticket, zur Not muss ich Mama fragen. Vielleicht bezahlt sie mir das auch wirklich, schließlich freut sie sich für mich.

Endlich bin ich glücklich verliebt. Endlich bin ich glücklich verliebt!

Toshij und Eva kommen aus ihren Betten gekrochen. Ich bin so weggetreten, dass ich vergessen habe, Kaffee zu kochen, dabei mache ich das so gut wie jeden Morgen. Eva gähnt und reibt sich den Schlaf aus den Augen. Sie sieht aus wie eine Pixieelfe in ihrem weißen altmodischen Nachthemd und den abstehenden goldblonden Löckchen.

Geben Sie eine Funktion mit dem x-Faktor …

Okay, wir sind jetzt also ein Paar, aber ich habe trotzdem ein bisschen Angst davor, zu ihm zu fahren. Das ist irgendwie noch mal was anderes. Außerdem fühlt es sich nicht so richtig an, als ob ich einen Freund hätte. Eine Fernbeziehung ist irgendwie noch mal was anderes. Aber gut, sie hat gerade erst angefangen. Abregen.

Es ist nur, jetzt wo ich Caspar so gut wie sicher habe, scheint der Liebeskummer der letzten Wochen etwas dramatisiert. Tee trinken, abwarten und so.

*

Der Zug fährt mit einem lauten Hupen in den Bahnhof ein. Im Vorbeifahren erhasche ich einen Blick auf die abblätternden Buchstaben am Bahnhofsschild, »Freiburg Hauptbahnhof«. Durch die matten Scheiben irrt mein Blick über die verrosteten Gleise zum Bahnsteig, zwischen Omas in geblümten Faltenröcken und Vorzeigevätern am Buggy, die auf ihre Enkelkinder und Großstadtfreunde warten.

Da ist er.

Er hockt auf der Bahnhofsbank neben dem Zeitschriftenhandel und telefoniert. Dabei isst er eine Banane. Er trägt das blaurote Käppi vom Winter. Seine Bartstoppeln sind etwas mehr geworden, oder bilde ich mir das vielleicht ein.

Der Zug hält mit einem penetranten Quietschen der Bremsen, und prompt stolpere ich gegen einen älteren Herrn im Anzug.

»Tschuldigung«, murmele ich und hieve hastig meinen kleinen Reisekoffer mit dem Vintagedruck und den Wanderrucksack die Stahltreppchen des Zuges hinunter. Erst als ich zwanzig Meter von der Bahnhofsbank entfernt bin, beendet Caspar sein Telefonat und blickt auf.

Sobald er mich sieht, erhebt er sich mit einem kleinen Grinsen auf den Lippen. Alle Taschen werfe ich zu Boden und renne ihm, so schnell ich kann, in die Arme und lasse ihn nie wieder los.

*

Die Straßen werden immer verlassener, die Häuser niedriger und breiter. Die Vorhänge aus Spitze und die Dächer aus hellblauen Ziegeln, in den Gärten Ostereier an den Sträuchern und so weiter. Suburbiafeeling.

Caspar hält vor einem schlichten, weiß gestrichenen Haus.

Er führt mich in den Korridor, der lang und schmal ist. Die Wände sind weiß tapeziert und an ihnen hängen Gemälde irgendeines deutschen Malers, den ich nicht kenne. Caspar zieht seine Schuhe aus und stellt sie unter die Garderobe, und ich tue es ihm gleich. Es ist ein schrecklich verunsicherndes Gefühl, das erste Mal bei ihm zuhause zu sein.

»Sind deine Eltern da?«

Meine Stimme muss sich etwas zaghaft anhören, denn er lacht laut auf und küsst mich dann auf den Mund. »Nein«, sagt er, »die kommen erst um acht rum.«

»Ach so.«

»Komm rein. Möchtest du was trinken?«

Hier wohnt er also. Der Typ, für den ich bereit gewesen wäre, meine gesamte Lebensplanung über den Haufen zu werfen, ohne ihn wirklich zu kennen.

Ich nicke und folge ihm in die Küche, die geräumig ist und hell. Auf dem schweren Eichentisch in der Mitte steht eine Vase mit einer Sonnenblume. Im Waschbecken stapeln sich benutzte Pfannen und Töpfe. Caspar gießt mir ein großes Glas Selter ein, welches ich in einem Zug austrinke. Danach blubbert es in meinem Bauch vor lauter Kohlensäure und Nervosität. Ich lächle und schaue ihm in die Augen. So stehen wir gefühlte hundert Minuten, schweigend, und es stört mich nicht im Geringsten, das Schweigen.

Er nimmt mich an der Hand, sagt nur, »komm, ich zeig dir den Rest« und führt mich eine Wendeltreppe hinauf, die mindestens genauso schmal ist wie der Korridor.

Seine Hand ist feucht und warm. Die Stille und die fremde Umgebung hüllen mich ein wie eine irreale Welt aus Marzipanrosen. Sein Zimmer ist schlicht und jungenhaft. Außer einem Schrank, einem Schreibtisch und noch einer kleinen Kommode neben dem Bett gibt es nicht viele Möbel; und die Dekoration besteht überwiegend aus Schulbüchern, ein paar Postkarten, abgerissenen Kinobillets, die auf dem Boden verstreut sind, und einer Lampe im Retrostil.

Das Fenster führt nach draußen auf einen kleinen Vorsprung – Balkon kann man das nicht nennen, denke ich –, auf dem man gerade so zu zweit stehen und die anderen Einfamilienhäuser inklusive der apfelbaumbewachsenen Gärten betrachten kann.

Ich spüre Caspars Hand in meinem Nacken, und dann schlafen wir zum ersten Mal miteinander.

*

Ida, ich glaube, in Caspar werde ich immer verliebt sein. Am nächsten Morgen wecken mich die Sonne und das Zwitschern der Vögel. Caspar schläft friedlich neben mir, sein leises Schnarchen ist das einzige Geräusch, das die sonst so idyllische Stille durchbricht. Ich setze mich auf und lasse meinen Blick nach draußen schweifen, durch das Fenster. Die Einfamilienhäuserlandschaft wirkt noch viel ordentlicher im Tageslicht, heile Welt.

Unten in der Küche klappert Geschirr, und Stimmengewirr dringt zu mir hoch, Stimmen einer Familie, der ich nie zugehören werde.

»Morgen«, sagt Caspar und blinzelt mich an.

Ich muss grinsen und kuschle mich an ihn, ganz nah, die Wärme seines Körpers überträgt sich auf mich, ich schließe die Augen und denke an nichts als an den Augenblick.

*

Nachdenklich schiebe ich noch einen Bissen Buttercroissant in den Mund und beobachte die Vögel. Und Caspar schiebt ein Stück Käsebrot hinterher und kneift mir in die Wange.

Wir gehen in Freiburgerischen Gärten spazieren, sitzen zwei Stunden im Café und reden über alles außer über uns, baden in Bächen, liegen auf der Wiese und spielen Karten, bummeln durch die Stadt, pusten Seifenblasen und lachen die Touristen aus, rennen um die Wette, knutschen in Hauseingängen, stehlen Hustensaft aus der Apotheke.

Abends gehen wir viel zu früh ins Bett und haben immer noch nicht über uns geredet, schlafen miteinander wie gezuckerte Veilchen, schauen uns Softpornos und französische Dramen im Fernsehen an. Seine Hände flüstern mir abends eine Geschichte und am Tag spielen sie Katz und Maus für Fortgeschrittene.

*

Er wird mir schreiben, anfangs bestimmt noch öfters, dann immer seltener, nämlich dann, wenn er hinweggeschwemmt wird von den bunten Röcken der peruanischen Frauen und den leisen Wellen des Pazifiks.

Ich werde mich zurechtfinden in meiner Welt, bestimmt, und werde weiter Pläne schmieden, ohne wirklich zu wissen, was ich will.

*

Als ich mich verabschiede, verabschiede ich mich für immer, obwohl wir noch knapp zwei Monate miteinander haben, zwischen zwei Städten pendelnd zwar, aber wir haben sie. Keine Frage, dass wir zusammen sind, keine Frage, dass er traurig sein wird, wenn ich ihm an seinem Abflugtag ein letztes Mal mein Herz zu Füßen lege.

Sein Leben liegt in allen Startlöchern, er will fliegen.

*

Wahrhaftig, nun ist es Zeit. Meine Gedanken spielen mit dir Looping. Achterbahnlooping. Es wäre schön, wenn du dich melden würdest, wenn du zurück im Leben angekommen bist. Wir werden nicht aufeinander warten, aber vielleicht ist es Schicksal, dass wir uns wiederentdecken, ein zweites Mal.

Wir könnten heiraten und so.

Lust und Literatur

ANAIS IST DIE NEUE REIHE
LUSTVOLLER LITERATUR VON FRAUEN

ANAIS präsentiert aufregende Geschichten von Frauen, die den Leser mal verspielt und leichtfüßig, mal direkt und selbstbewusst in die Welt der Erotik entführen.

Die ANAIS-Autorinnen erzählen ganz natürlich und authentisch von Sex, Liebe und Beziehungen: ohne Umschweife – einfach nur gute Literatur.

ANAIS steht für spannende, intelligente und lustvolle Romane und Erzählbände. Wir haben großartige Autorinnen im Programm, die Erotik im Alltag aufspüren, deren Heldinnen locker und offen durchs Leben gehen, und die unverkrampft und explizit über Sex schreiben, ohne beim Porno zu landen.

Wir glauben fest daran: Erotische Romane können Frauen selbst am besten schreiben. Wir wünschen Ihnen anregende Unterhaltung mit ANAIS!

Ihre Jennifer Hirte
Programmleitung ANAIS

Interviews mit den Autorinnen,
Leseproben, Newsletter und vieles mehr:
www.anais.de

Lust und Literatur

DAS AKTUELLE
PROGRAMM

ANAIS 1
Rebecca Martin: Frühling und so

ANAIS 2
Cornelia Jönsson: Spieler wie wir

ANAIS 3
Burton/Stacey/Hardin: Lara, Jill & Lea

ANAIS 4
Anna Clare: Adele hat den schönsten Mund

ANAIS 5
Tanja Steinlechner: Wahrheit oder Lüge

ANAIS 6
Anna Bunt: Subjektiv

ANAIS 7
Nikki Soarde: Julie mit dem besten Freund

ANAIS 8
Alaine Hood: Anna und ihre Männer

Die Autorin

Rebecca Martin, 1990 in Berlin geboren, stammt aus einer britisch-australischen Künstler-Familie. Sie begann früh, sich für Kultur zu interessieren, und machte einige Praktika im Film- und Theaterbereich. Als Junge Journalistin der Berlinale war sie Jurymitglied der Sektion »Generation« für Kinder- und Jugendfilme. Im Fernsehfilm GUTEN MORGEN, HERR GROTHE (D, 2007) spielte sie die Rolle der Jennifer. Der Film wurde mit dem Deutschen Fernsehpreis, dem Adolf-Grimme-Preis und dem Fernsehfilmpreis der Deutschen Akademie der Darstellenden Künste ausgezeichnet. FRÜHLING UND SO ist ihr erster Roman. Rebecca Martin lebt in Berlin-Kreuzberg.

Rebecca Martin
FRÜHLING UND SO
Roman

ANAIS Band 1
ISBN 978-3-89602-547-0
1. Auflage September 2008
2. Auflage November 2008

ANAIS ist ein Label des Berliner Schwarzkopf & Schwarzkopf Verlages.

Lektorat: Sylvia Gelinek, Ulrike Fischer
Titelbild: © Juha Tuomi / shotshop.com

Katalog
Wir senden Ihnen gern kostenlos unseren Katalog
Schwarzkopf & Schwarzkopf Verlag GmbH / Leserservice ANAIS
Kastanienallee 32 | 10435 Berlin
Telefon: 030 – 44 33 63 00 | Fax: 030 – 44 33 63 044

Internet | E-Mail
www.anais.de | info@anais.de